靈泉巧手妙當家 1

文創風 673

夏言 著

目錄

自序

夏言

《靈泉巧手妙當家》是作者寫的第一篇古代小說，原本作者沒計劃撰寫這個題材，但偶然一次去了一趟鄉間，跟朋友體驗鄉村生活、摘了許多野菜後，就萌生出寫這套書的想法。直到現在，作者都還記得那天的情景——九月末的天空湛藍如洗，一根根沉甸甸的玉米立在玉米株上，長在莊稼地裡……

當天晚上回到家，作者便著手撰寫大綱，凌晨兩點多，第一章的內容就完成了。

那個時候作者剛從研究所畢業，正處在創業或從事全職寫作的十字路口，創業是符合自己專業所學，寫作則是喜好。天秤座的人經常難以作出決定，而這套書的問世，堅定了作者以寫作為職的決心——人這一輩子，總要為自己喜歡的事情努力一回。

到現在為止，作者已經創作出許多故事，而這個作品是寫得最順暢、最開心的一套。為了體驗書中的生活，作者週末會暫住位於城郊的姥姥家，他們有一塊很大的菜地，作者會親手播種、鋤草、澆水，當收成的時候到來，看到自己精心照顧的蔬菜被做成料理端上桌，內心的滿足無以言表。

在寫作過程中，作者時常會把自己代入房言的角色——看著家裡從沒多少積蓄、處處被人欺負的境況，到全家人努力致富、大哥高中狀元的景象，該是怎樣的一種喜悅？

這篇小說一寫，就是好幾個月，敲完最後一個字時，作者心中充滿了不捨與傷感，就像是一個孩子長大成人，要離開母親的懷抱一般。不過，想到這個作品或許能為讀者帶來愉悅之情與放鬆的時光，又覺得甚是欣喜。

然而當時作者並不知道，這篇小說能帶來更多驚喜。作品完成後幾個月的某一天，晉江的出版編輯殊沐突然聯絡作者，這讓作者受寵若驚，甚至一度懷疑自己誤解了訊息，直到反覆確認、緩和內心的波動後，才確定真的要出書了。

這是作者正式出版的第一套書，對作者來說意義非凡，彷彿是一種認可，又像是一種鼓勵。

在這裡，作者要感謝選中這篇小說的狗屋出版社，謝謝你們給我這次機會，也要感謝為這個作品修潤、校對文字的編輯們。

謝謝你們！

第一章 異於常人

日暮西斜，炊煙裊裊。

房言睜開眼，看到的就是這樣一幕景象。眼前是有些破舊的房屋，依稀能看見裡面有個忙碌的身影。

她坐在門檻上，垂眸看著坑坑窪窪的土地，實在不明白自己怎麼一覺醒來就到了這裡？房言從小在孤兒院長大，由於長相平凡、個性不夠活潑，所以始終沒人認養她，她只好和幾個命運類似的小夥伴們陪在老院長身邊。

就在她上大學那一年，老院長去世了。從此，這個世間只剩她一人踽踽獨行。

大學畢業、結束住在宿舍的生涯之後，她來到孤兒院，躺在老院長在世時常坐的搖椅上。搖著搖著，睡了過去，醒來之後，她就發現自己好像不是在孤兒院了。

陌生的地方，不認識的人，奇怪的裝束。

房言一開始以為自己是在孤兒院外面的村落裡，之前孤兒院位在市郊，周圍全是農村。可是那些低矮的平房早在幾年前就拆遷，變成了高樓大廈，所以她實在不太理解自己現在身處何方？

難道她是在作夢嗎？可是這個夢也太真實了一點，雞鳴、豬吃東西的聲音，全都傳進她耳朵裡。除此之外，廚房裡也傳來滷白菜的香味，她的肚子不自覺地開始「咕嚕」叫了起來。

此時，正在廚房做飯的王氏走出來，她一看自家小女兒正坐在門檻上發呆，於是笑道：「二妮兒，睡醒了啊，妳這一覺睡得可夠久的，餓了嗎？」

房言被王氏的口音驚住了，這……怎麼說呢，很像他們那裡的口音，但是又有些微不同，她從來沒聽過這種方言，如果是作夢的話，有可能憑空想像出這種語言嗎？

還有，那個人稱呼她「二妮兒」這件事，也讓她愣住了。

王氏一點也不介意房言呆呆傻傻的樣子，而是溫柔地撫摸她的頭髮，說道：「妳再乖乖坐一會兒，等妳爹和哥哥們回來，咱們就可以開飯了。」

名為房言卻被叫成二妮兒的人，聽話地點點頭。

王氏笑了笑，嘆了口氣，然後對西側的房間道：「大妮兒，妳妹妹醒了，別光顧著繡花，也看著妹妹點。」

話音還沒落下，大妮兒就從房間裡跑出來，著急地回道：「娘，妹妹醒了嗎？都怪我，只知道繡花，忘記妹妹還在堂屋睡覺。」

「沒事，妳妹妹今天甚是乖巧，不吵不鬧，大抵是還沒睡醒吧！唉，接下來妳留意點，娘去做飯了。」王氏說道。

「娘放心，我搬個板凳坐在外面，一邊繡花，一邊看著妹妹。」大妮兒柔順地應道。

「行。」

說完話，王氏就轉身回廚房做飯去了，院子裡只剩下大妮兒和二妮兒兩個人。
「小妹，妳坐在門檻上累不累啊，姊姊搬個板凳給妳如何？」
房言正在想事情呢，一道溫柔的聲音冷不防在她耳邊響起來。
大妮兒看房言一副呆愣的樣子，淺笑著道：「別亂動，姊姊去堂屋拿張板凳來。」
不一會兒，大妮兒就從屋裡拿出板凳，再把房言扶到上頭坐好。
從剛剛開始，房言就一直覺得哪裡怪怪的，現在她終於明白了，就是周圍的人似乎把她當成身心有障礙的孩子對待。
房言低頭看過自己的胳膊和腿好幾次，似乎沒什麼毛病，可她一個字都沒講，身邊的人反而覺得這樣很正常似的。
難道因為這是夢境，說不出話是應該的？要不然……她發出點聲音試試？
房言張了張嘴，開始試著發出聲音。她心想，還是小聲一點，萬一真的是在作夢，豈不是會嚇到孤兒院裡的人？要是讓別人以為她有什麼毛病就不好了。
「啊……」嗯，好像能發出聲音，所以這是作夢？
不過，聽說作夢感覺不到疼痛，要不然她掐自己一下？
「嘶！」真疼啊……她為什麼要下這麼重的手，痛死了！
正當房言輕撫著被捏疼的手臂時，一旁的大妮兒叫起來：「啊！娘──娘！您快過來啊！」
「怎麼了？是不是二妮兒傷到哪裡了？」王氏嚇得趕緊從廚房裡衝出來。

「不是，娘，我剛剛聽到二妮兒說話了！」大妮兒緊張得連說話都顫抖起來。剛才絕對不是她弄錯，她聽見了兩聲。

「真的？她說了什麼？」王氏的心情從驚嚇轉變為驚喜，激動地問道。

「好像說了『啊』，然後又說了『四』，一共說了兩個字呢！」大妮兒這會兒情緒平復了一些，她回想了一下便告訴王氏。

「二妮兒真的說了兩個字？這可真是菩薩保佑啊！」說著說著，王氏的眼淚掉了下來。她看著自家小女兒，慢慢地道：「二妮兒，妳姊姊說妳會說話了，妳剛剛說了啥，再跟娘說一次好嗎？」

房言這下證實自己的猜測是對的，她大概真的是個身心有障礙的孩子。看著王氏滿懷希望的眼神，以及緊盯著她瞧的大妮兒，她忽然緊張到說不出一個字來。

「妳說啊，二妮兒。來，娘教妳，『啊』……」見房言沒什麼反應，王氏擦了擦眼角的淚水，蹲下去對她道：「沒事，咱們再試一個，『四』……」

可惜，之後不管王氏怎麼教，房言始終沒再發出聲音。

王氏失望地站起身來，猶豫地問道：「大妮兒，不會是妳聽錯了吧？」

大妮兒眼角也泛著淚光，她哽著聲音回道：「娘，怎麼會，旁邊又沒有其他人家，我怎麼可能會聽錯呢？我是真的聽見小妹說話了，說了兩個字。」

她的妹妹終於會說話了，這是一件大喜事，她沒有弄錯的道理！

「嗯，娘相信妳。算命先生也說過，妳妹妹從前那是魂魄丟了，十歲左右就能變正常，今年她正好十歲，也該是魂魄歸來的時候。要不是咱們家……妳妹妹也不用受這些委屈……」

想到房家村的孩子老是欺負妹妹，大妮兒輕嘆道：「是啊，那些孩子也太壞了，倒不如住在鎮上安靜些。」

「這也是沒辦法的事情，唉。」王氏長長地吁了口氣道：「算了，不說這些，娘先去做飯，妳爹跟大郎、二郎他們也快回來了。」

之後，不到一炷香的時間，房二河、大郎、二郎回來了。這三個人一進門，大妮兒就上前去幫忙卸下他們身上的器具。

王氏也從廚房裡出來了，迎上前去問道：「孩子他爹，小麥怎麼樣？」

房二河接過大女兒遞過來的水，狠狠地灌了一口後，說道：「今年的雨水充足，倒是沒有乾旱，不過地裡的草太多了，也不知道什麼時候能鋤完？」

「明天我也去幫忙吧，讓大妮兒在家裡看著二妮兒，等做飯的時候我再回來。」王氏皺了皺眉說道。

「娘，還是您在家看著妹妹，我和爹他們一起出去吧。我雖然沒什麼力氣，但是鋤草應該不成問題。」大妮兒回道。

「妳呀，從小就沒幹過重活，下什麼地？還是專心在家繡花吧！妳今年都十二歲了，也該好好養養。家裡這麼多人，哪裡用得著妳了。」王氏拒絕了大妮兒的提議。

「妳也別去，跟大妮兒在家看好二妮兒就行，地裡總歸有我們三個在；話雖如此，我知道家裡的活計不清閒，畢竟小時候我也做過。這全都怪我沒本事，讓妳跟著受委屈了。」房二河歉疚地對王氏說道。

自家的媳婦是在鎮上長大的，當年嫁給一窮二白的自己，雖說之後他木工的生意做得不錯，讓一家人有過一段好日子，但是這兩年沒什麼客人上門，他們在鎮上也待不下去了，是他對不起媳婦和這些孩子。

「孩子他爹，我從來沒這麼想過。我嫁給你又不是為了錢，既然咱們家現在過得不好，更要一起幹活，先熬過這陣子再說。」王氏低頭擦了擦眼淚。

房二河一看王氏哭了，慌了手腳，連忙解釋道：「孩子他娘，我不是那個意思，妳別……」

「我還能不知道你是什麼意思？先不說這些了。大郎、二郎，今兒個累不累？你看看，這幾天都把臉給曬紅了。」王氏心疼地道。

「沒事，娘，等鋤完草就能休息，再忙也就這幾日了。爹說得對，您跟大妹在家照顧好小妹就行，其他事有我和爹還有弟弟在呢，您不用操心。」大郎慢慢地喝了一口水說道。

「唉，你們本該在學堂好好唸書的，沒想到……唉，都怪爹。」房二河一連嘆了兩次氣。

「爹，我本來就不喜歡讀書，這樣正好，我再也不用去聽那勞什子的之乎者也了……唉唷！」二郎話音還沒落，就被他爹打了一下。

「爹，您幹啥呢！」他忍不住喊道。

「我幹啥？有你這樣說話的嗎？怎麼能對聖人不敬、對書本不敬？即使這段時間不能去學堂唸書，你也不能把功課落下，等以後爹賺了錢，還會再送你去學堂的。」房二河嚴肅地道。

「爹說得是。二郎，晚上你與我一起溫習以前學過的知識，不會的儘管問我，我比你在學堂多待了兩年，總歸能教教你。」大郎贊同道。

聽到大郎說的話，二郎的嘴角徹底垮下去。他偏過頭，正好瞧見房言在看他，於是對她扮了個鬼臉。

房言沒料到他會有這種舉動，「噗哧」一聲，笑了出來。

這個聲音一出，其他人全都朝她望過去。房言看著一個個或欣喜、或激動的眼神，嚇得一動也不敢動。

「二妮兒，這是……好了？」房二河似是不相信，驚訝地看著王氏問道。

「娘，您看，我就說我剛剛聽到二妮兒說話了，這下您可算是真信了我吧？」大妮兒笑道。

「真的嗎？姊姊，小妹會說話了？」二郎驚喜地問道。

「是啊，我聽得真真切切，說了兩個字，一個『啊』，一個『四』。」大妮兒把剛剛告訴她娘的話，再次說給自己的弟弟聽。

聽了大妮兒的話，幾個人都過來圍著房言，要麼讓她說說話，要麼讓她再笑一笑。

房言到現在還沒搞清楚狀況，所以既不敢說話，也不敢笑。大夥兒看她這副呆呆的模樣，都恢復了冷靜。

「這樣就好，現在不僅會笑，還會說兩個字，趕明兒就會說三個字、四個字、一百個字了。」房二河不愧是大家長，雖然有點失望，但是馬上就勸慰起眾人。

這些話還是有一定的作用，王氏和大妮兒立刻收拾好心情，開始擺飯了。

看著桌上的饅頭和滷得極爛的大白菜，房言的口水差點流出來，眼睛直勾勾地盯著這些食物。沒辦法，她醒來以後沒多久就開始餓了。

房言隨大家一起坐在飯桌旁，可是左等右等都沒見人拿碗筷給她。她皺了皺眉，正想著怎麼示意大妮兒幫她拿，突然間，一筷子菜就出現在她眼前。

「二妮兒，張嘴啊，妳平時不是最喜歡吃大白菜了嗎？」王氏耐心地哄著自己的小女兒。

嗯？這是什麼情況？她真的從裡到外是個傻子嗎？就算再不了解原身的情況、再不想露餡，房言也做不出讓別人餵飯這種事，羞恥度都要爆表了。

她對著王氏送到面前的菜左躲右閃，就是不肯吃。

王氏見狀，問道：「二妮兒，妳是不餓，還是不喜歡吃這菜？」

二郎在一旁說道：「娘，我看小妹是覺得菜裡沒有油水，不喜歡吃吧。」

大郎聽到這話，皺了皺眉，放下筷子道：「二郎，你怎麼這麼說，我看是你自己想吃肉了吧？你今年已經十二歲，可以試著自己去賺錢了。爹在你這個年紀時已經去鎮上當短工，等你自己賺到了錢，再買些肉回來孝敬爹娘。」

二郎最怕這個哥哥囉嗦了，每次他說起道理來，都比學堂的夫子還要可怕。想到這裡，他趕緊閉上嘴巴，低頭吃起菜來。

房二河嘆了口氣道：「都怪爹不中用，被人搶了生意，不然你們也不用回村裡受這種委屈。」

「爹別這麼說，鄉下安靜得很，正適合讀書。學堂的夫子該教的都教了，剩下的就靠我自己。」大郎安慰房二河道。

房言見一家人愁眉苦臉，氣氛沈悶，於是伸出手，指了指王氏手中的筷子，低喊道：「啊啊啊，啊啊啊。」

行了，快給我筷子，我自己吃！我好手好腳的，不是什麼傻子！

「娘，您快看，妹妹想幹什麼？」大妮兒注意到房言發出聲音，激動地催促起王氏。

「二妮兒，妳想幹啥？」王氏這才反應過來，她順著房言的視線看過去，說道：「是要吃菜嗎？娘挾給妳。」

等王氏把一筷子菜送到她嘴邊，她還是沒吃，只是指著筷子「啊啊啊」地叫。

「我看她是想要娘的筷子吧？」二郎說道。

媽啊，終於有人讀懂她的意思了！房言的眼淚差點掉下來。

大郎讚許地對自家弟弟道：「嗯，雖然你嘴上不說，但還是你最了解小妹，看來平時沒少疼她。」

王氏聽了二郎的話，就小心地把筷子遞給房言。房言興奮地接過來，誰知一個沒留意，菜掉到了地上，真是心疼死她了！

見到房言這樣，王氏不僅沒生氣，還鼓勵道：「沒事，二妮兒，娘教妳用筷子，來……」

王氏抓著房言的手，引導她用筷子。「對，就是這樣，手再往上面放一點，妳自己試看看。」

房言心想，剛剛那個情況算是提醒她了。原身大概不會用筷子，萬一她一上來就熟練地掌握了使用筷子這個技能，可能會引起大家的懷疑。

她小心翼翼地挾起菜，故意裝作很費力的樣子，把菜放進嘴裡。好吃，太好吃了！雖然味道不怎麼樣，也沒有油水，但是這種純天然的料理就是可口！

嚼了嚼菜，房言心想，該來口饅頭了。

果然想什麼來什麼，房言的念頭剛落下，大妮兒已經把饅頭遞了過來。東西拿到手以後，她狠狠地啃了一口。

很快地，一頓飯吃完了。

雖然家裡的生意做不下去，全家從鎮上搬回村子，還有一堆農活要做，但是這天夜裡，房氏一家人都是帶著笑容入睡的。

原因無他，自然是因為房言竟然開口說話了。

躺在床上的房言，經過將近一天的時間，也能確定自己是穿越了。她穿到了一個十歲、有點問題的孩子身上，而且家境可說是窮困潦倒。那麼，她現在的第一要務到底是賺錢，還是恢復智力？

說真的，能把這種事當成問題，看來她的腦子的確是不靈光了。不恢復智力，又怎麼能光明正大地賺錢呢？

所以，從明天開始，還是先慢慢變成一個正常人吧。

第二章　房家背景

當天晚上，大妮兒在房言耳邊絮絮叨叨，講了很久的話。

等大妮兒好不容易說完，接下來隔壁房二河和王氏兩個人的說話聲又在深夜響起來。從他們的談話內容中，房言大致上明白了這家人的狀況。

房二河是個徹頭徹尾的農村孩子，他是家中老二，處於爹不疼、娘不愛，爺爺奶奶看不見的位置，所以他早早就出門去做短工。在平康鎮做短工的時候，他跟一位木工老師傅學了一門技術，慢慢能獨自做工。後來，他開始接私活，賺了不少錢。

當房二河到了年紀，準備娶媳婦的時候，他娘高氏作主，要他娶他表舅的女兒。這個表妹從小就常往他們家跑，但他不喜歡她。當然，如果僅僅是因為自己不喜歡，房二河也不會直接表達反對的意思。

最主要的問題在於，這個表妹心有所屬，她喜歡的那個人，就是他的親弟弟房三河。在這種情況下，房二河怎麼可能同意？但是他娘說了，要是他不同意，一毛錢都別想拿，以後也別想讓她幫忙娶媳婦了，自個兒找去。

一氣之下，從小就不怎麼受寵的房二河離家出走了，他繼續去鎮上做短工，又擺了個攤，接活兒來幹，漸漸地累積了一些家底。

巧的是，鎮上一戶人家去他那裡訂做過東西，覺得他這人還不錯，而且這家的女兒也看上了他，她正是王氏。就這樣，王氏和房二河在一定程度上談起了自由戀愛。

當房二河回去找高氏的時候，她還在氣頭上，本以為這個兒子回心轉意了，沒想到並非如此，甚至還背著她找了個媳婦，讓她氣得趕他出去。最後，房二河用自己在鎮上賺的錢娶了王氏，婚後也很少回村子裡。

成親後，有王家幫忙，房二河在鎮上租了一間店面，且木工生意越做越大，日子也過得風生水起。兩個兒子都送去學堂讀書，大女兒也乖巧可愛，唯一的遺憾就是自家的小女兒有些缺陷。好在他們住在鎮上，家家戶戶都是做生意的，很多人從外地來，彼此之間不怎麼聯絡，所以很少人知道二妮兒是個傻子。

沒想到幾個月前，鎮上來了一個新的木匠，他的經營方式是薄利多銷，東西的花樣不僅多，背後甚至還有靠山。正因如此，房二河家的生意越來越蕭條，慢慢地，沒什麼客人上門了。房二河除了當木匠，什麼都不會，在掙扎一陣子、情況沒改善之後，他就有點灰心喪志了。

眼看再一個多月這一年的店租就要到期，思考許久後，房二河與王氏商量好，提前關門，回到房家村。

當年房二河成親時，高氏雖然對他沒打聲招呼就擅自娶媳婦相當不諒解，但是房二河要求分家的時候，她還是給了他一塊地。對房二河來說，做生意是無根的買賣，狀況有起有落，未雨綢繆總是沒錯。所以他在那塊地上簡單蓋了一間房子，請長工住在那邊耕種，若不是實在付不出錢請人了，他也不會讓兒子們陪著自己回來種田。

另外，在房家村，若是家裡有男子成親，原則上都能分到一塊宅基地。當然，這也得依情況而定，要是兒子多，分到的地就有限。在戰亂跟饑荒年代，如果家裡的男丁全都死了，那些地最終便會被村裡收回去。所以，即便分出去的地不少，基本上還是維持在一定的範圍。

因為房二河的父親房鐵柱有三個兒子，所以他分到的地自然不大，就在他們家老宅附近。房二河知道他娘不待見自己的媳婦，所以最終沒要那塊地，而是出了點錢，找村長買下房家村最西邊的一塊荒地。他找了幾個相熟之人，又花點錢請了幾個短工，很快就蓋起一座小院子。

這不，回了村子之後，他們一家人才能有口飯吃、有地方住。只是房子太久沒住人，所以顯得有些舊。

雖然房二河什麼都考慮到了，卻沒想到小女兒是個傻子的事，還是被村裡的人知道了。房二河原本覺得家裡的位置夠偏僻，經過的人少，就算剛搬回來時有人關心，他也不讓二妮兒出來見客，只說她怕羞，連對老宅那邊的人也用一樣的說法搪塞。

不過，房三河的媳婦張氏卻沒輕易放過他們。張氏當年沒看上房二河，而是喜歡房三河，後來她也如願嫁給他。只可惜，房三河相當不上進，總愛偷懶，又常耍滑頭，讓她有些後悔，更別說看房二河在鎮上混得那麼好時，她是什麼心情了。

房二河夫妻在重大節日回來探望她公婆時，都穿全新的衣裳，王氏身上的首飾也特別惹人眼紅。在這樣的對比之下，她自然記恨房二河與王氏。

張氏之前只聽說房二河的小女兒似乎有點問題，這次他們回村子住，她特地穿上壓箱底的衣服與首飾，帶著女兒去他們那裡轉了一圈，沒想到竟讓她們發現那孩子是個傻子。

回家之後，張氏並未攔著女兒出去告訴別人，所以房二河的小女兒是個傻子這件事就像長了翅膀一樣，擴散到全村每個角落。

這段時間，來房二河家探虛實的人特別多。有些跟他們沒什麼交情的人，就站在門外朝裡面看，直到看見二妮兒才離開；有些小孩不懂事，更是直接就喊她「傻子」。

正因為如此，房二河家裡總是要多留幾個人，時時刻刻注意外面的動靜，以防他們嚇到二妮兒。

「誒，你說，二妮兒是個傻子的事是怎麼傳出去的？到底是不是張氏……」王氏小聲地道。

聽到這個名字，房二河沈默了一下，答道：「不無可能。這個人嫉妒心重得很，妳得小心提防她。」

王氏一聽這話，笑著回道：「是啊，她嫉妒我嫁給你，還過得比她好。」

「不，娶了妳才是我最大的福氣。」

「都一大把年紀了，還這麼不正經。」王氏調侃道。

「呵呵，在自己媳婦面前正經啥？」房二河在外混了二十幾年，自然跟那些長年生活在村子裡的漢子不一樣，該老實的時候安分守己，該有點情趣的時候也是有些油嘴滑舌，要不然也娶不到王氏了。

王氏輕笑一聲，又道：「只是如今咱們家這情況，她大概能解解氣了。」

房二河皺了皺眉，說道：「妳且不必懼她，她要是再來說些什麼不三不四的話，妳就把她打出去。」

「我打她出去？那娘豈不是更恨我了？」

「怎麼會？她散播二妮兒是傻子這件事若是被娘知道，肯定饒不了她。娘雖然不喜歡咱們家，但是她最好面子，也還算公正。」

聽到隔壁房間斷斷續續的談話聲，房言心想，原來這個家也有這麼「有趣」的親戚啊，等她「恢復正常」，得好好會會他們才行！

張氏做的事情，果然被房二河的母親高氏知道了。

高氏得知之後，氣得不得了。她心想，這個兒媳婦真蠢，老二家的小女兒是個傻子這種事，藏著都來不及了，竟然還出去宣揚？老三家也有女兒啊，怎麼一點都不考慮周全呢？

在外面聽人把這件事加油添醋地說了一番之後，高氏就回到家裡，見張氏不幹活躺在自己屋裡，就把她叫出來。

「說！老二家的二妮兒是傻子這件事，是不是妳去外頭說的？」高氏也沒遮掩，開門見山問道。

「娘，怎麼會是我說的呢，這種事我又怎麼會說出去？我也是聽別人說的。」張氏一看高氏臉色不佳，自然不敢承認。

「不是妳還能是誰，妳當我是笨蛋嗎？妳從老二家出來之後沒多久，這件事就傳遍了整個村子，妳還當妳自己聰明，外面的人早就把妳給賣了！」高氏怒道。

「娘……真、真的不是我說的，興許是別人說的，您可別誤會我啊！」張氏說什麼都不認。

「我誤會妳？妳也有女兒，怎麼就不替她想想？秋姊兒過幾年也要說親了，人家會在外面怎麼傳？他們只會說，房家有個傻女兒，誰知道她是哪一房的？」

「娘，二伯已經分家了啊，那是他們家的傻女兒，不是我們家的！」張氏這才開始有些著急了。

「哼，人家外村人哪會分得這麼清楚？妳這是想害自己的女兒嗎？蠢貨！」高氏被張氏這副模樣氣急了，罵了起來。

她當初是怎麼看上這個笨女人，娶進來當兒媳婦的?!

「娘，您得救救我們家小秋，她是無辜的，傻子是她堂妹，不是她！」自從張氏嫁進房家，高氏就是她背後最強大的靠山，她一直在她的縱容下橫行霸道。

「我知道妳還記恨當年的事情，要我說，妳不過是看老二過得好，氣不過罷了。要是再讓我知道妳存著這樣的心思，我第一個替老三休了妳！」高氏瞇了瞇眼睛說道。

「娘……我、我沒有，我怎麼可能有那種心思呢……」張氏被戳中心事，囁囁嚅嚅地應道。

「最好是沒有！」高氏的話擲地有聲。

「那……娘，您看這件事該怎麼辦？」張氏雖然怕高氏發火，但是她更擔心自己的女兒。

「能怎麼辦？妳以後不要出去亂說了。若是再有人問起，妳就說她不是傻子，只是不愛講話，腦子沒問題。可記住了？」高氏銳利的眼神掃向張氏。

「記住了。」張氏雖然心裡對這種說法不怎麼贊同，卻還是應了下來。

「記住了就行！這三天，灶臺上的事都交給妳，洗衣、餵豬也由妳負責，看妳還有沒有時間再去外面碎嘴！」高氏冷冷地說出對張氏的處罰。

「娘，這、這會不會罰得太重了啊？」往常這些事都是她和大嫂陳氏一起做的，交給她一個人，她怎麼做得來？

「哼，哪裡重了，我看正恰當！也好讓妳長長記性，以後不要什麼事情都往外說！」高氏沒有鬆口的意思。

張氏很清楚高氏的脾氣，只好認了，不再多言。

陳氏知道了這件事，自然在背後盡情嘲笑了張氏一番。

「她真蠢，又不是別人家的事情，怎麼能到處說？」晚上睡覺前，陳氏對房大河說道。

「咦？妳今天怎麼轉性了，妳不是最討厭老二一家，怎麼他家出了事，妳還幫他們說話？看來我真是娶了個好媳婦啊！」房大河笑道。

「身為房家的媳婦，我當然要為這個家考慮。再說了，就算我不為這個家考慮，也得想想我那兩個兒子。我雖然沒有女兒，但是兒子還要參加科舉考試，有那種傻子堂妹，說不定也會對他們有影響。」

房大河本來沒想得那麼遠，一聽自家媳婦這麼說，臉色也凝重起來。他點了點頭道：「還是妳跟娘考慮得周到，明天妳出去時最好跟別人說說……不行，我還是去跟爹娘商量，統整一下說法吧。」說著，房大河就急急忙忙去正屋找房鐵柱與高氏了。

陳氏看房大河出去，也跟在他後頭去了正屋。聽了房大河跟陳氏的話，高氏覺得自己罰張氏罰得太輕了，得加重處罰，斷絕再出錯的可能性。

最後，老宅眾人統一了口徑，只說二妮兒個性較內向，並非是傻子，而是不愛講話罷了。

第二天一大早，房大河就出門往村西頭去了。他知道大家早上都得下地去幹活，所以長話短說，把他們昨天商量好的事情對房二河重複了一遍。

房二河說道：「我和孩子他娘早就猜到是她散播的，只是我們沒什麼辦法。」

「娘已經處罰她了，總之大家在外只說那孩子性格過於靦覥，不是有什麼奇怪的問題。」房大河說道。

提到自家女兒，房二河有些壓抑不住情緒，略帶喜色地道：「大哥，其實有件事我沒跟你說。過去有個遊方道士從我們家門前經過，孩子他娘心善，給了他水跟吃食，那遊方道士看了二妮兒，直道她有造化。說她會變成那樣，是因為神仙喜歡她，召她的魂魄過去伺候神仙，所以心智才會有缺損，等到十歲左右，就能開口說話了。」

房大河瞪大眼睛，驚訝地問道：「竟然有這種事？」

房二河笑著回道：「是啊。」

剛剛走出家門的房言聽到這話，嚇了一跳。媽啊，這是哪裡來的遊方道士，竟然連她今年會穿越過來都知道？這可不得了！

她昨天還在想，萬一她突然開口講話，會不會被人當成怪物給燒死？結果今天就聽到這種話了。這可真是神仙保佑，她愛死那個遊方道士了。

察覺到房大河投射過來的眼神，房言的嘴角浮上甜甜的微笑。

房大河也衝著房言笑了笑，然後說道：「行，這件事我清楚了，回頭我就跟娘說一說，你們趕緊忙去吧。對了，大郎若是有什麼不懂的問題，儘管來問我們家老大，他這個堂哥課業雖然不算多好，但好歹也虛長他幾歲，即使學不到什麼東西，兩個人探討一下功課也挺好。」

「那怎麼行，你們峰哥兒今年剛通過縣試，馬上就要參加府試了，等他府試結束，我再讓大郎去叨擾他。」房二河激動地說道。大哥的長子房峰學業一向優良，若他能指點指點自己的兒子，那麼大郎明年的縣試或許能一搏。

此時的科舉制度包含四個階段——童試、鄉試、會試、殿試，其中童試又分為縣試、府試與院試三個階段，通過縣試與府試之後即可成為童生，正式踏出求取功名的第一步。

「咱們都是親兄弟，一筆寫不出來兩個房字，都是為了這個家著想。況且大郎是我姪子，他要是有出息，我臉上也有光。」房大河說道。

「嗯，我在這裡替他謝謝大哥了。」房二河回道。

房大河回去之後，就把房二河說的事情轉告給高氏。

「竟然有這種事？」高氏不太相信，她有個癡傻的孫女這件事已經掛在她心頭許久了。

「是啊，她今天還對著我笑呢，一點都不像個傻子。說不定她真像娘說的那樣，腦子沒問題，就是不愛講話而已。」

「唉，真是這樣就好了。」自從昨晚跟大兒子與大兒媳談過之後，她的一顆心老是掛著。長子、長孫就是她的命根子，只有排除所有不安定的因素，她才能放心。

房言不知道老宅那邊的事，她在聽哥哥們讀書；王氏在廚房做飯，大妮兒在幫她的忙；房二河則在剁雜草餵豬、餵雞。

看著眼前一幅農家樂的情景，房言依然覺得自己彷彿活在夢中。

很快地，早飯做好了。房言從昨天就知道，她大概是來到孤兒院所在地幾百年前的時空，畢竟這裡的口音跟飲食方面，跟她生活的地方挺像的。

今天早上吃的東西是白麵湯、饅頭跟鹹菜，如果是後世，大概會是米湯、包子與鹹菜。雖然這些飯菜沒什麼油水，饅頭也有點卡喉嚨，但是房言卻吃得非常開心。

對她這個正在長身體的孩子來說，只要東西是熟的，啥都吃得下，餓了就有得吃，自然高興。

看到房言比昨天更熟練地使用餐具，一家人都吃得樂呵呵的。

第三章　白鬍老人

吃過飯，房二河、大郎跟二郎就去地裡幹活了；王氏開始刷鍋、洗碗、洗衣服和打掃，大妮兒則在旁邊幫忙。王氏一直勸大妮兒不要做了，回屋繡花去，但是大妮兒就是不聽，拿起掃帚就開始掃地。

房言自然也想去幫忙。她已經快要忍不住了。她又一直沒人來認養，是孤兒院裡比較大的孩子，所以常幫老院長掃地、鋤草、種菜、做飯、洗衣服，甚至跟著老院長回鄉下老家去幹農活，所以她對這些工作算是熟悉。看到王氏和大妮兒辛苦的樣子，她實在心癢難耐，想過去搭把手。

進孤兒院的時候，那裡才成立不久，資金還沒到位，

無奈，房言的手剛要伸進水裡去洗碗，就被王氏叫了回來。

等王氏終於忙完了，看房言一副坐不住的樣子，便淺笑道：「二妮兒，妳是不是無聊了？娘唸一段書給妳聽吧。」說著，王氏就去書架上拿出一本《論語》。

王氏的父親是讀書人，卻不迂腐，主張女子應當識字、學習道理，是以王氏唸過一陣子書，而她對女兒們的教育態度也是一樣。大妮兒就不用說了，王氏不但教她繡花，還讓她識字；二妮兒雖然自幼就呆傻，王氏卻常唸書給她聽。

房言上輩子念中文系，對文言文、四書五經有所涉獵，所以一眼就認出這兩個字。很

好，看來這裡不是異時空，接下來她只需要知道現在是哪個朝代，就可以規避風險了——最好是她熟知的時代，要不然她也說不清未來歷史的走向。

「有朋自遠方來，不亦樂乎……事其大夫之賢者，友其『士』之仁者。」

「啊！」房言正聽得昏昏欲睡，突然間聽到一個內容不太準確的句子，她便發出聲音指了指書。

「嗯？怎麼了，二妮兒？」王氏不太明白小女兒的反應是怎麼回事？

「啊！」房言又指了指書。如果她沒聽錯，王氏把「友其『士』之仁者」唸成「友其『土』之仁者」。有了那個遊方道士說的話作為憑藉，現在要是不抓住恢復正常的機會，那就真的太傻了！

她昨晚聽房二河說，原身從小就喜歡聽人讀書，都聽這麼多遍了，指出一個錯誤的地方，也不會太讓人驚訝吧？

王氏又看了書本一眼，終於明白這是怎麼回事了。她激動地道：「二妮兒，妳是不是發現娘讀錯了？」

「啊。」房言發出聲音回應。是啊，我就是這個意思。

王氏不禁流下眼淚，喊道：「大妮兒，妳快過來，快來瞧瞧妳妹妹！」

「怎麼了，娘！」聽到王氏的呼喊，大妮兒慌慌張張地跑過來。

「娘剛剛讀錯了一個字，妳妹妹竟然聽出來了。」

「真的嗎？娘，小妹的病這回肯定是快好了！」大妮兒的情緒也激昂起來。

「是啊！娘再試一下讓妳瞧瞧。」

王氏又讀了一遍錯誤的內容，房言自然知道她的用意，便又伸出手來指了指書，一副著急的樣子。

「唉呀，是娘讀錯了，娘再讀一遍。」接著王氏讀了一遍正確的句子，這回房言點點頭。

「娘，小妹要好了，以後我能跟小妹說說話了！」說著，大妮兒跟王氏抱在一起哭了一會兒。

這麼多年過去，王氏早就習慣小女兒呆傻的模樣，有一天她卻突然要變正常了，這讓她激動得不知如何是好？

一看母女倆哭得厲害，房言趕緊「啊啊啊」地指著書，意思是讓王氏快點讀，別再流淚了。

目前在王氏眼中，這個小女兒最重要，所以聽到她出聲，她趕緊繼續往下讀。之後，王氏又故意讀錯幾個字，房言再發聲指出來，她抓到錯誤一回，王氏就高興一次，一上午不知來來回回、反反覆覆了幾次。

後來大妮兒索性不繡花了，也學起王氏，刻意讀錯內容讓房言指出來。這種幼稚的舉動讓房言悶到受不了，可是每次她都得淡定地做出反應。還好她們讀的一直都是《論語》，要是換一本，她未必就能聽出來哪裡錯了。

王氏與大妮兒逗房言這項活動還沒結束，下地鋤草的爺們三個人就回來了。

這時候王氏自然告訴他們今天發生的事，然後又刻意讀錯內容，房言很配合，像是第一次聽到似的，指了出來。

二郎一看，立刻唸了一個他早上背過的句子，沒想到這次房言一臉迷茫地看著他。

大郎走過來道：「二郎，你又調皮了，你讀的這句小妹根本沒聽過，怎麼會知道你讀的對不對？我看你不如每天早上對著小妹背書，說不定她能指出錯誤。若真是如此，你這個臉可丟大了，畢竟連小妹都會了，你還不會。」

二郎一聽到大郎的話，瞬間變得垂頭喪氣。

現在還不是吃飯的時間，房二河之所以帶著兒子們回來，是因為外面的陽光太猛烈，而且他們三個都沒怎麼幹過農活，需要休息一下。要是為了一塊地把人給累傷，可就不值得了。

幾個人說了一會兒話之後，大郎與二郎就去東屋看書，大妮兒也去繡花了。房言跟王氏和房二河待在一起，他們在聊一些親戚的事，但她沒什麼興趣。

過了一會兒，房言想去書房翻一翻書，尋找如今的朝代。她趁王氏不注意時，默默起身去了東屋。

當她推開門的時候，二郎正在寫字，大郎則在看書，還沒等她走進去，王氏的聲音就傳了過來。

「二妮兒，妳嚇死娘了，要出去怎麼也不說一聲？快過來，妳哥哥們要用功，別去打擾他們。」

房言皺了皺眉。她不想出去，想待在這裡。她正思考著該怎麼讓王氏知道自己的心意，就發現大郎看了過來，她咬咬唇，可憐巴巴地看著他。

大郎心一軟，說道：「娘，就讓小妹先在這裡待一會兒吧。我看她最近安靜得很，要是太過吵鬧的話，我再讓她出去好不好？」

王氏一聽大郎這麼說，就沒再反對。

房言終於如願以償，臉蛋浮起了笑容，大郎一見，也笑了起來。

「來，妳坐在這裡吧，哥哥讀書給妳聽，好不好？」大郎溫柔地說道。

房言乖巧地在大郎身邊坐好，點點頭。

應試科舉的書籍，內容自然不是什麼有趣的故事，就像二郎說的一樣，滿篇的「之乎者也」。聽著聽著，房言不知不覺地趴在桌上睡著了。

這一覺，房言感覺自己睡了好久，因為她作了一個很長的夢。

房言走到一大片森林裡，找不到出去的方向，心裡著急得不得了，此時突然憑空出現了一個白鬍老人，她直覺祂是個神仙。

「祢是誰？」房言問道。

「我是誰不重要，重要的是妳是誰。」老人捋了捋長長的鬍子說道。

「我是誰？我是房言啊，祢快送我出去！」房言覺得她被困在夢裡跟這個神仙有關。

「房言？不不不，妳是二妮兒。喔，不對，二妮兒也是房言。對，妳是房言，又不是房言。」那老人語氣神秘地說道。

「什麼意思？」房言皺了皺眉。看來，祂知道她的秘密。

「其實，妳本來就應該生活在大寧朝，而且還會當上娘娘。只可惜，妳出生的時候，命運簿被我手下一個粗人不小心抹去了一些，所以妳的魂魄丟了。我幾番查找之下才發現，妳的魂魄竟然飄到另一個時空。我本就是管理時空跟命運的神仙，這件事雖然不是我造成的，但我也難辭其咎，因此我把妳的魂魄牽引過來。」

房言算是弄明白了，搞了半天，她本來就該是二妮兒！

「那我在那個時空會怎樣呢？」她突然死在孤兒院，會不會讓那裡的人擔上什麼責任？雖然老院長不在了，但是她也很喜歡那些看著她長大的叔叔跟阿姨。

「這點妳不用擔心。妳本來就不屬於那個時空，當妳一離開，在那個時空存在的痕跡就會消失，不會有人記得妳，妳就像不曾存在過一般。」白鬍老人得意洋洋地說道。擾亂空間秩序是大罪，他可是將一切抹得乾乾淨淨，沒留下任何證據。

「喔。」聽到祂說沒人會記得她，她就像不曾存在過一般，房言頓時難過得不得了。這種妳記得所有人，可是他們卻忘了自己的感覺，實在不太舒服。

「事情就是這樣，我也跟妳交代清楚了，妳自己明白就行。以後妳就以現在這個身分好好生活吧，我已經替妳解決所有障礙了，就算妳現在睜開眼睛開始說話，也沒有人會懷疑妳的。」一想到這裡，白鬍老人又得意地摸了鬍子一把。嗯，他真的是太聰明了。

「那個……祢是不是就是他們說的那個遊方道士？」房言瞪大眼睛問道。

「正是在下。怎麼樣，有沒有很感激啊？我都替妳鋪好路了。妳在那個時空學到的東西，儘管在這個時代使用，其他人都會相信妳，畢竟妳是神仙身邊的童子，就安心地待在這裡大展身手吧！」

「不，我覺得我麻煩還挺大的。」在這個異時空，房言覺得自己非常需要一些生存技能。

這個大寧朝跟她之前待過的時空不是同一個，到唐、宋為止似乎還一樣，之後就改變了走向。這是死亡率極高的古代，連一個小小的風寒都能奪取人的性命，萬一得了什麼重病，豈不是兩、三下就掛了？更何況，她還是個弱女子，沒有一點防身的手段可不行。

「哪裡有問題了？」白鬍老人問道。

「我畢竟對這個朝代不熟悉，跟在這裡土生土長的人還是不一樣，萬一有一天他們覺得我是個異類，要燒死我怎麼辦？」

「不可能！我看過妳的命運簿……」白鬍老人話說到一半，忽然停下來。

不對，房言原來的命運不小心被特殊的藥水弄沒了，那一欄如今已經寫不上字，她往後的人生究竟會是如何，還真的不好說……

房言一看白鬍老人的表情不對，也變了臉色，問道：「我的命運有什麼問題嗎？難道我不會被燒死的，而是會被砍死或淹死？」

「咳咳，不是。關於妳的命運，這是天機，不可以洩漏，所以我不便多講。」白鬍老人的眼神閃爍，不敢直視房言的眼睛。

「還是說，祢的屬下把我的命運弄沒了之後，我未來的人生會是空白的？」房言懷疑地問道。

看著老人，房言繼續道：「不會是被我猜對了吧？而且，我記得祢剛剛說我應該是娘娘命，堂堂的皇宮娘娘說沒就沒了，祢不用承擔責任？」

白鬍老人心虛到不行，看著房言，他忽然想通了問題的癥結，只得無奈地道：「說吧，妳想要什麼？」

房言給了祂一個「算祢上道」的眼神，答道：「我現在沒什麼保命的東西，不如祢教我一些法術。」

「不行。」他是個有底線的神仙，不可能教凡人這種事。

「要不然給我仙丹，讓我百毒不侵、長生不老？」

「沒有。」真有這種仙丹，他也不至於長出白鬍子了。

「這也沒有、那也沒有，祢到底有什麼啊？」房言無語地看著眼前這個「神仙」。

「我雖然沒有百毒不侵、長生不老的仙丹，但是我這裡有一種跟這個差不多的東西，倒是可以送給妳。」

「什麼東西？」對房言來說，這簡直是意外之喜。她其實並不認為自己真的能從神仙手裡要到什麼東西，剛才那麼說，不過是討價還價罷了。

白鬍子老頭手一揮，房言身上就發出一道亮光，但是那道光瞬間就消失不見了。

「這是什麼寶貝？」房言好奇地問道。

「妳也知道，我是掌管這個時空的人，妳既然想保命，我就送妳一處空間，讓妳可以存放任何東西，或是遇到危險時能躲進去。但是，此事妳千萬不能說給任何人聽，否則妳將會永遠消失。」

房言一聽到有這個神奇的空間，驚喜地瞪大眼睛，至於祂後面的告誡，除非她是腦子壞掉，否則怎麼會主動告訴別人那些事呢？

當房言醒過來的時候，恍恍惚惚中還記得那位神仙臨走前最後一句話，說她只要能好好運用過去的經驗與祂給她的東西，將來必定是個大富大貴之人。想到這裡，她笑了出來。

大富大貴！看起來吃穿是不用愁了。

「娘、娘！您快叫爹回來，不用去找大夫，小妹醒過來了！」大妮兒——也就是房淑靜哭著叫道。

一醒過來，這個家的人名就進入了房言的腦海。爹是房二河，娘是王氏，大哥叫房伯玄，二哥叫房仲齊，姊姊叫房淑靜，她就跟前世一樣叫房言。大郎、二郎、大妮兒、二妮兒，是家人之間對他們這些孩子的暱稱。

「我去叫，娘您先進去看小妹。」平時非常穩重的房伯玄也激動地道。

王氏聽了，趕緊進去房間看房言。

房言趴在書桌上睡著了，沒想到這一睡竟然睡了足足三個時辰。剛開始叫不醒人，王氏還以為孩子是累了，所以她並未多想，只為這個小女兒留了午飯。

直到大家午睡起來，房二河、房伯玄跟房仲齊都去地裡幹活了，王氏還是叫不醒房言，便趕緊讓房淑靜在家看著，她則跑去地裡叫人。

後來幾個人叫了半天，還捏了房言的手臂，都不見她有任何反應。王氏摸了摸房言的身體，既不熱也不冷，看來不像生病，卻一點都沒有要轉醒的樣子，內心不禁更加焦急。

眼看天要黑了，他們只好準備去叫大夫，沒想到房二河出門沒多久，房言就醒過來了。

王氏看著房言，哭道：「妳這孩子到底是怎麼回事，嚇死娘了！妳好不容易正常了些，怎麼又這樣了？要是妳有個什麼的話，讓娘怎麼活呢？」

不一會兒，房二河跟房伯玄就回來了，看房言沒什麼事，大家全都放下心來。

房言看著這群關心她的人，肚子忽然咕嚕咕嚕地叫起來。

「餓。」

「嗯？二妮兒，妳說什麼？」房二河盯著房言問道。

「餓。」房言又清晰地重複一遍剛剛的話。

「餓了啊，娘這就做飯去。想吃些什麼，儘管跟娘說！」王氏激動地問道。

這可難倒房言了，她怎麼知道家裡有什麼，又怎麼知道該說些什麼呢？

看到房言皺起眉頭的樣子，房淑靜及時解救了她。

「娘，您別難為小妹了，她剛剛才會說話，大概也說不出來自己喜歡什麼吧，您做給她吃就行了。」

「對，是娘一時太激動，忘記了，娘這就做飯菜去。」說著，王氏擦了擦眼淚，轉身去了廚房。留給房言的午飯是用不著了，就餵給豬吃吧。

沒多久，王氏就做好了飯菜。

一家人開開心心吃完晚飯後便早早睡下，等到身旁的房淑靜傳來均勻的呼吸聲，房言終於能好好查看自己的「空間」。

第四章　搜尋田地

房言心裡默默想著「進空間」，接下來一瞬間，就感覺到自己被納入一個獨立的房間。

這個地方大約六、七坪大，裡面空蕩蕩的，沒有任何東西，也沒有任何說明。

不過，這空間彷彿有自己的意識。房言這麼一想，眼前立刻飄出來一大段文字，上面寫著相關敘述。

一、場所名稱：空間。

二、基本介紹：是一個普通的空間，不可升級。

三、特殊用途：能用來躲避災難，可無限制地存放物品。

四、內含物品：靈泉。

五、附注：靈泉是二十三號空間之神後花園的泉水，對仙界無用，對凡界有用。可提升植物品質，避免食用某些食物後帶來的負作用；可促進人體健康，解決各種疑難雜症。持有者可憑意念自由操控其出現或隱藏，一天只能使用一滴，數量共一萬。

看過這些文字之後，房言不禁感到驚喜萬分。

有了這個空間，若有人要對她不利，她就能躲進來；而且古代經常鬧饑荒，這能用來儲存糧食，隨時隨地拿出來食用。

至於那個靈泉，更讓房言覺得自己天下無敵。既然是神仙給的，效果肯定相當驚人，光是能解決各種疑難雜症，就足夠讓她無視古代落後的醫療條件與生存環境了。

她不是一個野心勃勃的人，只要一家人能衣食無虞、平平安安守在一起就好。有了靈泉和空間，往後的日子就不用愁了。

想到未來的人生將會一片光明，房言嘴角帶著笑意睡著了。

第二天早上，房言早早就醒了過來，因為她突然想起昨天沒提取一滴靈泉出來。萬一靈泉一天只有一滴，逾期作廢怎麼辦？這麼一想，房言就默默在心裡唸了一聲「靈泉」，結果發現可提取數量為兩滴，這下她徹底放心，趕緊出去洗漱。

打理好儀容後，房言就跟著房二河餵雞、餵豬，還圍著王氏轉；王氏見她精氣神十足的模樣，也非常欣慰。

吃完飯之後，房言走到她喜歡的那個門檻上坐下來。看著一家人辛苦工作的樣子，她在思考一件大事——究竟該怎麼賺錢？

自己的「病」會慢慢好起來，可是賺錢是另一回事。

房言看著在雞舍裡叫得正歡的一群雞，又看向在豬圈裡嗷嗷直叫的豬，頓時覺得壓力極大。

不管是養雞還是養豬，她都不擅長，靈泉對這些動物會不會有什麼好處？萬一母雞總是下兩個蛋，甚至成精了，該怎麼辦？光是想像那個畫面，就讓房言一陣惡寒。算了，還是等她研究好靈泉的功效再說。

想了半天，房言對怎麼賺錢這件事仍毫無頭緒，於是她低著頭，開始數地上的螞蟻。一隻、兩隻、三隻……十隻。咦，那一片菜葉是什麼？馬齒莧？是從餵雞的食物裡面掉出來的吧。

房言把菜葉撿起來看了看，果然是馬齒莧。這種植物葉厚莖粗，用手一掐，水嫩嫩的。馬齒莧能從春天長到秋天，她手上這個一看就是剛長出來的。想到小時候老院長用馬齒莧做的各種食物，她口水都要流出來了。

這個時候，房淑靜恰巧從旁邊經過，她對房言說道：「小妹，妳看這個東西幹啥？這是餵雞的，不能吃，快扔掉。」

房言愣愣地看著房淑靜，不能吃？是這個朝代不吃，還是他們家不吃？

聽到大女兒的說話聲，王氏走過來，看著房言手中的菜葉道：「喔，是馬蜂菜啊！災荒之年常有人用這個東西果腹，現在集市上偶爾會賣，只不過賣不到好價格，一文錢就能買兩斤。我小時候家裡買過，在鍋裡炒一下，味道怪得很，不好吃。」

原來馬齒莧在這裡叫馬蜂菜？不過這種野菜不能直接炒，要用水煮一下再涼拌才好吃，做成餅也很不錯。

房言心想，不如先拿馬蜂菜試看看？

然而，去哪裡採野菜是個大問題。她現在不能出門啊……

等到下午房二河父子要出門的時候，房言突然覺得機會來了，她快步跟了上去。

房二河一開始沒能明白房言的意思，見她幫忙拿鋤具，還開心得不得了，覺得自從她狀況好轉之後，整個人都懂事多了。

沒想到，他們都走到門口了，她還跟在後面。他要房言退回去，她卻搖搖頭，不為所動。

沒多久，房二河就推測出房言的意圖了。「二妮兒，妳是不是想跟著爹去地裡？」

見房二河終於明白自己的意思，房言忍不住笑起來。

房二河說道：「可是地裡沒什麼好玩的東西，爹跟哥哥們是要去幹活，妳就在家乖乖跟著妳娘和姊姊行不？」

此時王氏走過來，道：「二妮兒，妳過來，娘教妳繡花好不好？」說著，王氏摸了摸房言的頭髮。過去她沒教小女兒繡花，是因為她畢竟不太正常，如今她好了許多，也該學習女子應當具備的技能。

房言一聽到「繡花」兩個字，有點頭痛。她知道古代女性一定要會針線活，她也不排斥學，可是一想到那密密麻麻的針腳，想到房淑靜專心坐在那裡穿針引線的樣子，她就生理性地排斥這項活動。

想了想，房言扭過身，站在房二河身邊，還扯著他的袖子，抬頭看向他——我不想繡花，爹，您一定要幫我啊！

果然，房二河看到房言的神情，開始猶豫了。「那個……孩子他娘，要不然讓她跟著去？」

王氏皺了皺眉。她是在鎮上長大的姑娘，從小沒吃過什麼苦頭，也沒下過田、種過地，之前她雖然提出來說要一起下地幹活，但她並不希望自己的女兒受這種苦。

「二妮兒，要不然娘在家裡教妳練字吧？」王氏又拋出另外一項活動。

房言雖然對練字這件事有點嚮往，可是她現在最想去田地裡瞧瞧，去外面看看這個自己將要生活一輩子的世界。

所以，房言依然沒有動搖。這一次，她不僅看向她爹，還瞄向她大哥。她知道，因為她大哥是讀書人，又非常穩重，所以在家裡的地位非常高。

她大哥也沒令她失望，房伯玄思索了一會兒，便道：「爹、娘，讓小妹跟著去吧。她從小沒怎麼出過門，現在病情終於好轉，出去看看也好，說不定出了門讓心情放鬆，病會好得更快。」

房言一聽，轉身抱了抱她大哥。房伯玄驚訝地摸摸她的頭髮，將視線投向他們爹娘。

王氏聽了房伯玄的話，看了房言一眼，又看向房二河，回道：「嗯，既然你們都這麼說了，那就讓她去吧。」

房仲齊這時也站出來保證：「娘，您放心，我跟爹還有哥哥一定會把小妹看牢。」

「你們路上要是遇到人，一定要保護好二妮兒，別讓他們說些有的沒的。」這是王氏最擔心的一點。雖然小女兒的病情已經好轉，但是畢竟還沒好全。

房伯玄的表情變得鄭重，他點點頭道：「娘，我一定會看好小妹。」

「那就好。要是二妮兒累了，就早點送她回來。」王氏說道。

「知道了，娘。」房仲齊答道。

他們幾個人要離開的時候，房言過去抱了王氏一下，之後轉身笑著跟她揮揮手。

出了門之後，房言才發現，這個時代農村的架構跟現代的並不一樣，別說左鄰右舍了，最近的一戶人家離他們家也有個五十公尺左右，再往邊上走，就是一座大山，他們家離那座山比離村子的人還近。

房仲齊見房言盯著山看，就靠到她身邊，偷偷地告訴她。「我跟妳說，二哥前幾天去山上看過，那裡有山雞跟兔子，等妳病好了，二哥就帶妳去玩，怎麼樣？」

房言聽了眼前一亮。山雞！她從來沒見過山雞，只聽說山裡跑的野雞比一般農戶養的好吃，不知道是不是真的？還有兔子，想到兔肉的味道，她的口水都要流出來了，只可惜她只在小時候吃過兔肉，長大以後再也沒嚐過。

她神情嚮往地看著房仲齊，很想告訴他：現在就帶我去，我沒病，真的。不過這個念頭還沒付諸實行，她心中的小火苗就被房伯玄一句話給澆滅。

「二郎，你又在跟小妹說些什麼？山裡時常有野獸出沒，萬一你們遇上了怎麼辦？你跑得快就算了，萬一小妹被野獸傷了呢？」

「我去了幾次也沒見過什麼野獸啊……」房仲齊不服氣，嘀嘀咕咕地說道。他顯然是懼怕他大哥的「淫威」，即便不服，也不敢大聲說出來。

走在最前面的房二河聽到了，笑道：「現在是沒看到什麼野獸，但是爹小時候，只要村子裡的地收成不好，很多人就會去山裡打獵。有一次，一夥獵人跑到另一座山頭去，結果遇上老虎。那老虎沒有越過山頭的意思，所以有些跑得快的人僥倖逃脫，但幾個倒楣的人就沒那麼好運了。從那以後，咱們村子就沒幾個人敢去那邊打獵。不過有些人不怎麼擅長種地，還是會靠打獵為生。」

房仲齊聽了，眼睛發亮地盯著自家爹爹瞧，盼望他講出更多關於打獵的趣談。只可惜房二河對這些事也不怎麼感興趣，說了幾句就不再提了。

儘管房二河沒再繼續說，房仲齊卻照他剛才的話總結道：「也就是說，咱們這座山頭還是很安全，去看看也沒關係嘛。」

「周邊的確沒什麼危險，但是你們小孩子沒定性，萬一太深入山裡怎麼辦？要是沒有大人帶領，還是別去了。」房二河說道。

「知道了，爹。」房仲齊有些失落地應道。

沒多久，房二河一行人就到了地裡。他們父子三人一人一隴地開始鋤草，房二河讓房言在一旁待著，不讓她幹活。

房言沒忘記這次跟來的目的，她從房二河、房伯玄與房仲齊清掉的草中，找到了馬蜂菜，一株一株地挑出來。

房仲齊一開始就看到房言的動作了，他實在不能理解她為什麼要把野草挑出來？看到房言整理出太多野草，不知所措的樣子，他便走過去道：「要不扔掉吧，這些東西沒什麼用。」

誰知房言一聽，卻是搖搖頭。

房仲齊彷彿早就知道房言會這樣，沒什麼停頓地道：「不然我先幫妳放到地頭上，回去的時候再幫妳拿走。」

這個提議讓房言表情一亮，微笑地點點頭。

房仲齊從房言那裡接過所有馬蜂菜，跑到地頭上放下，等他回來的時候，房伯玄道：「二弟，你又不好好幹活，跑那麼遠做什麼去了？」

「大哥，你這可真是冤枉我了，明明是小妹想要那種野草，她拿不了了，我先幫她放著。」

「是嗎？你別欺負小妹不會說話，就在那裡撒謊。以前就算了，現在小妹已經開了心智，不會再為你掩飾了。」房仲齊過去的不良紀錄太多，所以房伯玄不怎麼相信他。

「大哥，我這次真的沒說謊。」房仲齊大呼冤枉：「不信你去問問小妹。小妹，妳說呢？」

房言正笑嘻嘻地看著他們兄弟倆鬥嘴，一聽房仲齊提到她，她就笑著抱抱他的胳膊，輕喊道：「哥。」

房伯玄一聽到她開口，也不追究房仲齊的事了，驚喜地道：「小妹，妳剛剛是在叫哥哥嗎？」

「不是，小妹叫的是我，是不是是？」房仲齊同樣喜出望外，卻不忘損一下房伯玄。

房二河本來在前面鋤草，聽到兒子們和小女兒的動靜，就轉身走過來，笑道：「你們兄妹三個幹什麼呢？」

「爹，小妹叫我哥了。」房仲齊激動地說道。

「二妮兒會叫哥了？真的?!」房二河不敢置信地問道。

「是啊！小妹，妳再叫一聲給我們聽聽？」房仲齊滿懷期待地看著她。

迎著大家充滿希冀的目光，房言覺得自己就像個剛學說話的小嬰兒一樣。雖然有些羞恥，她還是開口說了一聲：「哥。」

叫完之後，她又看了略顯失落的房伯玄一眼，喊道：「哥。」

說完，房言就忽略他們狂喜的表情，轉身又去找馬蜂菜了。

房二河看到房言的舉動，想到早上她曾幫他餵雞，就問道：「二妮兒，妳弄這些野菜是不是要給雞吃的？」

房言聽了這話，就開始思考，怎樣才能讓她爹明白自已的意思呢？

想了想，她撿起一株馬蜂菜，說道：「雞，我。」接著作勢要把東西往嘴裡放。

房二河理解了她的想法，他笑了笑，道：「喔，原來是咱們家二妮兒也想吃了。雞可以吃，妳也可以吃？」

房言開心地點點頭，繼續尋找長得鮮嫩的馬蜂菜。

房二河心想，這種野菜他小時候也吃過，並不好吃，不過小女兒找找菜能打發時間，沒什麼壞處，他就沒再說什麼，去忙自己的了。

等到太陽快落山的時候，一行人回到了家裡。

王氏整個下午都有些心神不寧，此時看到房言安然無恙且心情愉快地返家，這才放下心來。

接下來，房言想洗馬蜂菜了；房仲齊從眼神看懂了她的意思，主動拿去洗。

房淑靜見狀趕緊過來幫忙，不過，她今天卻有點不高興。看了正在洗菜的房仲齊一眼，她站在房言身邊道：「二妮兒，我剛剛聽二郎說妳會叫哥哥了，那姊姊呢？姊姊從前教了妳那麼多遍，都沒聽見妳叫，怎麼這才跟二郎出去一趟，就會叫他了？」

房言想了想，看著房淑靜，試了幾次還是沒叫出聲來。「姊」這個字不好發音，還是讓房淑靜教教她，她再叫吧。

「妳是不是不會叫？姊姊教妳，姊……姊……姊……」

房言被房淑靜糾纏了一會兒，終於忍不住叫出來：「雞，雞，雞！」

「不對，應該是『姊』，不是『雞』。」房淑靜糾正道。

演夠了戲，房言這才把一聲「姊」叫了出來。

房淑靜聽著房言那不甚清楚的「姊」，開心得不得了。她走到井邊，把房仲齊手裡的菜接過來，道：「二郎，你沒洗過菜，還是別洗了，姊姊幫你們洗吧。」

房言看著房淑靜與房仲齊站在一起的樣子，終於明白了一件事。她原本就覺得這兩人長得也太像了，卻始終沒往「龍鳳胎」那方面想，現在仔細比對他們的長相，她基本上能確定，她這對兄姊是長得非常像的龍鳳胎！

房仲齊要是換上女子的衣服，跟房淑靜兩個肯定會被人認成姊妹。

洗完菜之後，房淑靜把菜遞給房言，嘴裡說道：「二妮兒，妳這是要給雞吃的嗎？如果是的話，根本不需要洗，直接扔給牠們就行。」

房言堅定地搖搖頭，指了指自己的嘴巴，道：「吃。」

見房淑靜皺眉，房仲齊說道：「小妹想弄給自己吃，才不給雞吃呢。」

「自己吃？可是娘說這種東西不好吃啊。」

「嗯，爹也說不好吃。」

兩個人說完，就齊齊地看向房言。

房言心想，雖然她現在是個小孩，但她才不管哥哥姊姊說什麼呢，手一揮，她就要房淑靜去幫她燒熱水。

第五章　初嚐野菜

王氏正在廚房做菜，碰巧用不到鍋子，所以房言就往裡面放水，然後比劃起一連串動作。

看了一會兒，王氏問道：「二妮兒，妳還想著要吃馬蜂菜？」

房淑靜看懂了房言的意思，說道：「娘，興許是早上聽到您說這菜炒起來不好吃，所以她想燒開水煮來吃。」

房言聽了房淑靜的話，不禁猛點頭。其實馬蜂菜炒起來也好吃，以前嚐起來不怎麼樣，大概是他們用的方法不對吧。不過她炒菜的功力太差，加上炒這個烹調方式不僅麻煩，更需要用油，所以她還是涼拌就好。

因為房言剛才開口叫「姊」了，所以房淑靜心情變得很好，房言叫她做什麼，她就做什麼。

不一會兒，水就燒開了。房言把馬蜂菜全放進去，差不多三分鐘左右，她就掀開蓋子想撈菜出來，結果掀得太急，差點被水蒸氣燙到手。

房淑靜一看，趕緊停止燒柴，站起身來道：「小妹，妳小心一點，想做什麼，姊姊幫妳。」

房言「啊啊啊」地指了指鍋裡的馬蜂菜，房淑靜皺了皺眉，說道：「二妮兒，這菜才煮了一會兒，應該還沒熟。」

房言不聽，繼續發出聲音指著鍋子，房淑靜沒辦法，只好幫她把菜撈出來。

王氏看房言沒燙到，就沒說什麼，只是面帶微笑看著兩個女兒在那裡忙來忙去。

馬蜂菜撈出來之後，房言思考著要怎樣才能不動聲色地把它做成涼拌菜？忽然間，她想到了一個主意——古有神農嚐百草，今有她房言嚐野菜！

房言看著熱氣騰騰的馬蜂菜，假裝要吃，拿著筷子嚐了嚐，嚐完之後她皺起了眉。這樣煮果然不好吃。

房淑靜見狀笑起來，說道：「看吧，娘早說過不好吃，妳還要試。這種野菜大概就是不可口，不管是炒來吃還是煮來吃都不成。」

房言心想，對，炒來吃和煮來吃都不成，但是涼拌好吃！

見房言低著頭不知道在想什麼，房淑靜便安慰她道：「沒事的，小妹，不好吃咱們可以拿去餵雞，也不算浪費。說不定咱們家的雞吃了妳煮的野菜，能多下幾個蛋呢。」

此時王氏快做好菜了，她最後往裡面撒了鹽，又滴了幾滴油。房言一聞，竟然是香油！他們家現在不是很窮嗎，哪裡來的香油？

王氏注意到房言對香油的反應，笑道：「這香油是妳舅舅的同窗送的，妳舅舅給了咱們一點，妳這小鼻子可真是靈啊。」

過了這麼一些時間，房言的馬蜂菜已經變涼了。她假裝學王氏的動作，在上頭撒了一點鹽，準備放香油之際，她猶豫了一下，但最後她還是趁王氏和房淑靜端菜出去的時候，趕緊滴了幾滴。

等房言的眼角餘光看到王氏要進廚房來了，她才放下瓶子。

王氏果然如房言所想的一樣，心疼地看著香油瓶子。她不是不想讓小女兒拿去用，而是覺得那是寶貴的物資，就這麼隨便倒在野菜裡，實在太浪費了。不過，就算那些東西再貴，在她眼裡也不如女兒珍貴，所以她一句話都沒說。

房言見狀放下心來，又把王氏做菜時剩下的蒜末扔了一點進去，扔完以後覺得量不太夠，又自己拿蒜瓣剝起來。

房淑靜看到了，笑道：「娘，我看二妮兒是在學您做飯呢，又放鹽又放蒜的。」房淑靜沒瞧見房言放香油，只看見她放鹽和蒜。

「她還放了香油呢，可不是在學我嗎？」王氏略顯無奈地低語道。說完，她就先離開廚房了。

房言現在已經管不了那麼多，因為她快要大功告成了！剝完蒜，她剛想拿菜刀來拍一拍，東西就被房淑靜搶過去。

「姊姊幫妳弄吧，妳沒用過刀，切到手怎麼辦？」說完，房淑靜熟練地剝起蒜瓣。

雖然房淑靜也在鎮上長大，但是王氏並未一味地寵愛她，除了唸書跟女紅，廚房也得進。

王氏這倒不是想讓女兒以後天天做菜，而是要會這麼一門手藝，可以不做，但不能不會，否則到了婆家可就難過了。這不，雖然她教會房淑靜做菜，平時卻沒怎麼讓她掌勺。

等房淑靜剁好蒜，房言就把蒜末扔進去，然後盯著裝菜的碗發呆。沒辦法，她可不能一下子做太多，否則會惹人懷疑。

房淑靜幫人幫到底，送佛送上西，她從竹籠拿出一雙筷子，在碗裡拌起來。拌完之後，房淑靜就把菜碗遞給房言。

房言拿著自己剛剛用過的筷子，嚐了嚐菜的味道。嗯，不錯，還挺好吃的，雖然沒有太多調味料能放，但是味道還可以。吃完嘴裡那口菜，房言又挾了一筷子。

房淑靜見房言吃得津津有味，也好奇地嚐了一口。吃了之後，她驚喜地瞪大眼睛，點點頭道：「嗯，味道還不錯。小妹，妳可真厲害！」

「妳們姊妹倆在做什麼呢？快過來吃飯吧。」王氏在堂屋裡叫道。

房淑靜應聲答道：「好，這就去！」

說完，房淑靜端起房言調的馬蜂菜，對她說道：「走吧，讓大家嚐嚐。」

房言自然點頭同意，跟在房淑靜後面進了堂屋。

房淑靜一進門就道：「娘，您快嚐一嚐，小妹這麼做還挺好吃的。」說著，她就把涼拌馬蜂菜放到王氏手邊。

王氏吃過這種菜，不太相信會有多好吃，她皺眉看了涼拌馬蜂菜一眼，猶豫著要不要吃看看？

房二河在旁邊聞了聞，說道：「這菜挺香的呢，既然是二妞兒做的，爹怎麼也要嚐一嚐。」

雖然房二河知道馬蜂菜不好吃，但這畢竟是小女兒做的，給點面子不為過。

吃了一口之後，房二河有些驚喜，忍不住又挾了一筷子，讚道：「還真是挺好吃的。」

他一邊吃，一邊點點頭。

王氏笑著說：「你女兒就算端一盤沒煮過的菜給你，你也會說好吃吧？況且，這裡面倒了香油，肯定不會太難吃，說不定是香油提味的。」

房二河搖搖頭，說道：「倒不是，是真的好吃，不信的話妳嚐一嚐。」

王氏見大女兒跟丈夫都說好吃，而且小女兒也殷切地盯著自己看，便挾起一口試試。嚐完之後，她有些驚訝地說：「怎麼好像跟以前吃的味道不太一樣？我記得原本吃起來乾乾的，很柴，沒想到這水分挺足的。」

「說不定是因為以前做的方法不對，這種東西一炒，可能水分就沒了。」房二河說著，又挾了一筷子。

察覺到房伯玄和房仲齊好奇的目光，王氏把涼拌馬蜂菜放到桌子中央，說道：「你們哥兒倆也嚐一嚐吧，這是你們小妹第一次做的菜。」

房伯玄和房仲齊嚐了之後也都表示讚賞，房言聽了之後笑得眼睛都瞇了起來。

「小妹可真是厲害，第一次做的菜就這麼好吃，妳怎麼知道這東西要這樣做才會好吃啊？」房仲齊訝異地問道。

這問題可把房言給難住了。她之所以知道，當然是因為她以前吃過啊，可是無論如何，她都不能給出這個答案。反正現在她還在假裝自己是個剛剛會說話的孩子，所以能不回話就不回。

她不說話，自然有人會替她說，幾乎全程在一旁觀看的房淑靜開口了。

「她哪裡知道這樣做會好吃？大概是早上聽娘說這東西能吃，所以就跑到地裡挖了一堆回來。娘說炒起來不好吃，她就想要用煮的，結果煮出來之後她自己也覺得不好吃。後來她見娘往菜裡放鹽、蒜、香油，她也學著放了一些，就這麼歪打正著地做了出來。」

房言聽了房淑靜的話，笑得特別開心，立刻挾起一筷子馬蜂菜放進房淑靜的碗中。她心想，這個姊姊實在太好了，完全能當她的最佳代言人，必須獎勵一下。

「這就厲害了，歪打正著都行。」房仲齊一臉佩服地看著房言。

房言昂起下巴，一副得意洋洋的模樣。她心想，等著啊，「姊姊」以後會做出更好吃的東西，保管你沒吃過也沒見過！

房伯玄看到房言的表情，內心也非常歡喜。他仔細咀嚼了一下，說道：「其實倒不是娘說的那樣，香油的氣味是其次，這種野菜本身的味道混合蒜末的香味才是最好吃的，即使不放香油，也一樣美味。」

王氏笑著回道：「的確是這樣。沒想到二妮兒這麼厲害，以後咱們家桌上能多一道野菜了。」

「這種東西有藥用，普通人吃了對身體好，不過我記得孕婦要少吃一點的樣子。」房二河說道。

王氏點點頭，說道：「咱們家倒是沒這個顧慮，我看二妮兒摘了很多，剩下的就先拿去餵雞吧，等你們明天摘來新的，咱們再做來吃。」

房言見自己的涼拌馬蜂菜這麼受歡迎，頓時覺得非常有成就感。

晚上睡覺的時候，房言又查看了自己的空間。雖然裡面沒增加什麼東西，但是不看看它，總覺得不夠心安。

看到靈泉仍舊顯示能提取兩滴，房言滿懷笑意地睡著了。

第二天早上，房言照樣跟著房二河父子三人一起下地。這次她沒撿馬蜂菜，而是尋找有沒有其他野菜能吃？

果然，在一塊地的地頭上，房言看到了另一樣東西。其實她本來是要坐在那裡休息的，但是總覺得手撐著的地方有點扎手，於是低頭看了一眼。這一看不得了，發現了一種她喜歡吃的野菜，豬毛菜！

房言不知道這種野菜的正式名稱是什麼，反正她知道這是非常好吃的東西。看著豬毛菜，房言想起它做成涼拌菜的味道，不禁垂涎三尺。

上一次吃豬毛菜的時候是夏末秋初，菜都有點硬了，得用滾水燙過才能入口。這次季節正好，豬毛菜剛從地裡長出來，嫩嫩的，葉子也沒那麼扎人。

「房言！」

房言正專心地尋找嫩一點的豬毛菜，忽然間聽到有人叫她。她嚇了一跳，手中的豬毛菜也掉下去。
那個人的口氣似乎不太友善。難道她的身分被發現了？有人知道她是穿越過來的?!
「房言！」
見房言沒回頭，那人又叫了一聲。
這一次，房言回頭了。她看見一個小姑娘正扠著腰，盛氣凌人地看著她。
「哼！果然是個傻子嗎？連別人叫妳的名字都不知道！」這個小姑娘罵起人來一點都不客氣。
房言這才想起來她在這裡也叫房言，所以不是有人知道了她的秘密。她盯著眼前的小姑娘，不知道她跟自己到底是什麼關係，竟然如此不顧情面地開口就侮辱人。
那小姑娘見房言沒什麼反應，往旁邊的地裡看了一眼，見沒人注意到她，就走上前把房言推倒在地。
「看你們敢不敢再欺負我娘！要不是妳，我怎麼可能被奶奶罵！妳本來就是個傻子，還不讓人說了？」
她正說得起勁，不料有個男聲大吼了起來。
「房秋，妳說誰啊！」
房仲齊從房秋的側邊走近，正好聽到她說房言是個傻子。這句話就像是引信一般，讓房仲齊的火藥庫瞬間引爆。
「哼，我誰也沒說。看到我，你連聲『姊姊』都不叫，真是越來越不懂事了。」房秋沒料到自己罵房言的時候被房仲齊逮到，不禁有些心虛，但嘴巴仍是不饒人。

「那也得妳配得上啊，有妳這麼當姊姊的嗎？天天欺負我小妹。別以為我不知道，村裡的人說二妮兒是傻子，就是妳在外面散播的！」看到房秋那副樣子，房仲齊真是恨得牙癢癢的。

「誰說那是我散播的，你又沒有證據。再說了，就算是我說的又怎麼樣，這本來就是事實，憑什麼不讓人說？」房秋振振有詞道。

房仲齊氣得想打她，卻被房言一把拉住。房秋畢竟是個女孩，如果是個男孩，房言絕對不會攔他，不光不攔，她還會湊上去踹兩腳。

「妳才是個傻子！」這回房言說出了完整一句話。裝啞巴也得有個限度，她可不想讓別人老是欺負她。

此話一出，房仲齊立刻應道：「對，小妹說得好。」

房秋則是震驚地問道：「妳不是不會說話，是個傻子嗎？」

或許是房秋今天的運氣不好，這句話湊巧被來地頭上休息的房鐵柱聽到了。他皺了皺眉，喊道：「秋姊兒，妳又在欺負妹妹了！」

房仲齊一見到房鐵柱，趕緊乖巧地叫了一聲：「爺爺。」

房秋看是自家爺爺來了，害怕得不得了，低著頭叫道：「爺爺。」

這是房言第一次見到房鐵柱。不管原本的房言見過他沒有，他都是房二河的親爹，也是他們一家的大家長。

房言沒錯過這個機會，非常柔順地喊了一聲：「爺爺。」

房鐵柱自然知道房言的情況。雖然大兒子才說過她可能不是傻子，然而他過去見到她時留下來的印象，讓他很難相信這件事。這會兒一聽房言叫他爺爺，他先是震驚，隨後又想起大兒子的話，臉上不禁露出笑容。

「好、好。」

房鐵柱應了聲之後，看著房秋，皺眉道：「妳奶奶這幾天還沒罰夠妳是不是？活兒別幹了，妳回去吧！」

房秋一聽房鐵柱這麼說，忍不住咬了咬嘴唇，瞪了房言一眼，不甘心地離開了。

她走了之後，房鐵柱又跟他們兄妹倆說了幾句話，就去地裡繼續幹活。

至於房言，繼豬毛菜之後，她又找到野地常見的野莧菜，收穫滿滿地回家去了。

這段小插曲房伯玄本來不知情，但是回去的路上房仲齊忍不住講了起來。「大哥你不知道，小妹夠厲害的，我聽見她罵房秋了，而且是一整個句子，她對房秋說『妳才是個傻子』。」

房伯玄一聽，笑了起來，問房言：「小妹，妳真的說這種話了？」

房言也不回答，只是笑嘻嘻地看著房伯玄。

另一邊，房仲齊還意猶未盡，接著道：「我看房秋回家也討不了什麼好，因為剛才二妮兒向爺爺告狀了。聽爺爺話裡的意思，之前奶奶已經罰過房秋，看樣子，今天還得再罰她。」

房伯玄很清楚自己的爺爺跟奶奶並不是多喜歡他們家，之前他聽說嬸嬸被奶奶處罰，一下子就猜到是跟大堂哥科舉的事情有關。奶奶是怕小妹是個傻子這件事影響大堂哥的仕途吧，要是家裡有個傻子，給人的印象畢竟不太好。

他之所以這麼明白其中的緣故，是因為之前自家爹娘也考慮過這個問題。他真的很不希望因為他要考科舉，害小妹生活得不快樂或者被送走，好在他爹娘並沒有這種想法。

學習對房伯玄而言，是件長知識、豐富見解的事，過去他為了小妹的病情暫時擱下自己的想法，但是小妹如今已慢慢好轉，他也該考慮未來的事了。

這是一個以士為天的時代，鎮上那戶新來的木匠之所以能那麼快就取代他爹的位置，除了他爹的手藝沒有新意之外，大概就是因為那人的靠山好像是個舉人吧。

身為長子，將來他要如何守護自己的家業、怎麼保證身邊的人不被欺負，是個值得深思的問題……

第六章 啟用靈泉

回到家之後，房言興奮地拿出豬毛菜跟野莧菜，她看向房淑靜，房淑靜馬上就知道是什麼意思了。

她幫房言清洗豬毛菜，然後一樣先燒開水，把豬毛菜與野莧菜放進鍋裡煮一下，再撈出來跟鹽、蒜末一起攪拌。

房言今天沒再倒香油。雖然她知道香油氣味很棒，但也明白那東西很寶貴，昨天吃一次嚐嚐味道就行，今天還是別浪費了。

沒想到王氏發現之後，竟然主動拿出香油，幫房言滴了幾滴到菜裡。

見房言欣喜地看著自己，王氏就笑著說：「東西就是要讓人吃的，放著幹啥？」

聽了王氏的話，房言的笑容更燦爛了。她就喜歡她娘這爽利勁，人就該這樣過日子，要是條件允許，今朝有酒今朝醉又何妨？

到了堂屋之後，房言發現桌上還有馬蜂菜。今天她沒摘啊，是誰弄來的？

彷彿察覺到她的疑惑，房淑靜笑著說：「今天沒事的時候，我在咱們家屋子後面摘的，這東西比較普遍，到處都有。」

房言點點頭。沒錯，馬蜂菜最好養活，而且一長就是一大片。

「我也沒全摘完，只掐了一點點尖兒，說不定過幾天還能長出新的來。」房淑靜繼續說道。

房言回道：「姊姊，妳真聰明。」

房淑靜撝著嘴笑道：「唉唷，妳從前不會說話，我還以為妳一輩子就這樣了，沒想到如今還能誇人，看來挺機靈的。」

房言也笑起來。可不是嘛，她都能罵房秋了，以後不需要再憋著。那位神仙也說過，現在她開口說話，其他人完全不會懷疑，她大可放心。

她們姊妹倆聊沒多久就開飯了，豬毛菜跟野莧菜上桌之後，竟比馬蜂菜更受歡迎。

「真是想不到啊，小時候覺得不好吃的東西，原來都是沒用對法子處理。這豬毛菜以前我吃過一次就再也不敢吃了，簡直像針一樣扎人，可是改個做法就變得如此有嚼勁，實在有趣。」房二河邊吃邊點頭道。

「是啊，以前在集市上買過幾次，但怎麼料理都不好吃，後來也就不再做了，沒想到能這麼好吃。吃慣了平時的青菜，吃吃這樣的野菜，感覺很新鮮。」王氏也說道。

雖然大夥兒都給予好評，卻有一個人例外，那就是房仲齊。他說道：「我還是喜歡涼拌馬蜂菜，有點酸，味道比較好。」

「既然你喜歡吃，娘就天天做，保證你吃了幾天就不想吃了。」王氏開玩笑地說。

「是這麼個道理，再好的東西，吃多了也沒那麼好吃了。」房二河說道。

房言聽了大家的討論，臉上笑咪咪的，彷彿看到了一條賺錢的路子。她爹在鎮上那間店現在不是空著嗎？與其閒置，不如拿來賣菜。雖然這東西賣不了什麼好價格，但也比讓店鋪空著強。

她打定主意要找機會跟全家人討論一下，反正能賺一文是一文，總得有個開頭，往後才能把生意做大！

吃完飯之後，幾個人聊了一會兒，就準備睡覺了。躺在床上的時候，房言手碰到了粗糙的床面上，頓時傳來一陣火辣辣的疼痛。

她雖然不是什麼大家閨秀，可是這雙手卻保養得比上一世的自己要好得多，細皮嫩肉的，一看知道就沒幹過什麼活。今天野菜摘得有點多，被草刮了幾下，手就破皮了。

「嘶……」房言忍不住發出聲音。

房淑靜注意到了，問她是怎麼回事？房言立刻答道：「沒事，只是不小心撞到床了。」

剛才菜不是她洗的，洗澡時也是一個人，加上傷口又很細，所以沒人知道她受傷了。不過這點程度的傷算不了什麼，還是不要告訴姊姊，免得她煩惱。

房淑靜聽了，就沒再多說。

等到房淑靜的呼吸聲漸漸平穩，房言就默默地打開自己的空間，這已經是她睡前必做之事了。看到裡面的靈泉，房言靈機一動。這東西對自己手上的傷，會不會有點效果呢？

那麼問題來了，這到底是要口服，還是外敷？

思考了一會兒後，房言決定還是先外敷，看看有什麼作用再說。

她動用意念取出一滴靈泉，操縱它來到她的右手上，然後雙手併攏。當手掌再打開的時候，房言就著月光觀察一下，兩隻手恢復成白白淨淨的模樣，一點傷痕都沒有。不知是不是她的錯覺，她竟然覺得手的皮膚比以前還要光滑細嫩。

若是把這東西塗到臉上呢？房言不自覺地伸手撫摸臉頰，接著突然想起自己好像從來沒認真看過這副身體的長相，真是失策！

房二河與王氏都長得挺好看的，而房伯玄、房仲齊、房淑靜雖然還沒長開，但也是一副眉目清秀的樣子。她身為他們的女兒跟妹妹，應該比上一世好看一點吧？嗯，明天早上她一定要趴到水缸旁邊瞧瞧。

過了一會兒，房言覺得自己神清氣爽，一天的疲憊彷彿消散無蹤，到底是自己太過興奮，還是……靈泉的作用？房言又看了自己的雙手一眼。如果這是靈泉的效果，那可真是太好了！

外敷都有這麼大的功效，內服的效果豈不是更佳？想到這裡，她有些激動。不過想歸想，房言也沒膽現在就嘗試，她總覺得即使是好東西，也不能一次吃太多，否則會消化不良。

況且，這畢竟是仙家的東西，使用過度，她這個肉體凡胎很可能承受不住。再說了，靈泉一天只能得到一滴，足見這東西的珍貴程度，肯定不能多用。

雖然現在房言的頭腦很清晰，但是想通一切後，她的情緒便恢復平靜，慢慢地睡著了。

房言這一覺睡得非常香甜，一個夢都沒作，要不是房淑靜來叫她，她還會賴在床上好一陣子。

洗漱完之後，房言晃到廚房想要幫忙，被王氏拒絕了。

王氏看著房言道：「妳這兩天摘了那麼多野菜，手疼不疼？娘看妳昨天手都有些紅了。」

房言沒想到王氏竟注意到這個細節，她下意識地握了握手，說道：「不疼，您看。」說著她就把手伸出來。

王氏仔細查看後鬆了一口氣，說道：「沒事就好。」

接著，王氏對朝她們走過來的房二河道：「以後可不能再讓女兒去地裡幹活了，去玩可以，就是不能拔草。」

雖然房言只是拔野菜，稱不上幹活，房二河還是應下了。

房言看著這麼疼愛孩子的爹娘，開心地笑起來。她何其幸運，出生在這樣一個家庭裡。要是那位神仙的屬下沒出錯，她從出生就在這個家庭成長的話，如今他們家又會是怎樣一個光景呢？

可惜人生沒有如果，房言也就是想想罷了。

現在這樣的時光就很讓人滿意，哥哥們朗朗的讀書聲、娘炒菜的聲音、爹鋸木頭的聲音、姊姊的笑聲，還有雞和豬在圈裡的吵鬧聲，一切都是那樣美好。

晃著晃著，房言忽然想起昨天睡前的事。她找到自家盛水的一口大缸，對著裡面照了照。呀！的確比她上一世好看。雖然年紀還小，但是五官很像王氏，看來她不會長殘了。

房言這個舉動引起房淑靜的注意。房淑靜自幼就知道妹妹跟正常人不太一樣，所以從她懂事起就非常關注妹妹的一舉一動，生怕她磕著、碰著了。這會兒見房言低著頭看水缸，還以為她要舀水，後來發現她沒有任何動作，不禁有些擔心。

房淑靜走過來查看情況，卻發現房言正看著水中的倒影傻笑，還時不時地摸一摸自己的臉。見狀，她馬上「噗哧」一聲笑出來。

房言聽到笑聲，不好意思地斂起自己的笑容。真是尷尬，自我陶醉的時候竟然被人發現了。

「沒想到咱們家二妮兒也知道愛美了。」房淑靜站在一旁取笑房言，接著她像是發現什麼似的緊緊盯著房言看了半晌，有些不解地道：「我怎麼覺得妳好像變白了一些？妳這兩天不是都跟著爹下地，應該曬黑了才對，沒想到不僅沒曬黑，還變白了呢。」

房言一聽，眼前一亮。她竟然變白了？而且是房淑靜這種天天對著她的人都能看出來的改變。

天哪，只有一樣東西能解釋這個狀況了，那就是靈泉！

吃過飯後，房伯玄和房仲齊去東屋看書。昨日地裡的草已經鋤乾淨，他們今日不用再下地。

房二河拿出工具，準備做幾張新板凳。他是個閒不下來的人，有空的時候總要找點事情來做。雖然現在鎮上的店鋪不營業，但是等小麥收割完，他還是要重操舊業，好支撐這個家的花費。

房淑靜在屋裡繡花，王氏則是打掃家裡、洗衣裳，等她忙完了，就跟房淑靜一起繡花。王氏本來也打算教房言繡花，但是房言腳底抹油，一溜煙地跑掉了。

一想到三個女人安安靜靜、專心地坐在屋子裡繡花那個場面，房言覺得真是太可怕了，她做不來！

還是假裝去識幾個字吧，好掩蓋自己本來就認字的事實，以後很多事也有藉口能堵住別人的嘴。她在未來的世界獲取了很多這個時空不存在的知識，若是有人問她那些點子是哪裡來的，只要說是從書上看來的就行；若問是哪本書，回答「看過的書太多，忘記了」就好。

走到東屋，房言又安安靜靜地溜進去了。

房伯玄一見是她，什麼話也沒說，繼續看書；至於房仲齊這個不專心的人，一看房言進來了，頓時眼前一亮。他幾次都想跟房言說話，可惜她壓根兒沒有和他閒聊的慾望。

看了一會兒書之後，房伯玄發現房仲齊一點都沒把心放在學習上，於是要他背一背昨天自己教過的一篇文章。

房仲齊自然背不出來，因為他的心思全用在其他地方。房伯玄二話不說，伸手拿過一旁的戒尺，「啪啪啪」地打了他三下，那聲音，房言聽得都有些膽寒。

打完之後，房伯玄要房仲齊好好讀書。此時房言靜靜地在房仲齊身邊坐下，盯著他手裡的書，跟他一起看。

那本書上全都是文言文，好在大部分她都看得懂。她曾經幫她的古文老師做過一個研究主題，為此翻過十幾本民國時期學生使用的文言文教材，這個朝代的古文相對於教材上出現的要生僻一些，但是大部分還是相同，所以她只須記住一小部分不同之處就行。

房仲齊現在讀得很專心，因為房伯玄說：「二郎，小妹就在旁邊看著，你可要好好讀，給她做個榜樣，你要是讀錯了，大哥可不會手下留情。」說著還搖了搖手裡的戒尺。

剛剛被打的手心現在依然火辣辣的，比起幹農活的痛不知道高了多少倍，房仲齊趕緊集中精神讀起書來。

他讀的時候，房言就跟著識字。讀過一遍之後，房言記住了不少之前不認得的字，一邊看還一邊點頭。

房仲齊讀第二遍的時候，她跟著默默讀了起來；等到讀第三遍，她已經記得差不多，裡面的內容也大概理解了。

這三遍，房仲齊也讀得非常專心，不得不說，除了戒尺，房言的作用也很大，畢竟妹妹就在身邊，他總不能丟臉，是吧？

驗收成果的時候，房伯玄讓房仲齊自己試著背出內容。

「錯了。」在房仲齊背書的時候，房言一直盯著書看，聽到他背錯一句，立刻冷靜地指了出來。

房伯玄驚訝地看著自家小妹。二郎的確是背錯了，可她是怎麼聽出來的？

「小妹，妳怎麼知道妳二哥背錯了？」房伯玄問道。

「二哥剛才讀過。」房言看著房伯玄回道。

房伯玄驚喜地道：「妳聽他讀了幾遍，所以記住了？」

房言搖搖頭，說道：「二哥之前也讀了。」

她第一次來書房的時候，房仲齊讀的就是這篇文章，當時房伯玄還跟他講解過，只不過當時房言睡著罷了。

想了想，房言又道：「以前大哥也讀過。」

既然房伯玄能擔起檢查房仲齊學習成果的責任，以前肯定學過。照她愛聽書的習慣，他應該唸過不少書給她聽才對。

房伯玄雖然不記得這篇文章在不在他讀給房言聽的眾多書籍當中，但是他深深覺得他這個小妹真的是太聰明了，才聽過幾遍就能記住。

難道她有過耳不忘的本領？想到這裡，房伯玄屏住呼吸，問道：「二妮兒，妳能背給大哥聽嗎？」

房言想了想，她只能記住個大概，實在背不出來。她之所以能記住那個句子，是因為她剛剛一直盯著書看，而且房仲齊重複讀了這句很多遍。

她很誠實地搖搖頭，說道：「不會。」

雖然房言並不是什麼天才，但房伯玄還是非常開心。至少他家小妹一點都不笨，而且在讀書方面頗有天賦，只可惜不是個男孩。

房伯玄覺得自己可以試著教房言識字了，不過眼前急需解決的事情，依然是房仲齊不愛讀書的問題。

「二郎，你這句的確背錯了，連小妹都能發現，你丟不丟人？如果再讓我發現你這般不認真，小心戒尺！」房伯玄微笑著說道。

房仲齊最怕的就是房伯玄這個表情，只要看到他擺出這副模樣，保證沒什麼好事。他囁嚅地道：「知道了，大哥，我一定會認真背書。」

房言笑嘻嘻地看著兄弟兩人，她也聽了一會兒書，可以離開了。

走到西屋，房言發現房淑靜和王氏還在繡花。王氏才繡沒多久，但是房淑靜已經繡了一陣子了，於是她走過去拉著房淑靜道：「姊姊，休息一會兒。」

王氏聽了，笑道：「果然妳姊姊平時沒白疼妳，都知道心疼她了。大妮兒，妳繡很久了，不如陪妹妹玩一會兒吧，一直盯著這東西，對眼睛不好。」

房淑靜轉了轉有點痠疼的脖子，回道：「好的，娘。」

拉著房淑靜，房言表達想出去轉轉的意願，房淑靜自然不會拒絕。

其實，從得到靈泉的那一刻起，房言就想做一個實驗了，但是一直都沒空進行。她趁房淑靜不注意，跑到院子另一面牆外頭，拔掉一些雜草，看著剩下的幾株零星馬蜂菜，她默唸靈泉，接著往地上滴了一滴。

結果，那一丁點馬蜂菜跟沒除掉根的野草，就像是瘋了一樣，以肉眼可見的速度飛快增長。

這個地方位於陰暗處，被房屋遮住陽光，原本草就長得不多，可滴了靈泉之後，草卻在短短一分鐘內長滿整片地，而且還有往外擴散的趨勢。

房言被這種情況嚇到了，看著瘋長的馬蜂菜與野草，她整個人的狀態從心跳加速、滿懷悸動，變成背脊發涼、渾身起雞皮疙瘩……

第七章　鎮上賣菜

看著不斷往外擴散的馬蜂菜，房言嚇得一屁股跌坐在地上。

面對這個情況，房言的內心驚懼大過於欣喜，這種違反自然的現象，真的讓人感到膽寒，甚至讓人有嘔吐的衝動。

然而事情已經發生了，房言無法阻止眼前的狀況。她呆呆地坐在地上，看著不受控制的馬蜂菜，耳邊還要留意房淑靜的動靜，擔心她走過來發現這件怪事。

偏偏怕什麼就會來什麼，房言剛剛想到房淑靜，房淑靜就喊她了。

「二妮兒，妳在哪？」

「在這呢！」房言迅速從地上爬了起來。不管了，先把房淑靜引到其他地方去。這麼一想，她趕緊轉身離開，去找房淑靜。

房淑靜剛想往這片地來，房言就走過去，指著另一邊的地，說道：「姊姊，去那邊，花花。」

房淑靜順著房言指的方向看過去，那邊果然有幾朵小花。她笑了笑，說道：「我們家二妮兒也知道愛美啦，姊姊去摘花，插在妳頭上。」說著，房淑靜就朝那邊走，房言也跟過去。

過了一會兒，趁房淑靜在摘野花的時候，房言又回到原地。

看到眼前的情景，目瞪口呆也無法形容房言現在的表情。她完全被嚇傻了，不過好在它們已經停止生長。

這些植物覆蓋的範圍大概有一畝地左右，上面長滿了密密麻麻的馬蜂菜，裡面還摻雜著一些野草跟野花。不僅這片空地，就連空地邊上的樹，也比旁邊的樹像是多長了幾十年似的。

在房言仍因眼前的景象感到震驚時，房淑靜又在叫她了。

該拿這片地怎麼辦呢……？算了，她還是裝傻吧。「姊姊，妳快過來看。」房言恰到好處地露出驚喜的模樣。

當這片荒地的狀況映入眼簾時，房淑靜也被嚇呆了，她沒想到這裡竟然能長出這麼多馬蜂菜，他們得吃到什麼時候啊?!

房淑靜覺得這有些不合常理，於是對房言道：「小妹，妳別亂跑，我回去叫爹娘！」走了兩步，房淑靜又回過頭來，拉著房言的手道：「算了，妳還是跟我一起回家吧，妳一個人在外面我不放心。」

房二河和王氏聽到房淑靜的形容，也繞到院子後面來看了。

房言心中非常忐忑。她滴靈泉的地方雖然是比較隱密的陰暗處，但是難保之前房二河和王氏沒來探查過。

沒想到，房二河卻驚喜地道：「孩子他娘，之前我還想在向陽處拓一片地出來，現在看來完全不用了，等我們把這些馬蜂菜處理掉，就在這裡種菜好了。」

王氏卻對背陽處的植物怎麼會長得這麼好感到疑惑，她皺了皺眉，說道：「這邊這麼陰暗，野菜怎麼會長得這麼繁密？」

聽到王氏的話，房言的後背突然有點發涼。雖然沒人知道是她做的，但她就是覺得心虛。

房二河一樣想不通，但是他並不以為意，只道：「大概這塊土地裡不知道有什麼東西，或者土質很特別吧。聽說再往北一些的寒涼之地土是黑色的，長出來的小麥品質也好，或許這裡是一塊風水寶地呢。」

王氏點點頭，說道：「也是。」

聽到這裡，房言從剛剛就一直提著的心終於放下去。還是古代好，這個時候的人民相信鬼神之說，凡是解釋不通的事情全都歸給天地或風水，能省去不少麻煩。

房二河蹲下去翻看了馬蜂菜一下，說道：「這片馬蜂菜長得比別處好，做出來的菜肯定更好吃，待會兒可以試試看。」

王氏笑著應下來。

晚上，王氏做了一碗涼拌馬蜂菜，放在桌上。由於這幾天大夥兒已經吃了很多，對這東西的興趣不再濃厚，但是馬蜂菜的擁護者房仲齊還是積極地品嚐起來。

他挾起一筷子放入口中，頓時眼前一亮，迅速咀嚼、吞下嘴裡的菜，又立刻挾了一筷子，一邊吃還一邊點頭道：「娘，您今天在菜裡放了什麼東西，怎麼這麼好吃？不但清涼可口，還讓人神清氣爽！」

王氏笑道：「哪裡放什麼東西了，跟原來一樣啊。」

房言一直注視著房仲齊的神色，一見他如此，內心雀躍得不得了。看來靈泉真是個寶貝！

拿起筷子嚐了一口，房言道：「二哥說得對，好吃。」

不過這道菜具體好吃在哪裡，房言自己也說不清楚。就像那句歌詞唱的，有的菜你說不清哪裡好，但就是什麼都替代不了。

其他人一聽他們這麼說，也嚐了起來。

「還真的呢，比原來的好吃多了，非常爽口。娘，您真的沒另外放什麼嗎？」房淑靜邊吃邊道。

「娘放了什麼東西別人不知道，難道妳還不清楚嗎？娘做菜的時候妳也在啊。不過，真的比之前好吃。」王氏回道。

「看來是後面那塊地的緣故，那裡的土質果然比較好，是肥沃的寶地啊。」房二河總結道。

房伯玄一聽房二河這麼說，感興趣地問了一句：「爹打算拿這塊地做什麼？」

說著，房伯玄自己也挾了一些菜吃吃看。果然，就像房仲齊說的那樣，感覺頭腦都清晰了不少。

「做什麼？」房伯玄的問題讓房二河愣住了。還能做什麼，當然是自家煮來吃，吃不完再送給別人，然後把上頭清理乾淨，準備種菜啊。

「對，這麼多又這般可口的馬蜂菜，爹打算怎麼處理？難道吃一些，其他的都拿去餵雞嗎？這樣未免太浪費了。」房伯玄點出了關鍵。

房言聽了房伯玄的話很激動，這正合她意，她忍不住開口道：「賣錢！」

這兩個字一出，其他人頓時都盯著她。

房言從未被這麼多人盯著瞧過，但她還是保持鎮定，嚥了嚥口水，說道：「賣掉換錢，哥哥考試。」

這幾天她偶爾會聽到王氏對房二河說，房伯玄和房仲齊以後考試需要花錢的事，所以非常自然地提出這個觀點。

「這種野菜並不稀罕，不一定能賣多少錢。娘不是說過嗎，一文錢就能買兩斤了。」房淑靜笑道。她覺得小妹的想法有點天馬行空了。

房二河倒是沒那麼死腦筋，否則也沒辦法在鎮上賺錢了。他思考一會兒，說道：「也不是不可行，咱們這個菜比別處好吃，未必賣不了好價錢。」

王氏一聽這話，忍不住道：「可也得讓人知道咱們家的好吃才行啊！以前凡是買過這菜的人，都知道做起來不好吃，有股怪味。」

「娘說得有道理，的確要讓別人知道我們家的菜比別處的好吃才行。既然如此，那就做好了再讓別人嚐一嚐吧。」房伯玄的腦子轉得很快。

「你們爺兒倆都覺得可行嗎？那……要去哪裡賣呢？」王氏一看丈夫和大兒子都這麼說，也不再持反對意見了。

「我看去咱們家在鎮上的店鋪賣好了，反正還有一個月左右租約才到期。爹不做木工了，在那裡賣菜的話，不用擔心那家人對咱們怎麼樣。」提到那家人，房伯玄的神色變得有些抑鬱，讓人不清楚他心裡在想什麼？

房言無意間看到房伯玄的神情，嚇得哆嗦了一下。這位大哥也太可怕了些。

房伯玄注意到房言的視線，衝著她笑了笑，說道：「小妹倒是聰明，知道可以賣菜。那妳說說看，咱們一斤賣多少錢、怎麼賣才好呢？」

「呃……」房言看著翻臉比翻書還快的房伯玄，嗓子有點發緊。

「別緊張，慢慢說，有什麼想說的都告訴大哥。」房伯玄笑著說。

「賣涼拌菜！」房言指了指桌上的涼拌菜回道。

聽到這個建議，大家都陷入了沈思。

過了一會兒，房淑靜小聲地道：「會不會太單調了，有人肯買嗎？」

「肯定會有人買，這麼好吃的涼拌菜怎麼可能沒人喜歡！」涼拌馬蜂菜堅定的支持者房仲齊回道。

房伯玄聽了，忽然間笑出聲來，說道：「這有什麼好爭的？反正地裡的農活告一段落，爹娘近日也沒其他事要做。店鋪的租約還有一個月才到期，空著可惜，賣出一文錢也是錢，何樂而不為？爹、娘，你們覺得如何？」

房二河聽了房伯玄的話，點點頭道：「沒錯，咱們賣。一會兒我就跟你們娘去後面摘一些，下午就去鎮上試一試。先不賣涼拌菜，那個準備起來有些麻煩，直接賣野菜吧。」

「爹，我也想去。」心中有強烈想要實現的願望，房言就不拖泥帶水，直接說出來了。

「妳……」房二河想讓她待在家裡，畢竟去鎮上要步行一段時間，但是看著小女兒期待的眼神，拒絕的話怎麼都說不出口。

「行，爹帶妳去。」

「爹，我……我也想去。」房仲齊有點結巴地表達自己的意願。

沒想到他話一出口就遭到眾人反對，原因無非是要他在家好好讀書。

王氏最後一錘定音，說道：「我跟你們爹還有二妮兒去，其他人都留在家裡。大妮兒繡花，大郎和二郎讀書。」

商量好誰去的問題，但價格卻還沒個定論。

「到底多少錢一斤好呢？」房二河問出了自己的疑問，說著，他看向自己的大兒子。這個大兒子平時就出過不少主意，家裡有什麼大事，他也喜歡問問他的意見。

「這野菜的味道很好，凡是嚐過的人肯定喜歡。咱家那店鋪地理位置也不錯，只是周圍不是賣布就是賣書，不知道能不能賣出去，而且一般人都喜歡早上去集市買菜。」房伯玄分析起現狀，又道：「不過呢，價格也別定低了，就兩文錢一斤吧。爹娘壓力不要太大，能賣出去一斤就是賺到了，先試試看。」

「聽你的，咱們就賣兩文錢一斤。」房二河說道。

王氏本來要反對的，因為她實在不認為有人會花這麼多錢買這種野菜，但是見大兒子和丈夫兩個人達成共識，她也不好再說什麼。就兩文錢一斤吧，反正沒花本錢，即使賣不出去也沒什麼損失，最多就是浪費一點時間罷了。

決定好以後，房二河、王氏、房淑靜跟房言四個人就去後面摘馬蜂菜了。摘完之後拿回家裡一秤，足足有二十斤。

幾個人把這些菜分到兩個竹籃裡，一個十五斤，一個五斤。這是王氏強烈要求的，要不然房二河肯定一個人全都揹著。至於房言那個「讓我也揹一點」的要求，直接被王氏和房二河忽略。

除了現摘的菜，王氏還做了一些涼拌菜放在木盆裡。房言去屋裡拿了一些房二河做的木碗和木筷，又找了個小竹筐，把這些涼拌菜和碗筷放到裡面，打算自己揹。

房二河和王氏見狀笑了笑，沒說什麼。反正那些東西不是很重，小女兒既然這麼想揹，那就揹吧。

一路上，房言一點都不覺得累。自從昨天晚上抹了那一滴靈泉，她就覺得自己精神百倍，今天中午又吃了用靈泉滋潤過的菜，更加神清氣爽，就連王氏和房二河到了鎮上，也說從家裡走過來似乎沒那麼遠了。

房言聽了之後非常開心。看來靈泉果然是好東西，爹和娘沒像她那樣直接抹，就吃了那麼一點點而已，效果都這麼棒。

到了鎮上，房言就覺得自己回到所謂的「社會」中。在村裡，她除了在下地時看見過幾個人，平時很少跟人打照面，雖然鎮上的人也不是很多，但是穿著打扮豐富了一些，足夠讓房言這個之前一直活在異時空的人感到驚奇了。

等走到他們家的店鋪時，房言更加驚訝了。這個店鋪的位置真的很好，就在鎮上的主幹道旁邊，可是生意卻能差到房二河主動關門，簡直不可思議。在她看來，房二河不像是個沒幹勁、會輕言放棄的人，想到房伯玄今天吃飯時那非常隱晦的說法，還有房二河跟王氏晚上說過的話，房言心想，大概他爹是得罪人了吧。

一見房二河一家來了，左右兩邊店鋪的老闆都過來慰問，用非常可惜又無可奈何的語氣，對房二河感慨了一番。

待聽到房二河是來賣一些自己種的野菜時，書店老闆鬆了口氣，說道：「唉，那樣的人，咱們得罪不起。房老弟啊，你要是早點明白這個道理，也不會淪落至此了。」

布店的老闆甚至買了兩斤菜帶回去，房二河堅決不收他的錢，但是人家給得誠心誠意，拿了菜就走了。

拿到第一筆錢，房言喜孜孜地看了又看。整整四枚銅錢啊！記得以前學某個朝代的歷史時，聽老師說過，一枚銅錢大概相當於現代幾毛錢到一、兩塊錢的樣子，這是她第一次見到真的銅錢，瞧了好久才把錢放到自己準備好的布兜裡。

房二河和王氏見到房言這個樣子，都無奈地笑起來。沒想到這個小女兒竟然對錢這麼感興趣！

房言要是聽到房二河和王氏的心裡話，肯定會說「有錢的是大爺，有錢說話才大聲」吧。

雖然這次賺的是熟人的錢，然而賣出第一份野菜之後，房言對這門生意更有信心了。

王氏和房二河搬了張桌子擺在門口，房二河拿出房伯玄寫的一塊板子豎在門口，上面寫著「有靈氣的野菜」——這幾個字是應房言要求寫上去的。

房言拿出一個木碗，從木盆裡盛出一些野菜，又拿一雙筷子擺在上面。

房二河一看房言這麼積極，也就不覺得不好意思了，他看見有人注意這邊，就說道：「這是用特殊方法種植的自家野菜，好吃又不貴。」

一般人聽了都是搖搖頭，不打算過來瞧瞧，有人好奇地問道：「掌櫃的，您說不貴，那是多少錢一斤？」

房二河想到自家定的價格，頓時有些尷尬，猶豫了一下準備說出來的時候，一道清脆的聲音搶在他之前喊出來。

「兩文錢一斤！」房言說道。

一位中年婦人一聽，驚訝地瞪大眼睛，提高聲音道：「掌櫃的，這還叫『好吃不貴』？我今早在集市看人家賣一文錢兩斤，你們這裡也太貴了點。」

房二河雖然從小就在外面做短工，自己也開了店，卻從來沒做過類似獅子大開口的事，要不是自家的馬蜂菜真的品質比較好，他不敢開這麼高的價。

就在房二河不曉得該怎麼回話時，房言又開口了。「我家的好吃，吃了神清氣爽。」

「這是什麼靈丹妙藥不成？」中年婦女人道。

房言心想，可不就是靈丹妙藥嗎……

還沒等她回應，旁邊書店裡一個讀書人聽到房言前面一句話，就好奇地走過來。

第八章 孫家少爺

「剛才你們說什麼吃了能神清氣爽？」他拿著幾本書，好奇地問道。

房二河一看對方是個書生，就笑著指了指自家賣的馬蜂菜道：「小兄弟，是自家種的一點野菜。」

書生走過來，翻看了一下，說道：「就是這種菜嗎？吃了真的能神清氣爽？該不會是騙我的吧。」

「當然是真的，我大哥是個讀書人，他今天跟我說的！」房言脆生生地回道。

書生一聽「讀書人」三個字，眼前頓時一亮，說道：「來兩斤吧。」

他摸了摸兜裡的錢，又問道：「多少錢一斤？」

一見書生要買菜了，房言開心地道：「兩文錢一斤！」

「喔，還挺便宜的。」說著就要拿錢給她。

此時，剛剛在旁邊站著的那個中年婦人開口了，「這位小哥，我看你是個讀書人，家裡又有錢，沒見過這種菜吧？」

書生皺了皺眉，看著這個中年婦人，不明白她到底要幹什麼？

「這種野菜很便宜，早上集市一文錢能買兩斤，你可別被人騙了。」中年婦人其實是好心，怕房言他們家見書生不懂行情，故意騙他。

「大嬸，我們家沒騙過人。這是普通的野菜沒錯，但卻是用獨門秘方種出來的，自然比別處的好！」房言理直氣壯地回道。

從中年婦人開始說話起，店鋪周圍就站了一些人，這會兒人更多了。

房二河此時也顧不了那麼多，想到自家的菜是從風水寶地長出來的，而且的確比一般的好吃，吃了還更有精神，於是說道：「我們家在鎮上住了十幾年，我房二河沒騙過人，如果不好吃的話，我明天退錢。」

人群中有認識房二河的人，聽了這話隨即點點頭，說道：「的確，這家掌櫃的以前是做木匠的，很實在的一個人。」

「爹。」房言心想，還需要人家買回去做來嚐嗎？這裡就有現成的啊！她端來一碗菜遞給房二河。

房二河明白了房言的意思，他將碗端給書生，說道：「您可以嚐一嚐。」

書生剛剛一直沒說話，這會兒皺了皺眉，說道：「哪裡這麼麻煩，不就是四文錢嗎？快，把菜給我，我還要回家看書呢。」

房言一聽，開心地笑起來。她就喜歡這樣的買家。

秤好菜之後，房言拉著王氏道：「娘，您快告訴大哥哥怎麼做，做壞可就不好吃了。」

王氏這才反應過來，向書生說明做法。書生第一次聽說做菜的方式，又看了房言手裡那碗菜一眼，點點頭，離去了。

看書生仍不動搖地買了菜就走，那位中年婦人尷尬地站在那裡。房言注意到有些看熱鬧的人想走了，有些則是想來看看賣兩文錢一斤的野菜有什麼特殊之處，趕緊上前笑道：「大嬸，要不然您嚐一嚐？免費的喔。」

這是多好的廣告機會啊，如果這位大嬸覺得好吃，讓在場這麼多人都能買一點的話，很快就能賣完了。

中年婦人一看房言主動搭話，就有些忍不住好奇心地多看了幾眼。猶豫一會兒之後，她拿起筷子嚐了嚐。

和其他人一樣，她對這種野菜的印象就是不太好吃，有一股怪味，但是嚐了房言家的菜以後，她突然懷疑自己以前吃的是不是這種野菜了。

「這真的是馬蜂菜嗎？怎麼跟原來的味道不太一樣？」中年婦人疑惑地問道。

「當然是馬蜂菜，只不過不是一般長在外面的那種，是我們自己種的。」王氏接過話頭，按照在家裡商量好的說法回道。她覺得小女兒今天像是變了一個人似的，不但對做生意非常感興趣，也熟記了那套說詞，看小女兒這麼認真，她也不能躲在後面了。

這位中年婦人其實是鎮上一個員外家的廚娘，她每天的任務就是早上買菜、到飯點時做飯。今天做完午飯後她出門買一些調味料，這會兒剛買完東西準備回去，路過這裡時，正好聽到房二河在誇自家的菜。

她每天都會買菜，經常看到馬蜂菜。雖然這菜的味道不太好，但是主人家吃慣了山珍海味，她偶爾會買這個做給他們吃，好清清口。

這會兒聽到房二河賣兩文錢一斤，她就有點看不過去了。這不是欺負一些人不太懂嗎？

想不到那個書生並未領情，反而二話不說地買了就走，她臉正不知道往哪兒擺呢，沒想到賣菜的小姑娘竟然跟她搭話了。

既然人家給她臺階下，她就嚐了嚐，沒想到味道特別好，不但清新爽口，跟以前吃的味道不太一樣，做法也跟她的不同。

中年婦人拿出兜裡的零錢，說道：「也給我來兩斤吧。」

周圍人見她要掏錢，紛紛道：「真的好吃嗎？」、「什麼味道啊？」、「吃了以後覺得怎麼樣？」

「還行。」問的人實在太多，中年婦人有些耐不住了，繃著臉說道。

其他人一聽好吃，紛紛嚐起來。眨眼間，馬蜂菜就以飛快的速度賣了出去。

等買菜的人散去，房言開心地跟王氏一起數錢，一共是二十四枚銅錢。房言笑得眼睛都瞇起來。收錢的感覺真的很好！

王氏點了點房言的眉心道：「真不知道妳這個樣子像誰？咱們家沒有妳這樣的，妳姥姥家也沒有，竟然是個見錢眼開的，我看妳今天說話都流利了不少。」

房言笑了笑，沒說什麼。

在當娘的人眼裡，都覺得自家的孩子最優秀。況且，就算房言表現得再誇張，都有遊方道士的「預言」為她撐腰，她啊，可是伺候過神仙的人呢！

又過了一會兒，菜全部賣完了。王氏和房二河見天色已晚，趕緊收拾好東西回家。

來的時候幾個人心情忐忑，回去的時候卻是滿載而歸、神情輕鬆愉快，房言與房二河夫妻都覺得返家的路程快了不少。

房淑靜一下午都在擔心他們在鎮上的情況，一看人回來了，立刻迎上去問道：「爹、娘，你們回來了，二妮兒今天聽話嗎？」

先不管菜賣得怎麼樣，總歸她更擔心自己妹妹的情況。

王氏笑道：「二妮兒今天特別乖，見了很多人，嘴皮子都厲害了不少。」

「看爹跟娘這個樣子，菜賣得不錯？」房伯玄聽見外面的動靜，也走出了書房。

「嗯，的確賣得不錯，都賣光了。」房二河回道。

「我就說嘛，肯定會有人買的，這麼好吃的東西怎麼可能沒人喜歡吃。」房仲齊得意地說道。

「生意這麼好，明天得早一點起，多摘一些，那些今天下午吃過的人還會再來買的。」房伯玄篤定地說道。

「哦，為什麼？」房二河不解地問道。他不明白大兒子的信心從何而來？

「爹、娘，你們有沒有感覺到今天下午精神特別好？」房伯玄說道：「剛剛我問過二郎了，二郎說他不怎麼犯睏，你們呢？」

「好像挺好的，我今天走了這麼遠的路，都不太累。」王氏想了想說道。

「我也還好，沒什麼感覺。」房二河回道。

「我今天下午繡了很久的花，眼睛都沒怎麼疲。」房淑靜也應道。

房伯玄聽了大家說的話，總結道：「看來大家今天精神都挺好的。我剛剛思考了一下這個問題，唯一解釋得通的，就是吃了那塊地長出來的馬蜂菜，畢竟其他東西都是原來吃過的，實在找不到其他原因了。」

王氏和房二河對視一眼，說道：「我剛剛還跟你們爹說，大概是因為今天賺錢了，所以精神比較好。照你這麼一說，娘走了這麼遠的路，路上都沒休息，也不覺得累；二妮兒也是，往常走這麼遠的路，就會讓你們爹揹著了，今天竟然沒有。」

房言正在心裡暗暗對靈泉的效果感到得意，此時聽王氏提到她，立刻開心地道：「娘，我不累啊。大哥，賺錢了。」說著，她獻寶似地給房伯玄看她兜裡的錢。

房伯玄摸摸她的頭，笑著說：「嗯，小妹今天真乖！」

「大郎，真的是那塊地的原因嗎？」房二河有些激動。若真的是的話，那就不得了了。

房伯玄思索過後說道：「爹，如果不是那塊地的緣故，我想不出其他可能的理由。不過，既然那裡能長出那麼茂密的野菜，必然是一塊好地。所以，爹，當務之急，就是趕緊找村長買下那塊地。」

房二河聽了房伯玄的話，皺了皺眉，自言自語地道：「買下來嗎？」

「對，爹，買下來。」房伯玄停頓一下，繼續說道：「爹，我知道您為了讓我和二郎讀書，攢了一些錢，那塊地是荒地，用不了多少錢的。」

房二河想了一會兒，回道：「行，爹現在就去。」

「孩子他爹，這樣做會不會不太好啊？買一塊荒地……就算不買下來，那塊地咱家也能用啊，何必花那個錢？」王氏說道。

很顯然的，王氏對於花錢買地這件事還是有些不贊成。自從家裡的生意沒著落，每個月到手的錢就很少了，尤其是最近，幾乎沒有進項，只能等小麥成熟了。

對她來說，那些錢都是應急跟給兒子們讀書用的，怎麼能亂花呢？反正她相信村人對他們用一塊荒地種菜不會有意見。

「馬蜂菜可以賺錢啊。」房言的聲音響了起來。

王氏看著天真的小女兒，笑了笑，說道：「今天咱們能賣出去那麼多菜，全是運氣。若沒有那個書生跟那位大姊，咱們哪能賣得這麼順利？」

「可是大哥說了啊，明天他們還會來。」房言一臉信任地看著房伯玄。

房伯玄感受到自家小妹的目光，笑著回道：「娘，小妹說起話來果然流利了不少。沒錯，娘，您就相信我，明天的人肯定會比今天多。靠後面那些馬蜂菜，說不定就能賺回買地的錢了。」

聽到這裡，沈默了有一會兒的房二河對王氏說道：「孩子他娘，拿錢去，咱們去村長那裡買地。」

王氏見狀不再反對，跟著房二河一起去屋裡拿錢了。

房二河拿了錢之後就跟王氏去村長家裡，村長一聽，非常爽快地寫了地契給房二河，同意賣地。

等房二河夫妻離開後，村長還告訴自家媳婦，雖然聽說房二河做生意虧了不少，可是看這個樣子，還是有不少家底。房家村的人都是隨便在自家周圍開闢一塊空地拿來用，也沒人說什麼，可是這房二河就是講究，還要把荒地買下來，不是有錢是什麼呢？

等房二河拿地契回來，房伯玄確認過沒什麼問題後，就滿意地點點頭，說道：「爹，既然那塊地已經是咱們的了，改天還是圈到家裡來才安心。」

房二河一下子就明白房伯玄的意思，回道：「嗯，大郎說得有道理，爹會處理的。」

第二天，天還未亮，房言就聽到外面的動靜，她趕緊爬起來。

房言一穿好鞋子就往外跑，結果看到王氏和房二河已經從後面回來了，這次他們足足裝了兩大筐馬蜂菜。她驚訝地問道：「爹，你們這是摘了多少？」

「四、五十斤吧。」房二河回道。

「那咱們後面地裡還有菜嗎？」房言有點擔心地問道。摘了這麼多，不知道後面的菜是不是都沒了？

王氏笑道：「還多著呢，怎麼可能摘完呢？況且這東西不摘的話就會變老，得過個幾天就摘下來。菜都是這樣的，你越摘，它長得越好。」

房言點點頭。菜還有就行。

摘完菜之後，王氏去煮了一鍋水，準備跟昨天一樣，做一盆涼拌菜。

這次房二河把平時不怎麼用的板車拉了出來，把幾筐子的東西都放在上面，不打算用揹的了。

王氏做好涼拌馬蜂菜之後就跟幾個孩子說道：「不知道今天生意好不好，我就跟你們爹帶點乾糧在路上吃，中午由大妮兒做飯吧。」

幾個人應聲答應了，唯獨房言沒有，因為她已經收拾好東西，打算跟著去了。

王氏和房二河心疼小女兒起得這麼早還要趕路，不想讓她去，但是房言不聽，非得跟著去。

後來王氏想到小女兒昨天見了人之後話越說越溜，也就答應了。

待三個人到了鎮上的店鋪，天色已經亮了。

此時來來往往的人雖然不如昨天下午多，但是這個時間在路上走的人，多半是要去做工或是去買賣東西的。

經歷了昨天的事情，房二河的態度大方很多，也有經驗了。他往店門口一站，剛想大聲喊，旁邊突然跑來一個人。

那人著急地問道：「掌櫃的，你們是不是來賣野菜的？」

「是的。」房二河驚喜地說道。這還沒開張呢，就來生意了？

「唉唷，那就好……還好我來得及時，趕上了。」那人喘著氣，說道：「掌櫃的……您有多少菜，我全買下來了。」

房二河、王氏、房言全都被這個人的發言嚇呆了。全買下來？

這個人名叫全忠，待他順了順氣息，就慢慢地說道：「昨天我家少爺買了你們家的野菜，說味道特別好，特地吩咐我今天務必把你們家的菜都買走。」

「你家少爺？」王氏疑惑地問道。

全忠點點頭，說道：「對，就是我家少爺，他昨天在這裡買過菜。」

事情是這樣的，全忠家的少爺，也就是那個書生，名叫孫博，是縣城一個大戶人家的公子。平常他幾乎書不離手，然而不知為何，一看到那些關於科舉考試的知識，他就頭腦發暈，完全記不住。

這回孫博不知道是第幾次縣試落榜了，為了調整心情，他來到位於平康鎮的姑母家暫住。來到姑母家後，他最先逛的地方自然就是書店，選定了幾本好書，正準備離開，就聽到旁邊有道清脆的聲音說什麼「吃了神清氣爽」。

孫博一看那些考試的書就頭疼，神不清氣不爽的，所以他心想，吃了這個就能治好他的毛病嗎？

他瞧了瞧菜，又看了看那小姑娘認真的樣子，覺得不妨一試，就買了兩斤。

回到家，姑母看到孫博買的菜，驚訝地看著他。她問了孫博買這些菜的價格，又問了問廚娘，結果在廚娘的眼神中，他知道自己買貴了。

但是想到那家人真摯的模樣，孫博不相信自己被騙，於是他說道：「姑母，不如晚上就做這道菜吧，端到我房裡來，說不定真的能讓我神清氣爽，多讀幾頁書。」

吃晚飯的時候，孫博看見端到他飯桌上的那道涼拌菜，猶豫了一下，還是吃進肚子裡去。不就是四文錢嗎？能吃就行。

沒想到孫博吃了一口之後，還想吃第二口。衝著這獨特的美味，即便沒有神清氣爽的功效，他也覺得值了。

吃完飯，孫博歇了一會兒，坐在書桌前，心情異常沈重地拿起有關考試的書。沒想到這次他不僅沒頭暈噁心，還能好好看進書本的內容了！

這是何等的神奇！原來不是他太笨，而是他有病，這種菜就是治他病的良藥！

孫博趕緊叫來自己的小廝全忠，吩咐他要廚娘把剩下的馬蜂菜全料理了，做完之後馬上端過來。

就這樣，他一邊吃菜、一邊看書，一夜都沒睡。他覺得這一晚上得到的知識，比他過去六、七年以來吸收的都要多。

天色大亮的時候，孫博又把全忠叫過來，要他去房家的店鋪看看他們有沒有來賣菜？如果有的話，不管多少，都買回來。

所以，就有了眼前這一幕。

第九章 提神解乏

王氏跟房二河對視一眼。雖然他們很想把自己的菜賣出去，但她還是問道：「可否請教一下你買這麼多幹麼？」

房言也覺得挺神奇的，一個回頭客竟然要買這麼多菜，真是太不可思議了。

「自然是我家少爺要吃。」全忠回道。

「你們家少爺一個人吃嗎？」房言好奇地問道。

「對啊，昨天買的那兩斤菜，全被我家少爺一個人吃光了。他說好吃，看書的時候很提神，所以今天還想買一些。」

房二河一聽這話，連忙道：「這位小哥，這種野菜還是不要一次吃這麼多才好，吃多了身子恐怕受不住。一家人吃的話，買個兩斤也就算了，如果都是你家少爺一個人吃，你今天還是別買了。」

「啊？」全忠第一次聽到有人會拒絕送上門的生意，而且他說什麼吃多身子會不好？那他家少爺昨天吃了那麼多，會不會有什麼問題？可是早上也沒看出來他有什麼狀況啊……

房言本來也想勸房二河不要賣這麼多的，沒想到他自己先說出來。

「這可怎麼辦才好？」全忠一想到他少爺的身體，忽然有些著急了，他說道：「難道你們家賣的菜有什麼問題不成？」

房二河整了整臉色，說道：「我們家的菜什麼問題都沒有，但是馬蜂菜本身就不能吃太多，否則可能會鬧肚子。你回家問問長輩就知道了，其他的倒是沒什麼。」

一旁正準備開門的書店老闆聽見了，也說道：「的確是如此。小哥，你不用擔心，這種菜沒毒，只是什麼東西吃多了都不好，過滿則虧。人家老闆是好心勸你不要因為好吃就沒有節制，可別想多了。」

書店老闆跟房二河是多年的鄰居，自然要幫他說說好話。

全忠一聽旁人也這麼說，便放下心來，說道：「那就好。」

「那麼小哥，你還要買嗎？」房二河問道，隨後補充：「若是只有你家少爺要吃，那就別買了；若是別人也要吃，還是可以買一些。」

全忠也是第一次遇到這種情況，他皺了皺眉，有些拿不定主意。最後想了想，索性跟他少爺昨天一樣，買了兩斤。

房言見房二河如此厚道，並未憑著自己的菜好就不計後果、一股腦兒地賣給別人，內心不禁感到佩服。她越發覺得自己生在一個良善之家，如果她能一開始在這樣的家庭成長，那該多好啊。

可是，房言不知道的是，正因為她小時候生下來魂魄就丟了，所以才有現在的生活。如果她自幼就生長在這個家庭的話，未來的人生會是另外一番景象……

待全忠離開後，書店的老闆也好奇地秤了兩斤菜。昨天他見布店老闆買了菜，就等著隔天再支持一下老鄰居的生意，好幫忙撐場面。因此無論房二河怎麼推辭，他依舊把錢放在房二河手中。

一下子就賺了八文錢，房言喜孜孜的。雖說這些錢不是很多，但是蚊子腿再小也是肉，什麼東西都是積少成多，不能小看這麼一點錢。

不過，她的目標可不僅僅是一文錢、一文錢地賺，不只要賣菜，她還想開餐館！

由於房二河熱情推銷，加上供人試吃的涼拌菜確實美味，因此即使貴了一點，也很快就賣出了三、四斤。

過沒多久，昨天買過菜的人也來了幾個，他們不再說這菜賣得貴，直言房家的菜就是好吃。

又過了一會兒，一個到鎮上來做短工的人路過房言家的店鋪時，也靠了過去。他正啃著自己剛剛買來的粗麵饅頭，實在沒什麼滋味，又正好看到房二河在讓人試吃料理，於是好奇地走向店門口。

主要是那菜的味道實在太香了，而且那小姑娘說的話也很有吸引力，像是「吃了我們家的菜，幹活都有勁了」、「隨便嚐，嚐了不買也行」之類的。

袁大山的面皮有點薄，他雖然很想吃，可是並沒有要買的意思，所以猶豫了一陣子都沒開口。直到他見站在旁邊的一個人吃了沒買，店家也沒說什麼，才鼓起勇氣說要試吃。

房言把剛剛那人用過的筷子放進一盆盛滿水的盆子裡，另外拿一雙乾淨的筷子遞給袁大山。袁大山一看，更加不好意思起來。

他糾結了一會兒，見房言的眼神乾淨透亮，也就不再顧忌什麼，拿起筷子品嚐，這一吃，就有點停不下來了。雖然這是野外常見的菜，但是不知道為什麼，他們家的吃起來味道就是不一樣，真的讓他渾身來勁。

挾了三筷子之後，袁大山才意識到自己在做什麼。他趕緊放下筷子，臉色微紅地對走過來的房二河道：「不好意思，這菜實在是太好吃了，我沒忍住。」

房二河見這人吃得入迷，雖然不知道他會不會買，但也不介意，只笑道：「沒關係的，小兄弟，你覺得好吃就行。」

袁大山看了看他們賣的菜，想到自己一個人住，根本沒人能為他做飯，買回去也不知道能找誰一起吃，只會白白浪費兩文錢；但是自己剛剛又吃了很多菜，不買實在有點不好意思。

他想了想，看著木盆裡的涼拌菜，忽然想到什麼似的，說道：「掌櫃的，您這裡可以吃堂食嗎？給我來一碗這種菜如何？」

房二河和王氏還沒想好怎麼回答，房言已經開口了。「當然可以，裡面請。」

王氏一見房言把人領進來，只好趕緊擦一擦屋裡一張放雜物的桌子，然後又從旁邊搬來一張板凳。

「這一碗多少錢？」袁大山問道。

「一文錢！」房言說道：「您是第一個買的，所以給您多一點！」說著，她幫袁大山盛了滿滿一碗菜。

袁大山心想，一碗一文錢也算便宜嗎？這菜他們賣一斤兩文錢，一斤能做個四、五碗吧？

看到袁大山的神情，房言拿出想好的對策，說道：「我們這是試吃，過幾天付同樣的錢，分量可沒這麼多了。」

「二妮兒，在說什麼呢？」王氏聽見房言對著袁大山嘀嘀咕咕的，不知道在說些什麼，就走過來。

「娘，我告訴他，咱們家的菜好吃。別看著貴，吃了就知道效果有多好，保證明天還想來！」房言得意地說道。

「是啊，小兄弟，你吃就行。若實在覺得不好吃，不給錢也成。」王氏笑道。

「不不不，錢還是要給的。」袁大山說完，配著饅頭開始吃起來。他得趕緊吃完好去上工，不然今天就賺不了錢了。

沒一會兒，袁大山就吃完四個粗麵饅頭和一碗菜，王氏還好心地端來一碗水讓他喝。放下一文錢，袁大山便快步離開。

快到晌午的時候，還有四、五斤菜沒賣完。因為惦記家中的狀況，房二河就帶著王氏跟房言三個人回家了。

這次房言的布兜裝不了那麼多銅錢，全交給了房二河。

回到家吃過午飯之後，房二河和王氏想跟房伯玄三個人一起算算這幾天的收入。房言一聽，立刻提出反對意見。

「爹，您這樣做不公平。我去幫忙了，我也要聽！」她必須提高自己的地位，否則什麼計劃都很難實施。

「好好好，妳也來聽聽，我看妳這兩天跟我們一起賣菜，賣得心思都活絡了些。」房二河笑道。

房伯玄一聽，立刻贊同地道：「小妹本來就很聰明，連二郎背錯書都能聽出來。」

王氏驚訝地睜大眼睛，說道：「真的？我還以為只有她經常聽的文章才能抓出錯誤呢，你們考試的文章她也聽出來了？」

房伯玄點點頭，回道：「是啊，二郎讀了幾遍，自己沒記住，反而是小妹記住了。」

房二河和王氏是第一次聽房伯玄說出這件事，不禁震驚地看著房言。

房言雖然很高興受到大家的重視，但她還是得實話實說。「哪有，我是看著書上的字找錯，二哥則是默背的，當然是二哥更厲害啊，是不是，二哥？」

房仲齊正在一旁邊尷尬不已，一聽自家小妹提起他，忍不住臉色微紅，眼神迅速飄向他大哥。

房伯玄察覺到弟弟的視線，笑著看過來，房仲齊頓時什麼都不敢說了。

房言見狀，轉移話題道：「爹，讓大姊和二哥也聽聽吧，咱們一家人都要知道這些事才行。」

按照房言的想法，只有一個人厲害，很難帶動整個團隊，往後致富的道路上會有很多絆腳石，也很可能後患無窮。

房言會這麼想是有她的道理的。首先，三個臭皮匠勝過一個諸葛亮，眾人齊心協力，能達成許多目標；再來，她不希望讓房淑靜變成電視劇裡或小說中那種目光短淺的後宅女人，女人還是要有自己的想法；最後，萬一他們家哪天有錢了，房仲齊成了紈袴子弟怎麼辦？一定得讓他參與其中，明白賺錢有多不容易才行。

不管怎麼說，這些都是自己親生的孩子，房二河想了一下房言的提議，就同意了。

一家人坐在一起之後，房二河把銅錢倒在桌子上，一個一個數了起來，數完了，再拿著毛筆寫在記帳本上。他從前開店時都是自己記帳的，因此這種事對他來說很熟練。

兩天的收入超過一百三十文錢，這可真是讓人驚喜！如果每天都能這樣，一個月下來差不多約有二兩銀子，這比做木工活還賺錢啊！

況且，這只是早上去賣菜，下午依然能去地裡幹活或做些木工活，長久下來，收入會很可觀。

「昨天買過菜的人今天又來了嗎？」房伯玄問道。

王氏笑道：「來了，我看見好幾個臉熟的，有的人早上還沒開門就過來等著買了。」

「爹、娘，他們明天應該還會去買，你們也不用多賣，一人最多賣兩斤。」房伯玄說道。

「萬一有人覺得好吃，想幫別人捎帶一些呢？」王氏問道。

房伯玄想了想，堅定地道：「那也不行，最多就是兩斤。萬一有人買了咱們家的菜，再高價賣給別人，那就不好了。」

「會嗎？真有這種人？」房淑靜此時終於開口說話了。

房伯玄點點頭，說道：「的確有。爹、娘，你們不知道，這種菜真的有醒神的效果，吃了之後書都能多看幾頁。」

「真的嗎？大郎，那你多吃點！」王氏激動地道。

「娘，還是那句話，吃多對身體只怕無益，但是吃上一點還是有效果。我看二郎也一樣，今天精神都比較集中。」

「唉呀，這真的跟神草一樣了。」王氏說道。

「說是神草有些誇張，但是確實有提神的效果。你們想，如果買回去的人發現這兩文錢一斤的菜又好吃、又醒神，到時候會有多少人想來買？特別是那些書生，能保持頭腦清晰、多學習一些知識，即使一斤要價二十文錢，想必他們也會買。除了書生，我想那些幹體力活的人也非常需要，幹了一天的活兒，不但沒那麼累，還能多送一些貨、多搬一些東西，誰不想呢？」房伯玄開始說明這種野菜帶來的效應。

王氏說道：「是啊，娘也覺得這幾天通體舒暢，走了那麼遠的路、又忙碌，都不怎麼累。」

房二河驚喜地道：「這豈不是代表咱們家的菜會越賣越好了？」

房伯玄肯定地點點頭，說道：「一定會的。」

「所以，爹、娘，咱們可以漲價了。」房言插嘴道。

房伯玄感興趣地看著房言，問道：「小妹，妳覺得該如何漲價呢？這幾天哥哥們跟姊姊都沒跟著爹娘去賣菜，妳去了，應該最清楚狀況。」

房言一看房伯玄想聽自己的意見，立刻清了清嗓子，說道：「不能立刻漲，這樣太突然。明天我們就說，前三天是試吃，所以賣得便宜，後天就會恢復正常價格。至於賣多少錢一斤呢……我看就五文錢一斤好了。」

「五文錢？小妹，妳也太敢開口了！」房淑靜被房言的言論嚇得聲音都不自覺地提高了。

房言心想，我還覺得太便宜了呢，去掉店鋪租金跟一些材料的成本，就剩不了多少錢了！

五文錢是嗎……房伯玄陷入沈思。以這種菜的效果而言，確實不貴，但是考慮到鎮上的消費水準，又覺得太貴了些。

「小妹，妳是不是還有其他想法？」房伯玄問道。

「對，我覺得咱們為什麼不在店裡賣些吃的呢？今天早上還有個大哥哥在我們那裡吃了堂食呢。一斤菜能做個四、五碗，一碗我們就賣了一文錢喔！」房言舉出現成的例子給眾人聽。

「還有這種事？」房伯玄也想到了租金的問題。

不到一個月，店鋪的租約就到期了，如果僅僅是賣菜，去集市上隨便找個攤位繳幾文錢就能賣了，沒必要租這麼好的商鋪。既然店鋪的租約還沒到，就要好好利用，如果賣堂食的效果不錯，那麼續租也不是不可能。

「只賣一種涼拌菜的話怎麼成，人家會特地來買嗎？」房淑靜提出自己的疑問。

房仲齊接著道：「咱們不是還吃了豬毛菜跟野莧菜嗎？這些也可以涼拌拿去賣啊。」

「可是咱們家那塊地上沒長多少野莧菜啊，豬毛菜更是沒有。」王氏反駁道。

房仲齊瞪大眼睛，說道：「那就去別處挪幾株過來種不就好了？」

「我覺得二哥的想法很好，一會兒我們就去地裡挪一些豬毛菜和野莧菜過來。」房言看著房仲齊說道。

「可是挪過來的菜會不會沒有醒神的效果啊？」王氏問道。

「不會的，爹都說了，是土的問題。把它們挪過來，養上幾天肯定就行！」房言笑道。她心想，就算那些菜沒這種效果，她也會讓它們有的。

房伯玄欣慰地看著一家人在一起商量事情的樣子。每個人都有自己的想法，也能提出一些觀點，小妹剛才的建議果然很好。

「我看除了涼拌菜，娘還可以做一些麵食，再熬上一鍋粥，順便賣早飯。」房伯玄說道。

「大哥這個想法好！娘做饅頭的時候還能加上幾根野菜，熬粥的時候也放進去……對了，還可以做野菜餡包子！」說到這裡，房言突然想起自己忘了一種非常重要的野菜，就是薺菜！

薺菜做的包子，想得房言口水都要流出來了。不行，今天下午就去地裡把薺菜挖過來，她晚上要吃薺菜包子！

第十章　堂食開賣

「哈哈，照妳這麼說，咱們這家店不就成了野菜館了嘛？野菜饅頭、野菜包子、野菜粥、涼拌野菜。」王氏笑道。

房言一聽，有些興奮地道：「娘好聰明啊，咱們這店可不就像娘說的一樣是野菜館嘛。」

「野菜館？這名字好，我看店名就叫這個吧，爹，您覺得呢？」房伯玄看著房二河問道。

「啊？娘就是隨口說說，當不得真的。」王氏見女兒跟兒子都贊同，有點不好意思地說。

房二河想了想，點點頭道：「我覺得這名字挺好的，只不過品項一多，你們娘難免會累。我看先別賣包子，蒸一些粗麵饅頭就行；要是生意好的話，到時候再做包子。」

「孩子他爹，沒事，這點活兒算什麼？咱們現在沒多少錢，我不過是早起一些罷了，咱們賣完回家一樣能休息。」王氏看著房二河說道。知道丈夫這是心疼她，她心裡非常甜蜜，不管家裡遇到什麼狀況，他從不讓她受苦。

「那也不行，先賣看看，生意好了再說。」房二河堅決不同意。這門生意還不知道做不做得起來，他說什麼都不會累著媳婦的。

王氏雖然感到窩心，卻有些著急地說：「孩子他爹，我這幾天考慮了一下，還是想讓大郎和二郎去讀書。我娘家大哥讀了這麼多年的書，雖然還是個童生，但是人人都尊敬他，他幫人抄書也能賺不少錢。我希望兒子們能像他一樣，不要太辛苦。」

此話一出，眾人都陷入了沈默。

王氏接著道：「大郎和二郎已經上了幾年學堂，就這麼放棄實在可惜。雖說斷個一、兩年以後也能補上，但是我大哥就是中間有幾年沒上學，後來怎麼樣都考不上秀才了。夫子也誇過咱們家大郎，說他再學習個一、兩年，就有希望考上童生。所以，孩子他爹，咱們就累一點吧，只要孩子的將來能好就行。」

通過童試中的縣試與府試可成為童生，但是只有通過其中的院試才能當上秀才。秀才不能為官，但有功名加身，享有免除徭役、見知縣時不用跪拜、知縣不可隨意對其用刑等特權。童生雖然不比秀才，但在地方上也頗受尊崇。

房二河久久沒說話，房伯玄跟房仲齊也沒開口，就連房淑靜想到自家舅舅那被人尊敬的樣子，同樣沒講話。

房言從來沒想過要讓她兩個哥哥放棄科舉，在古代這個大環境，求取功名才是正理。即使考不上進士、舉人或秀才，甚至連一個小小的童生都當不了，但只要是讀書人，大家都會高看你一眼。

況且，房言也覺得自家兩個哥哥不像是那種考不上的人。房仲齊雖然不愛學習，而且吊兒郎當的，但是腦子不差，就算考不上秀才，中個童生也好啊！再不濟，多學幾個字，還能當個帳房先生。

不過，她爹說得也有道理。這菜是怎麼有神奇效果的，她比誰都清楚，也明白世間的俗物贏不過有仙氣的東西，所以她比大哥對自家的生意更有信心，但是做生意總是有賺有賠，要是有個萬一呢？

他們這樣冒冒失失地準備一大堆東西，要是沒人買，或是很多人一直處於觀望的狀態，豈不是白白辛苦了幾天？

房言剛想開口打破沈默，房伯玄就先說話了。

「娘，我同意爹的看法，先簡單準備一些就行。如果真的有錢賺的話，咱們再思考接下來的事情。」

「我也同意爹和大哥的看法。咱們以後肯定能賺大錢，到時候再請人來做工不就好了，幹麼要讓爹娘勞累啊！」房言說道。

「二妮兒知道心疼爹娘啦？不過還沒賺錢呢，妳就想著花錢了。」王氏笑道。

不只丈夫，看到兒子和女兒也心疼自己，王氏感到非常欣慰，於是她不再堅持，只道：「娘聽你們的，咱們先觀望幾天再說。」

事情商議完，大家都去休息了。午睡過後，房仲齊和房伯玄在家看書；房二河、王氏、房淑靜和房言則去山腳下的荒地查看。果然，那裡長了非常多野菜。

房言看到薺菜，她拔起菜聞了聞根部的味道。嗯，她沒有看錯。為了晚上能吃到薺菜包子，房言卯起勁來挖了好多。等王氏看到她在做什麼的時候，她已經挖了一兜子薺菜了。

王氏笑道：「二妮兒，妳怎麼挖起薺菜了？」

「包包子吃。」房言說道。

「嗯？不是說不包包子了嗎？」王氏問道。

「我要吃。」房言一點也不在意地笑出來。

王氏見她這個樣子，哭笑不得地說：「原來是妳饞了啊！妳也真會選，這的確是可以吃的野菜，味道比馬蜂菜好一些，晚上娘就包給妳吃。」

幾個人挖了許多野莧菜、豬毛菜與薺菜，又從其中挑選一些比較健壯的，挖好坑，種在院子外面那塊地上。房二河去提水的時候，房言本想偷偷往裡面滴一滴靈泉，但是想到之前野菜那瘋長的樣子，還是沒敢動手，打算再找機會觀察看看。

種好了野菜，房二河就去買豬肉，好讓王氏包包子。

到了晚上，房言終於如願以償地吃到薺菜肉包子。果然美味，增加菜單項目指日可待！

隔天，房二河和王氏起得更早了。不到寅時，他們就已經和好麵，王氏蒸起了饅頭，房二河則去後面的地裡摘菜。

房淑靜悄悄地起床，雖然動靜很小，還是被房言察覺到，於是她也起身了。這是加重工作量的第一天，不知道房二河和王氏兩個人忙不忙得過來？

「二妮兒，妳怎麼醒了？再睡一會兒，爹娘還沒走呢。」房淑靜說道。

「那妳怎麼起來了？」房言問道。

「我想去廚房幫幫娘，我怕娘一個人忙不過來。」房淑靜一邊整理衣服，一邊說道。

房言點點頭道：「那妳去幫娘，我去幫爹摘菜。」

「妳還是別去，否則爹可要心疼了，姊姊一個人去就行。」房淑靜回道。

「不要，我也要去。」說著，房言快速穿好衣服出門。

房淑靜見攔不住她，也沒再說什麼，走出房門幫王氏蒸饅頭去了。

卯時剛到，王氏的饅頭就蒸好了，一共三十個；房二河和房言也摘了三十幾斤菜，他們把其中三斤做成涼拌菜。

要不是為了錢，房言覺得自己肯定堅持不了，因為這實在太累人了。

她決定了，一定不能薄利多銷，要物以稀為貴，提高售價才划算！

他們三個人到鎮上的時候，天才剛亮。房言估算了一下，用現代的時間來看，現在剛六點的樣子吧。一打開店門，就有人過來買菜了，這個婦人房言看著眼熟，是前兩天都來買過菜的。

王氏去了後院的廚房熬粥，房言看著她的背影，若有所思。既然這間店鋪附了廚房，那麼饅頭是不是也能在這邊做呢？一邊賣，一邊做，就不用起那麼早了，饅頭也不用帶來這邊再熱過一次。

正想著呢，房言就聽見那個買菜的婦人跟房二河聊起來。

「掌櫃的，今天來得真早，幸虧我打算從這條路走。來，給我兩斤菜。你們家的菜種得真好，我家男人說吃了之後都能解乏。」那婦人說道。

房言乘機對她說：「大娘，咱們家開始賣堂食了，有涼拌菜，饅頭裡面也加了點野菜，還有我娘親手熬的野菜雞蛋粥，三文錢就能吃得飽飽的。」

「唉唷，那敢情好，等哪天大娘不想做飯了，就來你們家吃！」

那位婦人走了之後，慢慢地又有人好奇地過來看，見粗麵饅頭上有一些野菜，價格也不貴，就買了帶走。

袁大山今天也來了。他昨天中午還想來這裡吃飯來著，但是一看店家關門，也就作罷。這會兒，他剛從村裡走到鎮上來，連饅頭店都沒去，就先來這裡看看。

進入店鋪之後，一看這裡連饅頭都有，還加上野菜，他立刻點了四個饅頭，又來了一碗野菜，見旁邊有粥，也要了一碗。加菜的饅頭兩個一文錢，而粥裡不僅加了野菜，還打了雞蛋，所以一文錢一碗。

雖然袁大山覺得這粥貴了一些，可是想到昨天吃了他們家的野菜就渾身是勁的感覺，還是覺得值得。他平時幫人都卸兩次貨，且還有點餘力，可是若卸三次就會太累，所以他偶爾才卸三次貨。

不過，昨天他卸了三次貨，竟然不特別累，今天早上起來也跟卸了兩次貨時一樣，沒覺得胳膊特別痠痛。本來他都已經打算休息了，可是醒過來轉了一圈，覺得自己還撐得下去，就直接來鎮上繼續做短工。

每次卸貨的貨量不太相同，但大致上一回能賺十文錢，因為袁大山的身體特別壯，又沒有其他農活要做，所以光是卸貨，昨天就賺了三十文錢。多花一、兩文錢就能多卸一次貨，何樂不為？

這次花了四文錢，袁大山吃得飽飽的，覺得全身上下充滿了力氣。臨走之前，他甚至想帶一些菜離開，可是想到自己沒地方放東西，就放棄了。

袁大山吃飯的時候，又有幾個人過來詢問饅頭的價格，聽到饅頭價格不高，涼拌菜味道嚐起來也不錯，就進來消費了。

房言特地讓王氏做了兩種饅頭，一種有蒜，一種沒蒜，畢竟有些人不想吃有蒜味的東西。三十個饅頭很快就賣出去十個，可是野菜雞蛋粥卻不怎麼受歡迎。有些人進來之後，寧願要一碗開水，也不願花一文錢喝這麼一碗粥。

房言心想，看來這種粥以後還是少做一些吧，可以跟在家裡一樣，在湯裡下點麵粉，免費給大家喝。

按照房伯玄的提議，從今天開始一個人限買兩斤野菜，但是卯時還沒過，菜就快賣完了，這是因為房言讓房二河喊道：「大家快來買啊，明天就漲價了，今天兩文錢一斤，明天五文錢一斤！」

剛才都是誰來買菜，就跟誰說一聲要漲價的事，現在房言讓房二河直接對著人群喊。按照大眾的消費心理，東西一定要在漲價之前買，有些人甚至還想著明天得過來看看老闆究竟有沒有漲價？

快到辰時的時候，除了粥剩下比較多，最後一點野菜已經賣完了，饅頭只剩下兩個，涼拌菜也不夠一碗。

王氏與房二河內心緊繃著的弦放鬆了，決定過一會兒要是沒人來的話，他們就要回家去。

沒想到，還沒等他們收攤，就有兩個人急急忙忙地跑過來。那不是別人，正是孫博和全忠。

孫博快步衝過來，著急地說：「掌櫃的，等一等，先別關門，你們家的菜呢？」

「今天的菜已經賣完了。」房二河回道。

「這麼快！」聽到這個消息，孫博整個人都洩氣了。

全忠追了過來，勸道：「少爺，既然人家菜已經賣完了，咱們就明天再來買吧。」

「都怪你，我要你早一點叫我起來，你竟然沒叫醒我。」孫博訓斥道。

全忠真是有苦說不出。哪是我沒叫醒少爺您啊，這是您姑母交代的，就是怕您再來買這麼多菜，吃壞了肚子。

沒錯，孫博之前吃太多馬蜂菜，有些鬧肚子了。

「是是是，少爺，是小的不好。」全忠一個勁兒地賠不是。

孫博往店鋪裡張望了一下，看到有桌椅，就問道：「你們還有其他吃食嗎？」

「有，還有野菜雞蛋粥跟饅頭。」房二河說道。

「野菜雞蛋粥？也是用你們家種的馬蜂菜做的嗎？」孫博激動地問道。

房言本來在後面幫忙整理東西，聽到這句話就走過來，一看是那天第一個來買菜的書生，就高興地道：「是啊，我們的饅頭也放了那種野菜，大哥哥要不要吃？」

「真的嗎？當然要，有幾個來幾個！」孫博一聽這些東西都有馬蜂菜，開心地說道。

房言把他們打包好、準備在路上吃的饅頭給了孫博，又幫他盛了兩碗熱粥，說道：「大哥哥今天來晚了，要是早來一會兒，饅頭還是熱騰騰的，現在有點涼了。」

孫博拿過饅頭一口咬下，說道：「沒關係，我覺得正好。」說完，就開始大快朵頤。

他正吃著呢，眼前突然多了一個小碗，碗裡盛的正是房言家的涼拌菜。

「哪，這是今天沒賣完的，就不收你錢了。」房言笑道。

孫博眼前一亮，回道：「謝謝。」

等孫博吃完飯，房二河就把店門關上，幾個人收拾好之後，帶著剩下的粥回家去。

回村的路上，他們碰到了房三河。

「唉唷，二哥、二嫂，一大早幹啥去了？」房三河看了看房二河、王氏，又瞄了坐在板車上的房言一眼。

一大早就起床，在店裡做生意忙得團團轉，加上來回奔波，房言睏得眼睛都要睜不開，但是聽到房三河的話，她還是撐開眼皮。一看，這個人她不認識。

房二河見是自家的三弟，說道：「跟你嫂子去鎮上賣點東西。」

「賣東西？二哥又做什麼新奇的玩意兒了，先給小弟掌掌眼啊！」房三河往車上瞅了瞅。

房二河皺了皺眉，說道：「沒什麼東西，賣完了。我跟你二嫂起得早，就不跟你說什麼了，你也快些回家吧。」

他一向跟這個弟弟不太親，因為小時候老三就喜歡欺負他，還經常惡人先告狀，向他爹娘抱怨他，為此他沒少挨他爹的揍。加上後來又發生張氏的事情，兩個人的關係因此降到了冰點。

房三河一聽，頓時不太高興，嘟嘟囔囔道：「呿，還能做出什麼好東西不成？要是真有本事，會讓人趕回村裡來？當誰稀罕看呢！瞧瞧，出門竟帶著自己的傻女兒，我當她變聰明了呢，還不是一副傻樣。」說完，他轉身就想離開。

「站住！」王氏大吼道：「小叔，你怎麼能這樣說你姪女？我們家二妮兒哪有什麼問題！」

房言從來沒見過王氏發這麼大的脾氣，嚇了一跳，瞌睡蟲都跑光了。

房三河也沒想到自家二嫂會這麼凶，畢竟她平時是挺溫柔大方的一個人。他見二哥和二嫂都用凶巴巴的眼神瞪他，不禁打了個哆嗦，但是一想到從小到大這二哥只有被他欺負的分兒，立刻就回過神來了。

「凶什麼凶啊，我說錯了不成？傻子就是傻子！」房三河依舊不改口。

此時村裡路過的人，以及在家裡聽見動靜的人都靠了過來，大家圍在一旁，也不大聲說話，就是觀望發生了什麼事，還時不時跟身邊的人嘀咕幾聲。

「聽說二河家的女兒是傻子……」

「哦，就是那個傻子啊，我之前也聽說過，就是沒見過真人。」

「看起來不像傻子啊……」

房二河聽見房三河說的話就夠生氣了，此刻又聽到村人碎嘴，頓時火冒三丈。他慢慢放下板車，走上前去，對房三河說道：「三河，我不想再聽到你這麼說你姪女！我們家二妮兒好好的一個人，都被你們家給壞了名聲。你在外面這麼胡說八道，到底想幹麼？」

看到房二河氣勢洶洶的模樣，房三河本來有點退卻，可是聽到周圍人的討論聲，突然來了勁。「我說什麼了，這不是事實嗎？」

「你再說一句，小心我揍你！」說著，房二河就用一隻手拎起房三河的衣領，威脅他。

四周的人見狀，開始有點擔心了。

「唉呀，三河這話說得也太不對了，怎麼能這麼說自己的姪女呢？」

「不知道兄弟倆會不會打起來……」

房言見聚集的人越來越多，就從板車上走下來，對房二河喊道：「爹。」

她的聲音一出，所有的人全閉上嘴，靜靜地看著她。

第十一章　洗刷污名

村人心想，不是聽說房二河家的小女兒是個傻子，不會說話嗎，怎麼突然就開口了呢？難道這不是他家的小女兒？不對啊，剛剛房三河明明說是房二河家的小女兒，他是孩子的親叔叔，肯定不會弄錯。

「爹，幹麼跟三叔鬧這麼大，咱們都是一家人，應該以和為貴。」房言看了看周圍站著的人，笑了笑說道。

這是一個絕佳的澄清機會，這麼多人在場，只要自己說上幾句話，謠言肯定不攻自破。果然，就跟房言想的一樣，她一說話，大夥兒又開始議論起來。

「原來她不是啞巴啊，這不是會說話嗎？」

「也不是傻子，傻子哪能說出這種話！」

「這孩子真懂事，她叔叔罵她，她還勸她爹不要打她叔叔呢。」

房言停頓了一下，見房二河鬆開房三河的衣領之後，又笑道：「爹，咱們快回家去吧，您這手寶貴著呢，可不能因為打架而傷著了，畢竟還得賺錢養家。您又不像叔叔，啥都不用做。」

聽到這裡，村人安靜了一下，不知道是誰沒忍住，「噗哧」一聲笑出來，接下來就更多人笑了。有些人沒聽明白，還問其他人在笑什麼？

「二河家的女兒厲害了，這不是說她叔叔遊手好閒不幹活嗎？」
「這樣的人會是傻子？我看咱們村裡沒幾個不傻的了。」
眾人正你一言、我一語地討論著，就見房鐵柱和高氏聽到消息，從遠處走過來。
房三河心頭一緊。以前他不害怕跟二哥打架，因為他爺爺跟奶奶都會護著他，甚至向他爹娘施壓，讓他們打他二哥，但是自從他們相繼去世之後，身為一家之主的爹就沒這麼護著他了。
「你們兄弟倆吵什麼吵，當哥哥的也不收斂點，不嫌丟人是不是？」房鐵柱臉色嚴肅地說道。他雖然不那麼護著房三河，但是心還是偏向仍待在他身邊的小兒子。
房二河聽到他爹這句話，眼神一黯。果然，不管過去多少年，他爹還是更喜歡他三弟，兩個人之間不管有什麼矛盾、不論是誰挑的事，最後都是他的錯。
王氏見狀，雖然心裡不高興，但是嘴上也不好說什麼。
只不過，房二河和王氏不敢說，不代表房言不敢開口。「爺爺，三叔罵我是傻子！」
本來村民們一見房鐵柱過來就打算散去，一聽見房言的話，又停住了腳步。
高氏聽到房言的話，看了她一眼，目光中的探究讓房言微微有點心虛，不過一想到自己本來就是房言，她就覺得沒什麼好怕的了。
「老三，你真的說這種話了？」房鐵柱看了看房言，轉而對房三河問道。
房三河一聽他爹的語氣，微微有些顫抖。其實他也知道，前幾天他媳婦和女兒在外面亂說話，被他娘處罰了，但他覺得罰得重了點，因為自家姪女就是個傻子啊，怎麼還不讓人說了，難道他們不說，她就不傻了嗎？

所以，今天當他看到房言的時候，才沒有任何心理負擔地說出來。可是他剛剛才發現他二哥家的小女兒不是啞巴，更不是傻子，那麼他再說那種話，就站不住腳了。

「爹，我不是故意的，不就是不了解情況嗎？」房三河努力地解釋道。

王氏一聽房三河推託，立刻說道：「沒了解情況就能在外面亂說嗎？你還是孩子的親叔呢，你都在外面這樣說了，別人會怎麼想？我們家二妮兒本來就不傻！」

高氏皺了皺眉，不贊同地看了王氏一眼。為什麼媳婦要當眾說這種話呢，沒看到旁邊有一大堆人在看熱鬧嗎？

然而這媳婦畢竟是從鎮上來的，高氏不好說她什麼，要是換作教訓自己的兒子，就沒什麼壓力了。看著低著頭、不知道在想什麼的二兒子，她說道：「老二，你這當哥哥的怎麼能跟弟弟在街上打起來，娘以前是怎麼教你的？」

房二河聽了他娘這話，心裡更冷了。

高氏見二兒子一點反應都沒有，看了房鐵柱一眼，沒想到房鐵柱這會兒並沒回看她。

房鐵柱和高氏都是把家裡的臉面、大房的重要性，跟長孫的科舉考試放在第一位。要說有什麼不同，就是高氏眼界比較窄，偶爾會顧及自己疼愛的兒子的心情；房鐵柱則不管是哪個兒子，只要讓他丟臉，或阻礙長孫的前程，他都會給頓排頭吃。

「老三，你這個姪女過去一直待在鎮上，沒聽說有任何毛病。你很少見到她，怎麼能聽其他人說她是傻子，你就跟著說呢？以後不能這樣了，聽見了沒！」房鐵柱厲聲說道。

雖然房鐵柱當眾批評了房三河，房二河依舊覺得心冷。聽完他爹的話，他也沒什麼力氣跟他們打招呼，推著板車就往家裡的方向去了。

高氏看著房二河的身影，皺了皺眉。

房二河剛回到家，還沒喝上一口水，房三河的兒子房明玉就來了。他看見房二河，大聲吼道：「我奶奶叫你去家裡！」

房言看到這種沒大沒小的熊孩子，恨不得打他一頓，但是她不太清楚眼前這個人的身分，也不好說什麼。

「嬸嬸家的孩子一個比一個討厭，這房明玉也不是個好東西！」房仲齊在旁邊嘀嘀咕咕地說道。

房言這才知道這個人是誰。她三叔的兒子嘛。她眼睛轉了轉，走到門口，笑咪咪地看著一臉得意的房明玉，「哐噹」一聲，把門關上了。

既然有隻狗對著人亂叫，那還是關在門外比較省心。

「妳妳妳，妳竟然敢把我關在外面，我要跟我奶奶告狀。哇——」說著，房明玉哭了起來。這招屢試不爽，每次他一假哭，大家都會來哄他。

沒想到，房明玉哭了一會兒，還是沒人理他。他彎腰撿起一塊石頭，正想往門上扔，門卻忽然打開了，他嚇得手中的石頭也掉在地上。

房言一直從門縫盯著房明玉，見他拿起石頭，立刻打開門。看著眼前這個蠻橫不講理的孩子，房言抄起門後的擋門棍，就要過去打他。

房明玉一看房言這麼厲害，嚇得哭著跑回家。這次是真哭了，不是假哭。

見房明玉跑掉了，房言拿著木棍轉身進門，房仲齊佩服地朝房言豎起一根大拇指，王氏也未對他們的舉動有任何意見。

雖然早上賺了不少錢，但是家裡的氣壓還是很低，沒一會兒，房二河還是出門回老宅去了。古時候的人還是很講究孝道，「孝」是能壓死人的一座大山。

由於今天起得太早，大家都在歇息，房二河回來的時候，見家裡靜悄悄的，就關上大門，嘆了口氣，也去歇著。

快到中午的時候，王氏去廚房熱了熱早上剩下的粥。吃完飯以後，大夥兒就聚在一起聊聊天。

房言一回到家就跟房伯玄、房仲齊、房淑靜講了在路上發生的事情，大家很清楚現在氣氛這麼怪異，都是因為老宅那些人。要是說這種話的人是外人，他們還能開口罵人或直接上門吵架，但是那個人是房三河，房鐵柱和高氏明顯護著他，所以事情就比較棘手了。

即便知道原委，大家也只能把這些話放在心裡，尤其在房二河面前絕口不提一個字。當然了，在外面，他們更是什麼都不會說。對外人說一句家中長輩的不是，若是被人記下，那麼就算往後當官或發財，也會被當成小辮子，被人抓出來就完了。

仗著自己年紀小，房言比較沒有顧忌，開始活絡氣氛，「大哥，咱們家的生意果然很好，賺了不少錢哪。」

房伯玄配合道：「是嗎？那小妹數清楚咱們家今天到底收了多少錢嗎？」

「還沒，這不是等著回來大夥兒一起數嘛！」房言笑道。

「我說妳今天在外面怎麼沒數錢，原來是想跟哥哥姊姊們一起數啊。」王氏笑了笑，點了點小女兒的眉心。

房言點頭說道：「當然，這些錢是大家賺的，自然要一起數。」

「一、二……九十五、九十六，一共是九十六文錢。」跟房仲齊兩個數完之後，房言說道。

王氏一聽，笑容滿面地道：「這麼多錢，比昨天賺得還多呢！」

一旁的房二河，也是淡淡地笑了笑。

其實吃完飯之後，房二河就把他娘說的那些話拋在腦後了。不是說房二河不孝順，也不是說他心裡記恨他娘，而是因為他從小就沒怎麼得到爹娘的關愛，不僅常被打罵，還受到不公平對待，現在自然對他們沒多少感情。只不過，該孝敬的東西，他一分都沒少給。

房二河一度懷疑自己是不是他爹娘親生的？要不是他長得特別像他爹，他真的認為他是從外面撿來的。這段經歷也讓他明白一個道理——有的爹娘，的確不疼自己的孩子。

按照房二河的想法，他不再是個孩子，也跟爹娘分家了，所以有些事情他自己作主就成，不勞他爹娘操心，更不可能聽他們的話，責備自己的媳婦與女兒。在鎮上時他就不聽話了，否則只能娶到張氏那種女人，娶不到王氏。現在回了村，雖然距離他爹娘近了，但是他依然沒打算照他們的話做。

房二河斂了斂心神，拿出記好的帳本，唸道：「饅頭一共賣出三十個，收了十五文錢；粥賣出八碗，收了八文錢；涼拌野菜賣出十一碗，收了十一文錢；野菜賣出三十一斤，收了六十二文錢，一共是九十六文錢。」

房淑靜誇獎道：「看來二妮兒和二郎沒有數錯，跟爹記下來的帳是一樣的。」

「爹，成本是多少呢？」房伯玄問道。

房二河過去開店鋪做木工活，所以家裡的人多多少少懂一些做生意的事情。

「雞蛋、麵粉、油鹽這些東西加在一起，大概十文錢左右，所以今天賺了八十六文錢。」

「爹，這樣只比昨天多賺了十文錢啊，況且雖然賺得比較多，卻更累了。你們起得那麼早，還要忙很多事。」房仲齊想了想說道。

王氏這時發表起自己的意見，她笑道：「二郎這話說得不對，娘覺得還是這樣好些。昨天咱們家只賣野菜，娘幫不上什麼忙，而且光等人買菜，就得花上好一陣子時間。今天就不一樣了，很多人看到有賣吃的就進了店鋪，娘能幫上忙了，大家一起幹活，賣的速度就快了許多。況且，有人不僅在店鋪裡吃堂食，離開的時候還帶走一些，讓我們更早收攤了呢。」

房伯玄聽到王氏的話，點點頭，轉而看向他爹道：「爹，您說呢？」

「我覺得你娘說得對，今天賣出東西的速度確實比昨天快一些。咱們今天起得太早了，明天可以晚起一刻鐘。」

此時，房言說出自己的觀點。「爹，我覺得明天至少可以晚起半個時辰！」

房言這麼一說，大家的目光都集中到她身上。

她清了清嗓子，繼續道：「爹、娘，咱們幹麼要在家裡蒸好饅頭再去賣呢？店鋪後面不是有灶臺嗎，可以去鎮上再蒸啊，娘今天還在那裡熬粥呢。只要多建一個灶臺，帶上和好的麵，兩邊一起蒸饅頭，然後再用旁邊那個小灶臺熬粥，速度不就快起來了嗎？到了鎮上，爹和娘先開店門，之後在屋子裡一邊賣菜，一邊捏饅頭，捏完後再端到後面去蒸，這樣不是好多了？」

今天不到三點起床，明天就四點起床，兩個人一起去後面摘菜，四點半就能摘好，到鎮上大約要走半個時辰，那麼五點半就能到達鎮上，五點半過一些就能開始賣了，跟今天的時辰差不多。事實證明，這個時間點，鎮上的人潮才會慢慢多起來。

王氏一聽，眼前一亮，覺得這個主意很好。

房伯玄也點點頭道：「這個方法的確很好，不過咱們家還要賣包子，開始賣包子就不能這樣了。」

「娘，其實明天就可以賣包子了。」方才一直保持沈默的房淑靜開口了，說道：「我可以去幫忙，而且還有小妹在，咱們四個人肯定忙得過來。」

房二河跟王氏第一個反應就是反對。

王氏道：「妳就在家好好繡花，賺錢的事有我跟你們爹在就行。別說是妳，明天我也不讓二妞兒去了。」

房二河也道：「咱們家這生意並不大，我和你們娘就能忙得過來，妳們有這份心意就夠了。」

房言看著自家爹娘，說道：「爹、娘，你們這種想法不對，我明天就跟姊姊去幫忙。現在咱們家沒錢，反而要思考怎麼賺得更有效率？哥哥們還要考試，這可不是一筆小數目……」

她正說著呢，房仲齊突然插嘴道：「其實我不考試也沒差，我可以去幫忙。」

房二河還沒來得及訓斥他，房言就先開口了，她笑了笑，說道：「二哥這種想法不對，科舉考試又不是為了你自己考的，你是為了爹娘、大哥、姊姊和我考的。你有出息了，咱們家才能不被人欺負。」

房仲齊想要反駁，房伯玄就說道：「二郎，你竟然還不如小妹明事理。爹娘為什麼把錢都花在咱們身上？既然受了栽培，就要對得起這些錢、對得起爹娘的期望。」

他這番話讓房仲齊啞口無言，頭低了下去。

「嗯，大哥說得對。所以呢，為了攢錢，咱們在創業初期更要齊心協力。況且，姊姊天天繡花對眼睛不好，我們兩個出門跟著爹娘一起做生意，長長見識也不錯。我覺得咱們不會累多久的，等生意好起來，就請人幫忙。」房言動之以情、曉之以理。

房二河和王氏還沒說話，房伯玄就同意了。「我覺得小妹說得有道理，反正也用不了幾天，先看看情況，如果賣得好，就請人幫忙；如果賣得不好，也能早早結束。」

目前的生意看不出來前景如何，要是好，花錢請人才是最正確的做法；若不好，提前結束也很明智。他不是不想去幫忙，只是按照現在的狀況，他爹跟娘一定忙得過來。這不像去地裡除草那種體力活，要他和二郎都去才行，況且他在賣吃食這方面做不了什麼事，還不如在家餵雞、餵豬。

房伯玄之所以同意兩個妹妹去，是被房言的話點醒了。小妹房言不過去鎮上賣了幾天菜，都比以前多了幾分見識，那他的大妹房淑靜呢？他也不太贊同她天天憋在家裡繡花，即使是女人，也得有點見識跟自己的想法才行。

王氏看了自己的大女兒一眼，心想這孩子的確是內向了些，也沒怎麼出過門。她今年已經十二歲，快說親了，照這個情況下去，以後嫁了人，不曉得會不會受欺負？

其實現在的世道比過去開明許多，很多十幾歲的姑娘會跟著爹娘出門，目前這些工作的確也不怎麼累人，女兒們既然想幫忙，那就一起去。

「好，就這樣吧。」王氏說道。

房二河一聽，本來想拒絕的話到了嘴邊又嚥下去，只道：「行，妳們娘既然同意，那就跟著吧，累了的話，就坐在板車上，爹推妳們回來。」

第十二章　雞蛋增生

接下來，一家人又討論起要賣什麼餡的包子？最後一致同意賣包薺菜餡的。一開始就包二十個來賣，其中十個包素餡，另外十個包肉餡，素餡的一文錢一個，肉餡的兩文錢一個。加了野菜的粗麵饅頭很好賣，可以多蒸一點，共四十個。

涼拌菜的話，房言建議明天少做一點，每碗的量也要比之前給的少一些。現在野菜定價五文錢一斤，一斤可以做四、五碗，一碗賣一文錢，這樣還不如直接賣菜划算。但是，如果每碗放的量比較少的話，一斤野菜就能做出六碗涼拌菜，這樣除去鹽、蒜、香油的成本，就能多賺一點錢了。

今天店鋪的菜單上多了粗麵饅頭跟粥之後，涼拌菜就不是賣得很好，明天又多了包子，銷量肯定會再下降，然而只要再過個幾天，涼拌菜的行情就會變好了。

因為到時候很多人會發現，這神奇的馬蜂菜價格漲上去之後，就不會再降價了。一斤馬蜂菜五文錢，可以做五、六碗涼拌菜，他們店裡賣的是一文錢一碗，這樣算一算，還不如買現成的，不但省去回家做的工夫，其他材料的費用也免了。

至於原本的粥，稀釋一點，改成湯。燒一鍋白麵湯，加一點鹽跟菜葉，打上兩個雞蛋就行。雞蛋一文錢一個，一大鍋湯放兩個雞蛋，不過花了兩文錢，算上菜葉跟鹽還有自己收集的柴火，一鍋湯的成本差不多三文錢。

凡是在店裡消費三文錢以上的人，可以免費喝一碗湯——這個點子是房言想出來的。有些人說不定會為了這一碗免費的湯，在店裡多花一文錢買素包子或饅頭。

說到這裡，房言想到她還沒去那塊地查看新種的野菜，不知道那些菜吃起來效果如何？如果用那塊地種新的野菜就有原來那種效果的話，她就不用再滴靈泉了；如果沒有效果，就再滴一點。明天就要賣薺菜包子了，可得抓緊時間處理這件事。

一家人商量完，房二河就去鎮上的店鋪建灶臺，他以前在鎮上做過這方面的活兒，所以沒另外請短工。這回他帶了幾捆柴過去，也把大兒子遞給他的牌匾掛上。牌匾是房二河用一塊乾淨的木頭做的，上面由房伯玄用毛筆寫下「野菜館」三個大字。有路過的人看到了，好奇地想進去看一看，房二河就告訴他們，明天早上才會開門。

王氏要去餵雞，結果剛走到雞舍附近，就聽到房淑靜說道：「娘，您昨天是不是少撿了一顆雞蛋啊？我今天撿了五顆呢。」

「五顆雞蛋？咱們家不是只有四隻母雞嗎？」房言心裡一動，問道。

「對啊，就是四隻母雞下了五顆雞蛋，所以我才說是不是娘昨天少撿了一顆？」房淑靜笑道。

「少撿了一顆？沒有啊，我記得昨天撿了四顆雞蛋。」王氏回想了一下說道。

「啊？您該不會是記錯了吧？」房淑靜問道。

「應該沒有，今天早上全都用掉了。」王氏思索了一下說道。

房言驚喜地瞪大眼睛說：「如果娘沒記錯的話，難道咱們家的雞有一隻下了兩顆蛋？」

「怎麼可能，一隻雞不是一天下一顆，或是兩天下一顆嗎？」房淑靜常負責撿雞蛋，所以她比較清楚。

這是王氏這輩子第一次養雞，不是很了解詳細的狀況，只道：「也許是娘記錯了，或是真的有雞會一天下兩顆蛋。算了，還是等妳們爹回來再問他吧。」

一旁的房言則是暗自懷疑這是靈泉的作用。她這幾天拿了不少乾掉的野菜，跟一些老一點的菜莖、菜葉給雞吃，就是想做一下實驗，看看效果會如何，想不到似乎有用？

思考了一會兒，房言一個人偷偷溜到後面的菜地去了。她掐了一點昨天剛剛種下的野莧菜葉試吃。嗯，直接吃味道真的不太好，不過感覺好像有效果。

房言邊吃邊點頭。雖然這個野莧菜，不能跟那些第一時間吸收靈泉的馬蜂菜相比，但是吃起來跟普通的菜葉味道不同，看來這片土地的土壤已經充分吸收靈泉了。

她又看了看薺菜。幸好目前種的量夠多，往後她得時不時採薺菜回來種，才能應付他們家的生意。至於野莧菜跟豬毛菜，暫時不打算賣，所以留在這裡慢慢長就行。

想了想，房言決定暫時先不在這個地方繼續滴靈泉了，她對於上次野菜跟野草瘋長的景象還是心有餘悸。

巡視了一下，房言注意到有些地方的菜長得太密集，便順手拔掉一些，畢竟長得太密並不是什麼好事，不利於植物茁壯。除了拔掉長得太擁擠的野菜，房言又掐了一點比較老的菜莖跟菜葉，最後拿著這些東西，悠哉遊哉地往豬圈跟雞舍去。

當房言靠近自家的豬跟雞時，她發現牠們像是聞到什麼靈丹妙藥的味道似的，一窩蜂地全部擠過來，嚇了她一跳，不禁往後退了幾步。房言看著手中的野菜，心想靈泉的作用真是太神奇了！

往常她來餵這些豬跟雞的時候，都是把野菜跟其他食物混在一起，所以沒看出牠們渴望的程度。今天她手裡單獨拿著野菜，就能看出動物們對被靈泉滋潤過的東西有多嚮往了。

照這個情況來看，他們家大概真的有雞一天下了兩顆蛋，只要再觀察個幾天，就能確定了。至於一旁的豬，過幾天讓她爹抓去秤秤體重，看看漲幅就知道了。

隔天早上，房言一家人都去後面摘野菜，連房伯玄和房仲齊也不例外。他們兩個人本來就差不多會在那個時間起床讀書，按照房伯玄的說法，天天讀書也會讓人讀傻，需要活動一下筋骨。再說了，如果大家同心協力，本來需要一炷香才能完成的事，一刻鐘就好了。

等房二河一行人到了鎮上的店鋪，才剛到卯時。這個時候路上的行人不太多，房淑靜趕緊去後院燒火，房言也跟過去。

這幾天房言已經跟房淑靜學過怎麼燒火，代價是熏了很久的煙，劉海還被燎到了一些，好在最後終於學會了。

放置好帶來的東西，房二河就站在店鋪裡揉麵，王氏則開始調餡。揉好麵之後，房二河和王氏一起做饅頭、捏包子，其間有幾個回頭客過來買菜，房二河就告訴他們五文錢一斤。

有人一聽真的漲價了，就猶豫起來，可是一聽房二河說之後絕對不會降價，又想到這野菜的效果，還是咬牙買了兩斤回去。還有人之前沒買過，今天慕名而來，知道碰巧開始漲價，惋惜得不得了，但還是買了一斤回去。

就這樣，房二河一邊賣菜，一邊幫王氏做饅頭、捏包子，效率比之前高了不少。房淑靜和房言一燒好灶，就煮了一鍋雞蛋野菜湯，煮好就盛在一個大木桶裡。

等到第一批包子跟饅頭出籠，路上的行人也多了起來。有些人聽到這裡賣包子和饅頭，花三文錢買東西的話還能喝免費的湯，就進店鋪來了；有些人純粹好奇這間叫「野菜館」的店，想過來嚐嚐鮮；當然，還有一些回頭客，畢竟這裡的東西好不好吃，他們最清楚，即使有些人覺得味道一般，但是一想到那野菜的效果，還是義無反顧地進店消費。

兩個饅頭、一個葷包子，正好能免費拿一碗湯。有些人覺得包子吃不飽，就跟袁大山一樣，點了四個饅頭跟一碗涼拌菜，一樣是三文錢，也能直接得到一碗湯。

吃了薺菜包子的人大都覺得好吃，紛紛打聽這是什麼野菜？也有吃過這種野菜的人，發現原來是自己沒找到正確的做法，而不是這種菜不好吃。可惜他們都不知道，是房言賦予野菜這種效果的。

袁大山自然又來光顧了，他這幾天嘗到了甜頭，發現這家野菜的獨特之處，別說三、四文錢，就算是六、七文錢，他也願意花。

不過，他今天不打算卸三次貨了，兩次就好。雖然這種野菜很神奇，讓人比較感受不到疲倦，但是身體還是會累，晚上一倒在床上就睡著了。

為了自己以後的健康著想，袁大山決定不要天天都這麼拚命。去山裡打打獵，賣幾張兔皮也能賺很多錢，只不過打獵這種事要看運氣，不如卸貨來得踏實就是。

進入店鋪之後，袁大山沒料到粥變成了湯，而且竟然開始免費了，菜單上甚至多了包子，但是他覺得包子吃不飽，還是饅頭扎實。四個饅頭、一碗涼拌菜，加上一碗免費的湯，三文錢就能解決一餐的需求，非常值得。

孫博也早早起床來這裡吃飯了。雖然他姑母說讓僕人買回去就好，但是孫博昨天吃了一頓堂食之後，愛上這種在外面用餐的感覺，所以又來了。

兩個肉包子、一個素包子、一碗涼拌菜跟一碗湯，總共六文錢。孫博一邊吃，一邊點頭。新出來的包子很好吃，涼拌菜依然清爽，雞蛋野菜湯也很好喝。他心想，要是這家店開在縣城就好了，這樣即使他回去，也能天天吃上一些。

至於房言家的生意，今天也是好得出奇，第二批饅頭還沒出籠，就已經有人在外面排隊了。等這批人買完離去，後面還有人要來買，不過饅頭已經銷售完畢。有人挑了跟昨天差不多一樣的時間過來吃，結果今天竟然沒能吃上，不禁感到遺憾。

有些人注意到大木桶裡還剩下一些湯，其中幾個就厚著臉皮向房二河要了一碗。房二河心想，他們昨天也來買過一些東西，為了日後的生意打算，便沒拒絕，做了個順水人情。

還不到辰時，東西竟然全都賣完了，大木桶裡的湯也剩不到一碗。

房二河和王氏臉上都露出了笑容，房言也笑得合不攏嘴。房淑靜雖然對東西賣出去的速度感到驚訝，但是沒有前幾天的經驗，她不太清楚究竟賺了多少錢，所以不像其他三個人那樣心裡有底。

想到賺了這麼多錢，房二河等人都覺得再忙也是值得的。

收拾好東西，房二河就關起店門。剛來的時候天還是黑的，現在天色已經大亮，回到村裡的時候，有些起得晚的人家才剛要做早飯。

到家以後，房伯玄和房仲齊一看他們帶著笑容回來，也知道今天的生意成了。

房伯玄剛想問些什麼，房二河就說道：「你們兄弟兩個先讀書，其他事晚上再說。等夫子考完院試回來，爹就送你們去學堂。」

一聽到這番話，房伯玄挑了挑眉，心裡明白了些什麼。

房仲齊雖然因為「去學堂」這件事臉色突然變得不好看，但是看著小妹調侃自己的眼神，還是忍不住朝她做了個鬼臉。

休息了一會兒，房二河去地裡查看小麥的情況，王氏則去餵雞、餵豬。反正他們回來得這麼早，這些活兒自己做就成了。

查看母雞待過的雞窩時，房淑靜驚訝地道：「娘，今天竟然有六顆雞蛋！這次肯定不是昨天落下的，因為我看得清清楚楚。」

王氏正在為雞拌食，一聽到這話，立刻放下手中的東西，走過來看著房淑靜手中的雞蛋。

她欣喜地道：「怎麼突然就多下幾顆蛋了？我昨天問過妳爹，他說他小時候見過有雞一日下兩顆蛋，但那也得很久才有一次，大多數雞都是一天下一顆，或兩天下一顆蛋，一天下兩顆真的很罕見。」

「娘，這雞養了好一陣子，我還是頭一次見到牠們下這麼多雞蛋呢。昨天有一隻雞下了兩顆，今天則是有兩隻雞下了兩顆，咱們真是買了一窩好雞啊！」房淑靜興奮地說道。

房言正打算去書房「監督」房仲齊讀書，順便認幾個字，看到王氏與房淑靜站在雞窩旁邊不知道嘀嘀咕咕在說些什麼，她心頭忽然一動，走了過去。

「娘、姊姊，妳們在說什麼？」房言問道。

「二妮兒，妳快來看，姊姊今天在咱們家雞窩裡撿了足足六顆雞蛋呢！」房淑靜開心地對房言說道。

「六顆！」房言聽了之後瞬間瞪大眼睛。家裡一共四隻母雞，昨天下了五顆蛋，今天下了六顆蛋！

唉唷喂呀，這一定是靈泉的作用！那個白鬍老人真是超級好的神仙。感謝神仙大人、謝謝祂給的靈泉，相信在不久的將來，他們家能靠著靈泉脫離貧困，走向小康！

房言摸摸這顆蛋、捏捏那顆蛋，可說是愛不釋手。

王氏見她開心，笑道：「今天晌午，娘做蛋餅給你們吃。」

「好啊！娘，今天雞多下了兩顆蛋，您要多給我一顆蛋才行。」房言拉著王氏的胳膊撒起嬌來，做出一副小女兒的姿態。

「好好好，妳這幾天跟著娘做活累得不輕，娘多放顆雞蛋讓妳補補身子。」王氏笑著應下來。

等到吃完晚飯，天色有些暗了。房言一家人坐在一起，開始討論起店鋪的生意狀況。

房二河先開口道：「以後就固定晚上商量咱們家的事吧，白天的時候大家各忙各的，大郎跟二郎好好讀書，大妮兒就乖乖繡花，至於二妮兒麼……」

「爹，我不想繡花……」房言開口了。

「不想繡也得繡，姑娘家怎麼能不會繡花呢？過去妳生病，娘就不讓妳動手，現在卻不能不學了。娘不是要妳繡得跟繡娘一樣好，但是怎麼樣都得會才是，免得以後讓人瞧不起。」

提及繡花這件事，王氏這次的態度非常強硬。就跟教女兒做飯一樣，她的觀點是可以不精通，也可以不做，但是得會。

房言被王氏的話說得心頭一震，想到自己所處的時代，她點點頭答應了。

一見到房言同意，王氏臉上露出欣慰的笑容。

房二河笑道：「二妮兒，妳要是繡花繡累了，就去看書。好了，現在咱們來說說今天的情況。今天的菜漲價了，很多人覺得貴，但還是賣完了；涼拌菜的分量，聽了二妮兒的建議，也減少了，雖然有一些客人抱怨，也賣光了。」

看著帳本，房二河唸道：「野菜賣出二十二斤，一共一百一十文錢；涼拌菜賣出三十碗，一共三十文錢；饅頭賣出四十個，一共二十文錢；包子二十個，十個素餡的，十文錢；十個肉餡的，二十文錢。」

說到這裡，房二河頓了頓。今天這些帳，無論算過幾次，他的內心都難掩興奮。從鎮上回來的路上，他就已經跟王氏數過了，兩個人都很開心，現在要在兒女面前說出來，他不只高興，更是激動。

房二河清了清嗓子，說道：「一共是一百九十文錢。」

第十三章　節省時間

房伯玄在房二河看著帳本唸的時候，已經默默算出總收入，不過他雖然心裡有數，但是聽到一天就收了這麼多錢，他臉上也有些繃不住了，而房淑靜和房仲齊更是驚呼出聲。

至於房言，今天早上收攤後她就大致算過帳，所以對總數有個概念，沒什麼太大的反應，不過這會兒看到大夥兒的興奮之情溢於言表，她也被這氛圍感染，一掃今天早上到現在的陰霾，整個人開心起來。

「去掉買材料的成本，大概賺了一百八十文錢。」房二河說道。香油跟蒜家裡有，柴火可以去山上收集，蛋的話能靠家裡的母雞，只有麵粉、肉、鹽之類的東西需要花錢，這算是農家在做吃食生意方面的優勢。若不是家裡的豬還不夠大，小麥也還沒收成，否則他們就能省下更多材料費了。

這些天累計下來的收入雖然還不夠多，但是對於目前捉襟見肘的房二河家而言，無疑是一劑強心針。況且，這門生意還處於試水溫的階段，若是順利的話，以後他們會賺更多錢。

等大家的心情稍微平復下來，房伯玄就說道：「爹、娘，你們今天有什麼新的想法嗎？」

房言憋了一整天，實在按捺不住，搶先開口道：「咱們家店面挺大的，桌子卻沒多少，我覺得可以多擺幾張桌子。還有，要多做一個蒸籠跟幾層籠屜，我們現在只有兩個單層的蒸籠，一次能出的包子跟饅頭數量有限不說，出籠的速度也快不起來。我今天返家路過一家包子店時注意到了，人家都是幾層籠屜疊在一起蒸的，我們應該跟他們一樣才對！」

「啊？之前在鎮上住時，都是娘在家做飯給我們吃的，很少在外面吃，我在鎮上住了那麼久，還真沒怎麼注意到人家包子店是怎麼蒸包子的呢。」房仲齊說道。

房二河皺了皺眉，有些自責地說：「都怪爹，爹倒是留意過包子店怎麼使用蒸籠的，但是卻沒想到這一點。」

看到房二河責怪自己的樣子，房言說道：「爹，不打緊，現在改還來得及，店鋪的廚房不是有兩大一小，三個灶臺嗎？咱們一到店裡，就先用小灶臺煮湯，另外兩個灶臺分別拿來大量蒸饅頭跟包子，等湯一煮好，又多了一個小灶臺能蒸，這樣出籠的速度會增快很多。」

這點是房言今天觀察廚房的狀況跟包子店之後得到的結論，原本她覺得自己已經想得夠周詳，卻還是差了一些。因為蒸饅頭跟蒸包子的時間不同，所以兩個單層的蒸籠會占去兩個灶臺，可是當湯煮好以後，卻沒有多餘的蒸籠能用那個小灶臺蒸東西，實在可惜了。

房二河一聽房言的話，點點頭，道：「行，爹找時間打幾張桌子，再編一個蒸籠跟幾層籠屜。」

「爹，既然生意這麼好，你們今天早上又回來得這麼快，那咱們明天就多摘點菜。反正那些野菜不摘的話就會變老，也不好吃了！」房仲齊說道。

房二河回道：「二郎說得對，我跟你娘也有這個打算，明天就早起些，多摘點野菜。」

「那我也要早起幫忙。」房仲齊說道。

「爹想好了，我就早起一炷香的時間，其他人就照原來的時間起床。大郎、二郎，爹沒說不讓你們幹活，否則只怕你們心裡不踏實，而且，我聽鎮上的書生說過，早上起床活動一下，對身體比較好。咱們雖不指望你們能考上舉人或進士，但是不要秀才還沒考上，身體就先被拖垮了。所以起床以後，就去地裡摘摘菜，活動活動筋骨吧！」房二河看著兩個兒子說道。

房言非常支持房二河這個決定。天天坐在那裡死讀書，腦子都會僵化，起身幹點活，對健康才有益處。更何況，全家一條心共同打拚，做起事來會更有勁。

王氏還想說些什麼，終究被房二河按下去了。「孩子他娘，妳身體弱，多睡一會兒，我身子骨強壯，沒事。再說了，最近也沒什麼人找我做木工活，我回來之後再休息也一樣。」

聊著聊著，房言忽然想起早上那件事，她說道：「對了，爹、哥哥，今天早上咱們家的雞竟然下了六顆雞蛋。」

「什麼？六顆？比昨天還多一顆嗎？」房二河驚訝地問道。

王氏也點點頭道：「是啊，的確是六顆，今天早上大妮兒撿出來的時候我瞧見了。絕對不是昨天落下的，我跟大妮兒確認過。」

房二河思考了一下，說道：「之前也沒見雞下過這麼多蛋，怎麼突然就這樣了？」

房伯玄一聽這話，眼前一亮，問道：「娘，雞是從什麼時候開始出現一天下兩顆蛋的情況的？」

「大概是昨天。」王氏說道：「之前我跟大妮兒撿的時候都是三、四顆，昨天她撿的時候就變成五顆了。」
房淑靜見王氏提到自己，也點點頭道：「是這樣沒錯，昨天五顆，今天六顆。」
房伯玄摸了摸下巴，問道：「最近咱們家的雞都吃些什麼？」
「跟以前吃的東西一樣啊。」王氏回道。
「喔，是嗎？這就有些奇怪了……」房伯玄心想，難道不是吃了那塊地的菜？
見眾人陷入沈思，房言知道自己該出場了，她說道：「大哥，我猜是那塊菜地的原因。」
房伯玄正打算排除這種想法，沒想到自家小妹就講了出來，他的眼神隨即落到她身上。
「前幾天我就在想，既然人吃了這種野菜精神會變好，不知道雞吃了會不會多長點肉？所以我就掐了一些比較老的菜莖跟菜葉，混在平常的食物裡讓雞吃了。今天我去那塊地的時候，一樣拔了一些給雞吃，連豬我也給了一點。不過豬畢竟不會下蛋，所以我也猜不出來牠們會有什麼變化？」房言說道。
房伯玄回道：「若是這樣，就跟我的猜測一致了。看來咱們家的雞之所以下那麼多蛋，是因為吃了那塊地長的野菜。」
房二河聽了，笑著跟王氏說道：「孩子他娘，那塊風水寶地可真是不得了，看來咱們要多去買幾隻雞了。」
王氏睜大眼睛，說道：「還是你想得長遠。四隻雞每天就下五、六顆蛋，要是雞多一些的話，蛋自然會更多。」

「爹的想法很好，我看明天買個二十隻左右就行，不需要太多，否則咱們家也養不過來。多出來的雞蛋，爹和娘就拿到集市上去賣，一顆雞蛋一文錢，也算是個進項。」房伯玄說道。

房言卻有其他想法，她笑著說：「大哥，何必特地到集市上去賣，直接在咱們家店裡賣就好了啊。我見鎮上有人會特地去買煮熟的雞蛋，一顆一文錢半，咱們最多費些水跟柴火，先煮來試賣。若是好賣，咱們就煮熟了賣，若是不好賣，咱們就賣生的。」

說到這裡，房言心想，要不是那些鎮民的消費水準不太高，她都想賣茶葉蛋了。成本低、價格高，賺起錢來那才叫一個痛快。

房伯玄被房言這麼一說，頓時愣住了，他失笑道：「大哥竟然想偏了，只記得咱們家是賣野菜的，卻忘了店裡也能賣雞蛋。二妹跟著爹娘這幾天，真的學會很多事啊。」

房言聽到房伯玄誇獎她，就對他笑了笑。

想到自家的生意很有可能一飛沖天，房伯玄突然問道：「爹，您跟主家提過續租的事了嗎？」

房二河拍了大腿一下，道：「爹竟然忘了這件事，幸虧大郎提起來了，爹明天就去問問。只是不知道主家有沒有打算租給其他人？要是沒有的話，咱們先租個半年，否則實在拿不出那麼多錢租一年。」

事情討論告一段落，房二河就去收集柴火，王氏也去和麵了。想到接下來要花一大筆錢，王氏就多和了一些麵，打算和出能各做四十個饅頭跟包子的量，反正她有的是時間跟力氣。

房二河揹著柴火回來的時候，王氏還沒和好所有的麵。房二河一見到媳婦的舉動，就知道她的想法了，於是他沒多說一句話，直接動手幫忙。

和完這些麵，王氏和房二河才去休息。由於花了比較久的時間，所以兩個人累得倒在床上就睡著了。

等到第二天早上房二河醒過來的時候，王氏就跟著他一道起了，不管房二河怎麼勸，她都不肯再睡。過了一炷香的時間，房言他們四個兄弟姊妹也起床了，大家一同摘了五十斤的菜。

菜長久了終究會老，老了就浪費了，不如趁著鮮嫩時多摘一點。看這幾天的情況，野菜還是很好賣，多摘一些也能多賺點錢。

今天跟昨天到鎮上的時間差不多，一路上四個人都沒怎麼開口說話，一瞧見在店門口等待的人，他們才露出笑容。

房二河趕緊開門，開門之後就想要賣菜，房言阻止他道：「爹，您快去買豬肉，回來之後先捏包子；娘，您去蒸饅頭，這會兒廚房那邊用不著我跟姊姊，我們倆先在這裡賣菜。」

王氏跟房二河一聽，覺得很有道理，況且房言已經賣過菜，所以就放心地把店鋪交給她們倆。

好在這會兒才剛要卯時，上門的客人或是家裡的女主人，或是大戶人家的廚娘或僕人，都是要買菜回家做的，還沒人要吃堂食，所以房二河跟王氏不需要那麼趕。

房淑靜一開始放不太開，只是站在一旁笑，看房言跟人親切地搭話、聊天。過了一會兒，受到環境的渲染，加上房言的鼓勵，房淑靜也試著跟人說話了。萬事起頭難，只要邁出第一步，後面就簡單一些了。

又過了一陣子，房二河回來了。房淑靜見房言一個人能應付，王氏又揉好了麵準備蒸饅頭，她就跟房言打了聲招呼，轉身去幫王氏。

就這樣，他們三個人又是蒸饅頭、又是捏包子，不用時不時地顧著外面來買菜的客人，做事的效率提高很多。

房言賣菜的間隙，回頭看了一眼。她心想，果然很多事要做了才知道，就算事先商量得再仔細，也會有紕漏。昨天他們就沒想到能這樣分工，今天她是見客人在排隊了，而且要做的饅頭跟包子量更大，才臨時這樣安排。

她決定等明天來到鎮上之後，就先賣菜，爹娘跟姊姊則去捏包子和做饅頭，等到那些東西拿去蒸了，她再去廚房煮雞蛋和雞蛋野菜湯。

今天的客人明顯比昨天更多，也比昨天來得更早。房二河跟王氏一刻也沒能停下手上的動作，兩個人的胳膊都要麻木了，還好總算趕上客人要的量。

孫博今天又來光顧了，用完餐之後，想到過一段時間他就要回縣城，頓時有些不捨。雖然縣城離這裡不是很遠，他能讓家僕來野菜館買東西回去，但是這樣的話，他就不能來吃堂食了。

思索了一會兒，孫博問道：「掌櫃的，你們有沒有想過去縣城開店？就憑這些料理的味道，去縣城肯定能賺更多。」

房二河笑著回道：「孫少爺，咱們現在可不敢想去縣城做生意。」

「為何？」孫博心想，這麼好吃又神奇的東西，不去縣城賣，真是虧大了，在這種小鎮上能賺到什麼錢呢？

房二河有點不好意思地道：「咱們家拿不出那麼多錢，光是店鋪租金就付不起了。」

「啊？」孫博沒想到竟然是這個原因，他愣了一下，就沒再說什麼。

其實房二河除了拿不出這麼多錢之外，也沒有去縣城做生意的意願。縣城與鎮上方向不同，雖然縣城離他家只比鎮上稍微遠一點，但是他身邊幾乎沒人去縣城，都習慣到鎮上，況且他自幼就在這裡打拚，所以在他心裡，這個鎮才是他的家。

撇開這點不談，他們這是重回鎮上發展，還沒站穩腳跟呢，就別提去縣城了。即使要去，也得等賺到更多錢，才有底氣去闖一闖。

雖然今天的供食數量比昨天多，但還是銷售一空，只不過多賣了約莫一炷香的時間而已。

收攤的時候，已經進入辰時，房二河讓王氏他們在店裡收拾，自己一個人去找主家了。

來到一個大戶人家的後門，房二河對小廝說要找趙管事。趙管事一聽到是房二河，就招呼他進去了。

待房二河表明自己的來意，趙管事就皺了皺眉道：「你怎麼又開門做生意了，不怕得罪周家嗎？」他還當房二河是提前來交接的，沒想到竟然是要續租。

房二河陪著笑，說道：「應該不會，東西已經賣了幾天，那家人並沒來惹事。總歸我不是做原來的生意，他們沒必要再做些什麼。」

趙管事聽到房二河這麼說，緊皺的眉頭頓時舒展開來，回道：「那就好。不是我說你啊，房老弟，你早該這麼做了，幹麼以卵擊石呢？天底下不公平的事情多了去，誰讓你們沒有做官的親戚！要我說，你那大舅子要是能考上個秀才也好，真是可惜了。」

房二河跟趙管事聊了半天，心裡還是記掛著續租的事，於是他又問了一遍。「所以，趙管事，續租的事情……」

趙管事像是才想起這件事似的，輕描淡寫地說：「喔，你說續租啊，你來晚了一步，已經被人定下了。」

「什麼？已經被人定下了？」房二河驚訝地從椅子上站起來。

趙管事用一副惋惜的表情說道：「是啊，早就被別人定下了。房老弟，你關了門就走，那時也沒說要續租，我們家能怎麼辦？況且，你之前惹了事，誰敢再租給你啊？當然了，我們家也沒想到你會續租，要是早說個幾天，事情也不至於如此了。」

房二河皺了皺眉道：「趙管事，我已經跟你們租了這麼多年，而且合約上也寫說我能優先續租，你們怎麼一聲不響地就租給別人了？」

雖然房二河不是沒思考過主家租給別人的可能性，可是他總以為他們會看在合作多年的分上先告知他，沒想到……

趙管事聽了房二河的話，脾氣就起來了。「房老弟，你這話我可不愛聽。你給主家惹事，咱們還沒追究你的責任呢，你倒是賴上我們了？好不容易有人不嫌棄租下那個店面，我們哪有往外推的道理！」

房二河一聽，連忙解釋道：「趙管事，您誤會了，我不是這個意思。」

趙管事一副不想聽的樣子，擺擺手道：「行啦，你什麼都不用說了，店面既然已經讓別人預定，就不會再租給你了。」

房二河還想說些什麼，一看趙管事這個架勢，也只能摸摸鼻子走人。他嘆了口氣，失落地往店鋪走去。

第十四章　房南房北

房二河一走進店鋪，房言就見到她爹臉色灰敗、垂頭喪氣，她心頭一驚，連忙上前詢問他是怎麼回事？

「我剛剛去找趙管事續租，他卻說這個地方已經要租給其他人了。」房二河洩氣地說道。

「什麼？竟然有這種事！」王氏不禁慌了起來。

這個地方他們已經租了很多年，突然說不能繼續待了，這對王氏來說是個不小的打擊。尤其是他們家正處在柳暗花明又一村的當口，她還以為趙家多少能恢復一些信心，願意再給他們一次機會，不料未來的希望卻忽然破滅，這種感覺真的很難受。

房淑靜手足無措地站在原地，不知道該怎麼辦？她看看房二河又看看王氏，不曉得說些什麼才好？

反觀房言，卻是一副淡定的模樣，因為她早就預料到這個結果了。從家人的言談中，她得知房二河回村的原因是他們在鎮上得罪了人。試想，得罪人以後就丟下店鋪跑回村子裡去，主家會怎麼想呢？

站在主家的立場，肯定希望能早點擺脫麻煩，而要達到這個目標，就是盡快找到下家，把這家店租出去，怎麼可能等房二河續租呢？就算他們不畏懼那些人，也想租給房二河，但是人都離開了，他們還等他回來不成？

不過這件事沒什麼好傷心的，既然這裡不行，那就去其他地方啊！只要東西好，在哪裡都一樣會發財，她早就不想在平康鎮這個小地方發展了。

然而，看到房二河、王氏和房淑靜難過的樣子，房言也不好受。她心想，他們畢竟在這裡待了那麼多年，早就有了感情，如果她一開始就頭腦清楚地在鎮上長大，大概也會捨不得吧。

許久之後，房二河率先從打擊中恢復。他環視店鋪一周，說道：「沒關係，咱們還有二十幾天的時間。這些天我再到鎮上轉轉，若有適合的地方，就儘早定下來。」

王氏難過地擦了擦眼角，說道：「行，我相信你。」

聽到爹娘的對話，房淑靜也暫時從憂傷的情緒中走出來。已經告別過一次的地方，只能無奈地再揮別一次了。

要不是房言提醒眾人要去買雞，他們都差點忘了。雖然房家村有專門孵小雞的人，但是他們覺得，如果要在短時間之內得到更多雞蛋，還是去買已經長大的雞回來照顧比較好。

幾個人買完雞回到家之後，房二河就把鎮上的店面不能再續租的事情，告訴兩個兒子。

房伯玄跟房言的想法一樣，覺得此處不留人，自有留人處，但是當他發現他爹有些不開心之後，便說道：「爹，原來的地方大概風水不太好吧，要不然咱們家也不會這麼多年都沒存多少錢，還惹上一堆事。換個地方也不錯，說不定生意能更上層樓。」

房二河知道大兒子這是在安慰他，雖然他對那間店鋪的感情比較複雜，但也不是非那裡不可。於是他對房伯玄點點頭，接著就轉身到山上砍竹子、砍樹跟收集柴火去了。

房淑靜受到這件事影響，心情也不太好，但是聽到房言說要去撿雞蛋、餵小雞，她立刻又打起精神來。

走到雞窩那邊，房淑靜仔細找了找，跟昨天一樣，找到了六顆雞蛋。看來他們家的野菜真的很好，雞吃了還能多下一顆蛋。

這個事實讓房淑靜養雞的積極性又提高不少，她也不去繡花了，拉著房言就去那塊地摘一些老一點的野菜。

將野菜拿回家裡用刀切成段之後，房言跟房淑靜就拿著野菜去雞舍餵雞，剩下的就丟給旁邊的豬。看著那些動物們吃得津津有味的樣子，她們兩人不禁相視而笑。

房二河來來回回用板車搬運了幾趟木柴跟竹子，最後從山上回來的時候，除了揹著柴火，還提了一隻兔子。房言興奮地圍著那隻兔子轉來轉去。這種滿山跑的動物肉質最是香甜有嚼勁，她看著這隻已經死去的兔子，開始流口水。

王氏見狀，點了點她的眉心，說道：「真是個饞丫頭！等會兒娘就做給你們吃，妳先跟妳姊姊學穿針引線去。」

一聽王氏提到這件事，房言就沒了勁。她覷了覷王氏的表情，最後無奈地進房間。

房淑靜看她走過來，笑道：「怎麼了，又被娘說了啊？沒事，別傷心，姊姊再教妳一遍，妳這麼聰明，一定很快就能學會。」

「喔。」房言有氣無力地應道。

一個時辰過去以後，房言覺得她整個人都快「成仙」，不過她已經學會穿針引線，也能縫幾針了，只是針腳還是縫得不怎麼樣。想到自己白白活了那麼多年，縫出來的線還跟蚯蚓似的，她就感到羞愧。

看看房淑靜，不過十二歲，就能繡出一手好花樣，可見花了多少工夫，她真是佩服得五體投地。

當王氏詢問房淑靜，房言今天表現得如何時，房淑靜回道：「娘，我看妹妹在針線方面也極有靈性，那針腳可比我當年剛開始學的時候整齊得多，她不過是不往這上面用心罷了，否則肯定能繡好的。」

得了誇獎的房言卻覺得有些無地自容。她那針腳比一般初學者好，是因為她多活了那麼多年，手的力道控制得宜，再往下學，她可要原形畢露了。前世流行十字繡的時候，她也嘗試過，只不過水準真的不怎麼樣，繡得亂七八糟，她在這方面實在沒才華。

王氏一聽房淑靜說的話，又去房間裡看了看房言縫的東西，竟也說道：「這樣就好，不用時時刻刻擔心妳了，娘一直以為妳會連修補自己的衣服都成問題呢！之後再讓妳姊姊抽空教妳繡幾種花樣，也就夠了。」

其實王氏剛開始真的很煩惱房言的繡藝，現在看到她身為初學者卻有這種水準，非常欣慰。她知道房言不喜歡學這些東西，也不打算太勉強她。一般村裡或鎮上的姑娘家會縫補衣服、繡幾個花樣就成，王氏是因為家境不錯，加上她母親特別擅長繡藝，她才比較注意這方面的事情，否則很多窮人家長大的孩子只會縫補衣服而已。

房言聽到這裡，總算鬆了口氣。

整理好木柴之後，房二河更有幹勁了，店鋪不能續租的打擊對他來說，反而像是一種動力。

當房仲齊在學習空檔看到房二河在編蒸籠時，就主動過去幫忙。他一向對這些事比較感興趣，不，應該說，除了學習以外的事情，他都樂意嘗試。

房伯玄則是默默拿起房二河放在一邊的木柴，拾起斧頭砍了起來，每一塊都砍得整整齊齊的，就像他這個人的個性一樣。

一開始房二河跟王氏阻止過自家兒子做這些事，但是房伯玄卻說不能讀死書，要勞逸結合才行，幹活就是最好的放鬆方式。

他們夫妻不懂讀書人的心理，但是看大兒子的學習成績還行，也就依了他們。

不一會兒，房伯玄身上就出汗了。他擦了擦汗、洗了把臉，就把還在旁邊編蒸籠的房仲齊叫進去讀書了。

現在沒有夫子在身邊，房伯玄就充當房仲齊的老師，督促他把該背的東西背好，充分理解重要的文章內容。

繡完花之後，房言就渾身無力地過來看房二河編蒸籠。不過房二河卻沒讓她動手幫忙，因為竹子有些地方太過鋒利，不適合姑娘家碰觸。

房言待了一會兒，發現幫不上忙，覺得沒什麼意思，就跑到東屋看房伯玄和房仲齊讀書。

不知道該說這兩兄弟是太專注科舉之事，還是說家裡太窮，竟然一本閒書都沒有。不過好在房伯玄講給房仲齊聽的課文還算有意思，所以她也坐在那裡聽了幾次，無非就是些要人懂得禮義廉恥的文章。

房言盯著極具魅力又有才華的房伯玄看，心想，如此有靈氣之人，怎麼連縣試都沒通過呢？大伯家的峰哥兒都考得過，她哥哥沒道理不行。房言在返家路上瞧過那個大堂哥一次，油頭粉面的，看起來不像書讀得很好的樣子，怎麼就考過了呢？她實在想不通！

吃午飯之前，房二河已經做好一個蒸籠跟幾層籠屜，房言看了一下，確認數量夠了。現在一籠能蒸十個饅頭或包子，要是同時蒸兩籠，很有可能還沒賣出去就已經冷掉、硬掉了。當然了，要是以後客流量變多，多蒸一些也不是不可行。

今天房二河砍來的竹子只夠做這些東西，等生意範圍擴大之後有需要的話，可以再做。

房言看著她爹被劃傷的手，心疼得不得了，但是房二河卻說不疼，讓她更加難受。她只期盼家裡每天吃的野菜能加速他的傷口復原，等日後賺了錢，她就要雇人來做這些事，再也不讓她爹辛苦了。

吃完午飯，房二河去找幾個熟人過來幫忙砌牆，把後面的地納入自家的範圍。

房二河與房三河跟老宅之間雖然有矛盾，但是跟房大河的關係還可以。家裡有這種事，自然得請房大河過來幫忙。

在房家村，要是不讓在族中有些名望的人過來幫忙，他們可能會生氣，認定你瞧不起人，或是跟他們不親。

房大河就是這種人。他是家中的長子，習慣掌控一切，要大家都聽從他的意見。雖然房二河這個弟弟分家了，但是他來請自己幫忙，就表示跟他親近，也是尊重他這個大哥。因此雖然幹活會累，房大河心裡卻很舒坦。

不過，房大河身為大哥，該說的話還是要說，他得知房二河的意圖，不太贊同地說：「二河，其他人家菜都是直接種在外面，你為何要費勁地把這地圈到家裡去？咱們村子各戶都種了菜，不會有人做偷雞摸狗之事，根本沒必要圈起來。對了，聽說你還買下這塊地，這不是浪費錢嗎？」

房二河心想，其他人的菜都很普通，地的土壤也是一般，自然不需要特別呵護，然而自家這塊地可是寶貝，種出來的菜又很神奇，當然得圈起來。

想到這裡，房二河說道：「不就是想到這塊地在牆外面，不方便嘛。再說了，咱們家離村裡的人比較遠，沒人幫忙看著，我不太放心，還是圈在自己家裡好。」

房大河思考了一下房二河家的位置，又想到這個弟弟已經分家，就沒再說什麼。

除了房大河，房二河還叫上跟自家離得比較近的房南與房北兩兄弟，看到他們之後，房言嚇了一跳。乖乖，這兩人也是雙胞胎啊！

房淑靜和房仲齊的性別不同，還能從穿著打扮跟髮型上看出來，可是古代男人的髮型都一樣，根本看不出他們的區別。

房南注意到房言好奇的視線，說道：「二河哥，這是你們家的小女兒嗎？還怪俊的呢！來，叫堂叔，堂叔買糖給妳吃。」

「南叔好、北叔好。」房言柔順地說道。倒不是她多想吃糖，只是她覺得該有的禮數不能缺。

房北聽了以後說道：「唉唷，二河哥，你們家這小閨女這麼機靈啊，之前是誰在村裡謠傳她是啞巴的，真是缺德！」

此話一出，房大河和房二河的表情都有些尷尬。還能是誰傳出去的，當然是他們家的三房。不過，這話都問到房二河身上了，他也不能不理，只得嘆口氣說道：「唉，總歸咱們家二妮兒有福氣，正常得很，那些人以後也說不了什麼了。」

「嗯，說得也是。」房北應道。

四個人聊了幾句後就開始幹活了。王氏幫他們燒好開水，還準備了一些茶水，就帶著房言去找房淑靜。

房言盯著在外頭幹活的人看，越看越覺得新奇，她忍不住問道：「娘，咱們跟南叔還有北叔是什麼關係啊？我怎麼覺得他們跟爹長得好像，竟然比大伯還像呢。」

房淑靜笑道：「南叔與北叔跟咱們爹是同一個爺爺，自然長得像。」

「聽你們爹說，他們小時候還在同一個院子裡住過呢，只不過你們曾祖父過世之後，大家就分家，沒住在一起了。」王氏說道。

「喔，這樣啊！」房言點點頭。怪不得長得那麼像。

等推掉舊的牆之後，其他三個人見房二河要圈起來的地裡全是些野菜，都相當驚訝，房大河不禁問道：「二河，看這樣子，這是你們種的嗎？」

房大河之所以會這麼說，有他的理由。首先，這幾種野菜不可能一次就長這麼多；其次，這些菜長得很漂亮，就像是被人精心呵護過一樣。

房二河早就跟家裡的人想好說法了，只見他笑了笑，說道：「是啊，是咱們家種的，不是自己長出來的。」

一旁的房北訝異地問道：「二河哥，你們種這麼多野菜做啥？」

房二河一家人知道他們賣野菜這件事肯定瞞不住，也沒想過要隱瞞，就算是有人眼紅，想跟著賣野菜，但是菜地的土壤品質不如他們家，自然賣不了什麼好價錢。

況且，之後他們還要找人過來幫忙，與其聘用外面的人，不如找熟人比較可靠，所以房二河實話實說。「賣菜。」

「賣菜?!」其他三人異口同聲道，用詫異的眼神看著房二河。

房二河鎮定地說道：「是啊，賣菜。我之前在鎮上不是租了間做木工活的店鋪嗎？現在租期剩下二十幾天，閒著也是閒著，就做起了生意，不只賣菜，還賣點吃食。」

房南恍然大悟道：「喔，怪不得我見你們這幾天都起得那麼早，原來是去鎮上賣東西了啊。」

「二河哥就是有生意頭腦，我得跟著你學學，你要帶帶弟弟我啊！」房北不客氣地說道。

房南不贊成地說道：「北子，別這樣，二河哥近來也不容易。」

「我知道，不就是隨便說說罷了，二河哥，你別當真啊。」房北隨即說道。

房二河點點頭，回道：「嗯，真有用得著的地方，我一定會帶帶兄弟們的。」

過去他開店做木工活的時候，用不太著家裡的兄弟們，只在鎮上招了個短工，但是發生一些事情之後，那個短工也離開了。現在做吃食，如果生意好的話，的確很需要人。

房南和房北對視一眼，彼此都覺得有戲，就沒再說什麼。

第十五章　仇人相見

快到飯點的時候，王氏要房仲齊去找村裡賣肉的人家割幾兩肉。

肉買回來之後，王氏煮了滿滿一大盆白菜燉肉、煎了四顆蛋、做了幾張馬蜂菜餡餅；又掐了幾把馬蜂菜做成涼拌菜，最後煮了一鍋菜湯，裡面放了野莧菜葉、幾顆雞蛋還有麵粉。

等他們四個人砌好外牆時，天色已經快黑了。由於一畝地的面積實在太大，房二河手裡又沒多少錢，所以牆的高度就沒那麼講究，最後就在那塊地靠著大路的那一側，砌起了一面牆。

房二河已經考慮過了，若是野菜館的生意真的能這樣繼續好下去的話，就再慢慢把牆往上堆高一些。那塊地的其他幾面不靠著大路，就先用籬笆圍起來，省事又省錢。

說真的，這樣的圍牆擋君子不擋小人，但是目前還夠用。

幾個人洗完手之後，就坐在板凳上準備吃飯了。幹了一下午的活，大家都累得不輕，白菜燉肉自然是最受歡迎的，等吃了幾塊肉解饞，他們就開始品嚐那道涼拌菜。一嚐之下，筷子再也停不下來，大夥兒紛紛稱讚好吃。

吃完飯後，幾個體力透支的壯年人竟然感到神清氣爽，也不知道是累過頭，還是已經解乏了，頓時渾身舒暢。

聊了一會兒天，幾個兄弟見天色不早，就拿著王氏為他們準備好的野菜回家去，而房二河一家人則開始進行例行的討論會。

大夥兒先坐在一起算算一天下來的收入，聊聊工作上遇到的困難，思考一下有什麼改良的措施？

房言就提出早上到了店鋪之後的分工。先由她和房淑靜在前面賣一下菜，等堂食準備上場後再跟房二河交換位置，大家都同意她這個高效率的決定。

接下來，和麵的和麵、捆柴火的捆柴火，等忙完這些事情，他們就去歇息了。

第二天，一家人又早早起床，準備好之後推著車去了鎮上。

王氏打起精神，今天多揉了十個饅頭跟十個包子，不過她昨天就覺得有些累了，揉麵的時候胳膊也有點抬不起來。

地裡種的野菜雖然有解乏的效果，但要說能讓人立刻解除數天內累積的疲勞跟病痛，就有點誇張了。畢竟一滴泉水分到一畝地裡，每一株植物得到的量非常有限。

雖然相當疲累，但是為了兒子們的前程、為了多賺點錢，王氏一句話也沒說，但是房言卻看出來了。她瞧見王氏勞累的樣子，皺了皺眉，覺得請人來幫忙這件事勢在必行，只怕不能再拖下去了。

等賣完吃食之後，房二河就準備去鎮上找看看有沒有適合的店鋪？王氏、房淑靜早就知道今天的安排，就帶來自己的繡品，準備繡些東西等房二河。

房言心中有個想法正蠢蠢欲動，她看著要出門的房二河，伸手拉了拉他的袖子，說道：

「爹，我想跟您一起去。」

王氏不贊成地說道：「二妮兒，妳爹不是出去玩，是去幹正事，妳不能跟著去添亂。」

房二河也拒絕道：「爹這是去找適合的店鋪，二妮兒乖，留在這裡跟著妳娘還有妳姊姊繡花。」

「爹，就讓我去嘛，我回家再繡也一樣的。我從小到大都沒怎麼出門逛過，就讓我跟著您去一趟嘛。」房言雖然來了鎮上這麼多回，卻連這裡有些什麼東西都不知道。

房二河思索了一下，覺得這不是什麼大事，況且小女兒在鎮上住了這麼多年，還真沒在這個地方好好逛過，心一軟，就想答應她。

此刻王氏的想法跟房二河不謀而合，她看了丈夫一眼，便叮囑房言道：「妳跟著妳爹要聽話，不能亂跑，知道嗎？」

房言一聽自己能跟著房二河出去，興奮地說道：「知道了，娘，我一定乖乖的，什麼話都不亂說。」

「行，妳跟緊爹，別讓人給拐跑了。」房二河交代道。

房言拍著胸脯保證道：「我知道。娘，我們出去了。」

「嗯，路上小心，若沒有適合的地方，就趕緊回來。」王氏說道。

「知道了，孩子他娘，我們一會兒就回來。」房二河回道。

跟著房二河出門之後，房言對四周的環境感到新奇又興奮，左看看、右看看，恨不得進一些店鋪去瞧瞧，可是過沒多久她就大失所望。這裡地方這麼小，集市又簡陋，除了比村裡的人多一些、賣的東西豐富一點，其他並沒什麼特別的。

在種地方做生意，就算賺錢，長久下來也攢不了多少，無法滿足房言的期望。昨天累了一早上，也才收了三百文錢左右，雖說已經很多，可是一想到兩個要參加科舉的哥哥，這些錢還是不夠，光是束脩就繳不起了。

房言抬頭看了身邊的房二河一眼，他顯然也心情不佳，繃著一張臉不講話。他們剛剛問了幾家店鋪，都沒有要出租的意思。

走著走著，房言說道：「爹，我聽吃堂食的那個書生提過縣城，為什麼不去那裡呢？不是說縣城離咱們村子也不遠嗎？」

聽到房言天真的問題，房二河繃著的臉鬆動了，他笑著回道：「妳以為縣城那麼好安家啊？那裡地方大，咱們又人生地不熟的，哪裡做得起生意。」

「怎麼不行？爹都在鎮上做那麼多年了，去縣城肯定也沒問題！」在房言心中，縣城的環境肯定比鎮上好多了，房二河當年既然敢從村裡來鎮上，那麼現在從鎮上去縣城也未必不可行。

「咱們村子裡沒人去縣城，大家最多在鎮上做點生意。爹曾去過縣城一次，那個地方人多，有錢的人自然也多，咱們惹不起。」房二河回道。

房言不太明白房二河的態度所為何來，但他年紀那麼輕的時候就敢來鎮上闖蕩，應該是個敢拚的人才對，為什麼現在做事時總是畏首畏尾的呢？難道在那個地方沒有根基就不能做生意了嗎？這又是哪門子的道理？

在房言看來，現在雖然是封建時代，可是大家的態度基本上都很客氣。她知道，肯定有商場上的惡意競爭或收取保護費的情形，不過大部分的人還是非常善良，社會風氣也很好。

房二河會這樣，其中到底有什麼緣故？

「唉唷，這不是房老闆嗎？如今你過得怎麼樣，在哪裡發財啊？聽說你前一段時間關門離開了？這可真是太可惜了！」一道略帶嘲諷的聲音忽然傳過來。

房言發現房二河整個人瞬間緊繃起來，她順著聲音的來源看過去。那是一個穿著還算講究，一臉精明的中年男人。

「沒在哪裡發財，多謝關心了。」房二河勉強擠出一句硬邦邦的話。

那人一聽房二河的話，笑了起來，說道：「唉唷，房老闆不厚道，我可是聽說你現在轉行做起吃食了？這不就好了嗎，要我說啊，你早就該這樣了，否則咱們兄弟二人也不至於有什麼不開心的事情，大家和和氣氣一起賺錢，多好啊！」

房言聽到這裡，瞇了瞇眼睛，接著往那人的旁邊看了一眼──是「周記」！從她所在的位置看過去，那間店鋪裡面放置了一些木材跟木製品，還有幾個夥計招呼著客人，生意看上去非常好。

到了這個時候，房言大概能明白眼前這個男人是誰，也從他的話語中明白他到底懷著什麼心思了。只是不知道他當初是怎麼欺負她爹的，竟然逼得他們一家人回去村裡。

只是，她娘的哥哥，也就是她的親舅舅，是個童生，據說還挺受人尊敬的不是嗎，怎麼他們家就這樣讓人欺壓了呢？況且，從他們出事到今天，她舅舅好像根本就不知道有這回事似的，從沒見過他家的人過來關心。

這些問題，房言實在想不通。

不過，很顯然的，房二河不是這個人的對手，所以眼下最重要的事情是趕緊拉著他離開現場。

看房二河那氣得滿臉通紅、雙手握拳的樣子，房言扯了扯他的衣袖，說道：「爹，我餓了，咱們快些回去吧。」

房言的聲音將房二河差點斷掉的理智線接回去，他低頭看著房言天真的眼神，心裡的氣一下子全都不見，不禁對她笑道：「好，爹這就帶妳回去。」

說完之後，房二河沒再看任何人，一把將房言抱入懷中，往店鋪的方向走去。

對房言來說，這是個既陌生又熟悉的懷抱，她第一次被名為「爹」的人，寵愛地擁入懷中，聞著他身上的味道，房言險些落下淚來。

這是「親情」的味道，也是房言過去一直追求，卻從來沒得到過的東西。她發誓，她一定會用盡所有力量去保護所有愛她以及她愛的人，往後要是有人敢傷害她的家人，她絕對不會善罷甘休！

房言看著周記的店面漸漸遠去，又瞪向站在門口、笑得滿臉褶子的中年男人，眼睛瞇了起來。

來日方長！

若他就此罷手，她可能就不再跟他計較，但是如果他敢再出手，就別怪她不客氣了。

回到店鋪之後，房淑靜調侃道：「二妮兒，妳都多大了，還讓爹抱著，爹都累了半天了，快下來。」

待房言從房二河身上回到地面站好之後，王氏觀察著房二河的臉色，輕聲問道：「孩子他爹，是不是沒有適合的地方？」

房二河重重嘆了口氣，說道：「這幾天再看看，若實在不行……唉，到時再說吧。」

王氏聽到房二河這個回應，也有些惴惴不安。

沒多久，一家人就收拾好東西，回村去了。

吃完午飯，大家都在休息的時候，房言趁房淑靜睡著了，偷偷弄出一滴靈泉喝掉。

她今天想到一件很重要的事，就是究竟要怎樣才能保障這一家人的安全？對，要參加科舉考試，還得考上，一定得這樣！

靈泉的作用如何，她心裡有底了，那是超自然的力量，但是不知道人喝了會有什麼效果？她前幾天不過是塗在手上而已，之後就一直覺得身體非常輕巧，所以很期待飲用的效用。

其實房言主要是想讓房伯玄和房仲齊喝，但是又怕效果太過嚇人，所以她自願當個實驗品，先嘗試一下。

午睡醒來之後，房言並未感受到有什麼特別不一樣的地方。她心想，難道靈泉沒有效果了？還是用喝的不行？

不過，當房言下床活動一下筋骨後，她就發現其中的不同了。身體感覺更加輕盈，明明早上走了那麼多路，現在渾身的疲憊卻像是突然全部消失一樣，呼吸更順暢，渾身也充滿了力量。

走出門之後，房言甚至覺得自己有了千里眼，遠處的情況她看得清清楚楚，連雞舍裡的雞窩外頭破一個小洞，她都看到了。

之後房言和房淑靜一起繡花，穿針引線這件事對她來說，也變得容易許多。

房淑靜欣喜地看著房言的進步，過了一會兒，她像是注意到什麼似地盯著房言，說道：「二妮兒，妳果然還是白了一些，姊姊那天沒說錯，妳怎麼皮膚就越來越白了呢？」

房言心虛地說：「是嗎？我自己沒感覺。」

「是真的，姊姊沒騙妳。」房淑靜像是怕房言不相信，重重地點點頭。

「喔，我看姊姊也白了一點呢。」房言說道。這倒是實話，不知道是不是吃了靈泉澆灌過的食物，她們的皮膚看起來似乎都比以前白。

「真的嗎？姊姊自己看不到，可別是姊姊誇了妳，妳就誇姊姊吧？」房淑靜笑道。

「沒有，姊姊本來就長得很好看，現在白了些，更漂亮了。」房言真心地說。

房淑靜聽了之後，點了點房言的眉心，說道：「妳啊，就會說好聽話哄姊姊！」

跟房淑靜聊了一會兒，房言就去院子裡找正在劈柴的房二河。

房言走到房二河身旁，開口道：「爹，有件事我想跟您商量。」

「啥事啊？」房二河停下手上的動作問道。

「咱們家要不要請個人來幫忙？您看，早上店鋪的生意多好啊，要是多個人，豈不是能做更多吃食？」房言說道。

房二河想了想，的確是這麼個道理，可是他覺得自己還能幹更多活，沒必要花錢雇人。

見房二河沈默不語，房言又接著道：「爹，不知道您發現了沒有，我見娘這幾天身體好像不太舒服的樣子，時常搥搥胳膊、捏捏肩膀，應該是和麵、做饅頭跟捏包子累著了。」

房言知道房二河跟王氏的感情非常好，很多事情都會先考慮王氏。果然，她剛說完，房二河的表情就有點緊張了，他抬起頭來，看向正坐在西屋和房淑靜一起繡花的王氏。就這麼剛好，此時王氏放下手裡的東西，抬起手來搥了搥胳膊。

房二河內心陡然升起許多愧疚之情。他還是讓媳婦受苦了，自從她跟著他之後，沒過過多少好日子。

房言見房二河的表情有所鬆動，繼續說道：「爹，您看咱們家現在每天早上饅頭加上包子能蒸上一百個，要是多一個人的話，差不多能蒸一百五十個，這五十個饅頭或包子應該能賺上二十幾文。再來，饅頭和包子蒸得多了，涼拌菜也可以多做一些，有些人就愛吃饅頭跟包子配涼拌菜，按照五十個的分量，怎麼也能賣出十碗。涼拌菜又沒什麼成本，這樣一算，多了一個人，竟然能多收二、三十文錢呢。」

說這些話的時候，房言的眼睛一直盯著房二河瞧。見他的神情越來越嚮往，似乎是被說動的樣子，決定再加把勁。

房言又說道：「而且啊，爹，我昨天聽人說，去鎮上做短工一趟十文錢，那可是十足的勞力活，沒多少人能做個兩、三趟，不算上農活，一天也就賺十文錢。咱們只需要人晚上幫忙和麵，早上一起去鎮上，並不耽誤他們其餘用來幹活的時間，就算咱們一天只出五文錢，也會有人來的。」

雖然房二河沒說一句話，但是房言發現自己越往後說，他越是贊同。只是，等她說完話，再認真看著房二河時，卻發現他正用一種奇怪的眼神看著她。

房言心想，難道她剛剛說的那些話有什麼問題嗎？

房二河還沒來得及開口，站在房言身後的房伯玄就發話了。「爹，我竟然不知道，咱們家的小妹已經成長成這番模樣了。」

第十六章 雇用幫手

房言被房伯玄的聲音嚇一跳，脫口而出：「大哥，你快把我嚇死了，怎麼走路都不出聲的！」

房伯玄笑了笑，用寵溺的眼神看著房言，說道：「哪裡是大哥走路沒出聲，明明是妳自個兒講話的時候太投入了。想不到妳如今口才竟如此了得，若是個男子，必定能高中科舉，出使別國，揚名天下。」

這一席話誇得房言滿臉通紅，她不好意思地道：「大哥客氣了。」

房伯玄見到房言的反應，搖了搖頭，無奈地笑道：「不過是誇妳兩句，妳竟然當真了。」

「嘿嘿，大哥難得誇人，我怎麼就不能當真了？」房言一臉調皮。

房伯玄看著房言得意的模樣，又笑了笑，然後對房二河說：「爹，小妹剛剛那番話非常有道理。您和娘每天這麼忙，實在太累了些，您還撐得下去，但是娘好像有點吃不住了。咱們就花錢雇一、兩個人吧，也不求多出五十個饅頭跟包子，只要能多出二、三十個就夠本，娘也能鬆快些。」

房二河本來就已經被房言說動，這會兒房伯玄又這麼講，他的意志就更堅定了。

他笑著說：「行，我一會兒就跟你們娘商量，看要找誰來幫忙？」

房言一聽房二河同意她的提議，開心地跳起來。

「好孩子，我知道你們是心疼爹娘，爹沒什麼本事，以後只能靠這門生意多賺點錢了。」房二河說道。

房言拉著房二河的胳膊說道：「爹別這麼說，您在我心中是最厲害的！」

「小妹的嘴還真甜啊。」房伯玄慢悠悠地說道。

「大哥也很厲害，只要好好學習，明年肯定會通過縣試！」房言信心滿滿地說。

房伯玄搖搖頭道：「妳當縣試這麼好通過啊？每年不知道多少人止步於此，大哥今年就差了不少。」

不管房伯玄明年能不能考上，房言都不會說喪氣話，她在心裡思考房伯玄沒通過縣試最有可能的原因，說道：「大哥今年是被其他事情干擾了，無法專心學習，所以才沒考好的。等到明年，大哥收收心，一定會通過縣試，說不定連府試也能跨過去，直接成為一名童生呢！」

房二河此時不禁愧疚地道：「大郎，都怪爹耽誤了你。」

「爹，別這麼說。我今年沒通過，是我學識不如人，跟其他事情沒有關係。今年我會好好學習，努力在明年開春時考上。」房伯玄安慰道。

「你好好考，爹跟娘會多賺點錢，保證讓你無後顧之憂。」房二河下定決心道。

「嗯。」房伯玄點頭道。

等房二河劈完柴，就去找王氏商量。王氏一聽房二河的提議，第一個反應也是拒絕，待房二河說出房言那番話，王氏就沈默了。

「孩子他娘，我也不瞞妳，剛剛那些話都是咱們家二妮兒想出來的。是我這個做丈夫的不對，竟然沒發現妳的身體要撐不住了，往後妳要是累，可得跟我說一下，我有時候粗心大意的，照顧不好妳。」

王氏低頭擦了擦眼角的淚水，說道：「這會兒累點算什麼，只要咱們能多賺點錢，能讓兒子們有機會考上秀才，我再累都值得。也難為咱們家二妮兒了，沒想到她心這麼細。」

「是啊，咱們二妮兒自從那回醒過來之後，整個人都變了。除了發呆、聽書的時候還跟原來一樣，其他時間竟然真的像是神仙身邊的童子一樣，機靈得很。」房二河說道。

王氏笑著看了他一眼，回道：「可不是嘛，那遊方道士說她是神仙身邊的童子，肯定錯不了。」

「是啊，也不知道她那腦子是怎麼長的，咱們在鎮上生活了那麼久，竟然不如她想得多、算得清楚。」房二河感慨地說道。

「也許是之前聽她大哥讀書聽多了吧。大郎那孩子想得多、心思重，也非常聰慧，我看哪，二妮兒就跟他一樣。她才十歲大，但有時候我都不知道她在想些什麼，也就大郎跟得上她的想法。」王氏想到兩個聰慧的兒女，滿臉笑意。

「是啊！不過不管她想什麼，總歸是咱們的孩子，也是好事一件，以後能少為他們操點心。」按照房二河的想法，家裡的孩子比爹娘聰明更好，以後有什麼事情不僅不用他們操心，還能幫忙出主意。

王氏同意房言的提議之後，接下來他們就商討起要找誰幫忙的問題。

本來夫妻倆覺得就算要找人，也是很久以後的事，但是現在被孩子們一提，他們又覺得的確有這個需要。可是要找誰幫忙，也值得深思。

村裡眾人的活兒都差不多，目前地裡的草已經除完，小麥現在既不用澆水、也沒到收割的季節，所以大夥兒都不太忙。即使處於農忙時節，也做得來店鋪的活兒，畢竟只是晚上和早上多忙那麼一會兒罷了，起得晚一點的人家，連早飯都來得及做。

第一個進入王氏腦海中的，是房南的媳婦李氏。她的動作很俐落，家裡都收拾得乾乾淨淨，孩子們也穿戴得整整齊齊。

雖說房二河家平時很少跟村人來往，但是跟他們家偶爾會見上幾面，畢竟血緣關係比較近，而且房南去鎮上，有時也會去野菜館轉轉。

房二河同意李氏這個人選。他本來就跟房南比較親近，有這種好事自然要叫上他們家。不過，這裡有個問題，那就是房北。

說到血緣，房北一樣相近，可是談到性格，房二河和穩重一點的房南更合得來，房北在他心中則像是個弟弟，若要做生意，還是選房南較妥當。

然而房南和房北是親兄弟，如果只請了房南的媳婦，沒請房北的媳婦……想到這裡，房二河和王氏都有點猶豫不決。

如果為了人情多請一個人，好像有點浪費；但是不請麼，又會被人說是大小眼。自古以來，人際關係都是最難解的問題。
房二河和王氏坐在那裡沈默良久，房二河突然說道：「不然把二妮兒叫過來，問問她的想法？」
王氏愣了一下，不太明白丈夫怎麼想起叫小女兒過來發表意見了？
房二河抓了抓頭髮，說道：「我這不是今天見她說得頭頭是道，想聽聽她有什麼想法嗎？小孩子考慮問題的方向好像跟咱們不太一樣，也許能提供解決之道也說不一定。」
聽了他的解釋，王氏也沒意見，兩人就起身去找房言了。

房言一聽是這件事，不禁有些雀躍。這種重要的事情，她爹娘竟然想到她，看來她在家裡的地位逐步提升了。雖然還比不上房伯玄，但是若能讓他們倚重她，那將來她的想法會更有執行的空間，這可是好現象，希望能保持下去。
想了想，房言說道：「爹、娘，我先問一下，你們打算一天給堂嬸們多少錢？」
「五文錢的話，稍微少了些，還是六文錢吧。」房二河說道。
房南和房北兩兄弟家過得不算寬裕，除了種地，平時就是到鎮上賣自家剩下的菜跟打短工，一年下來剩不了多少錢，所以能照顧他們的話，這點錢不需要省。
房言點點頭，說道：「既然一個人六文錢，我建議爹娘兩個人都請吧。」
「為什麼？我跟妳娘都覺得請兩個人多了一點，而且咱們現在蒸一百個饅頭跟包子賣得完，不代表一百五十個也行。況且，請了兩個人，就得做更多東西來賣才划算，要是賣不完，收入可就不好說了。」房二河說出他們心裡的憂慮。

「一樣蒸一百五十個，娘就不要做了，讓兩個堂嬸來，您監工跟收錢就行。」房言說道。

「嗯？不讓娘幹活了？那可不行，這不是浪費嗎？娘這兩天做得比較多才會累，少做一點還是沒問題的。」王氏不同意房言的提議。

房言就知道王氏不會答應，她接著說道：「娘，您先聽我說。咱們現在只賣馬蜂菜一種野菜就這麼忙了，等到其他野菜全都長起來，菜單的選擇就會跟著變多。再說了，包子的餡不能只有薺菜一種，客人們吃多了會膩。」

房言見房二河和王氏都認真聽她說話，又繼續道：「所以雖然現在看起來多請一個人就夠，但是等到後面花樣多起來，人手豈不是又不足了？若只請一個人，馬上得罪了另一家，等到需要人家的時候，他們未必肯盡心盡力做事了。不過就是幾日的光景，多花一點錢，讓娘輕鬆幾天也好。」

房二河聽完之後說道：「孩子他娘，妳看吧，說來說去孩子都是為妳著想。」

王氏也滿臉笑容地說道：「難道孩子就不為你著想了嗎？多請個人，你也鬆快些。不過要是多請一個人，每天得多六文錢，我還是覺得浪費了點。」

房言見王氏和房二河一時之間無法決定，便說道：「娘，現在才做一種涼拌菜，以後還有豬毛菜跟野莧菜，夠您忙的了。況且這幾天有我跟姊姊幫忙賣菜，你們才忙得過來，這終究不是個穩妥的方法。姊姊還是在後面幫忙做包子跟饅頭，爹在前面賣菜比較好。」

王氏聽到這裡就愣住了。是啊，她怎麼把這一點給忘記了？女兒們都超過十歲，雖說社會風氣好，但她還是希望她們能少拋頭露面一點。

房言正是抓住了王氏這番心思，才說出這些話的。

「對，孩子他爹，咱還是多請一個人吧。」王氏趕緊抓著房二河的手說道。

話都說到這裡了，房二河自然同意。這樣既不傷兄弟們之間的和氣，又能讓媳婦輕鬆一點，兩全其美，豈有反對的道理？

「行，我一會兒就去這兩家問問。」房二河應道。

王氏聽了，不知道想到什麼，說道：「算了，還是我去吧，我們幾個女人好說話。」

「我看啊，要是咱們家以後再多賺點錢，我跟姊姊也不用去看火了，再買個生火丫頭，那才是真的輕鬆！」房言一臉期待地說道。

王氏卻說：「娘本來就不想讓妳跟妳姊姊在外面露臉，從明天起，妳們倆還是不要去鎮上了，我和妳兩個堂嬸一邊捏包子跟饅頭，一邊看著火也行。」

「不行，明天要做的東西那麼多，我跟姊姊還是得去，等堂嬸們上手後，我們再待在家裡。」房言趕緊說道。她得親自看著才行，沒有她在，萬一出了什麼紕漏怎麼辦？

房二河這次跟王氏的觀點不同，他贊成房言去。「孩子她娘，還是讓孩子們去吧。我看二妮兒去了這幾天，懂了不少事，而且大妮兒也比以前歡快多了。反正那些事累不著人，哪天孩子們不想去了再說。」

王氏見小女兒跟丈夫都這麼說，就沒再多言。

房言覺得，王氏未必懂得怎麼跟她那兩個堂嬸講，大家都是一個村子的人，這種請人幫忙幹活的事，未必能劃清界線或公事公辦，若是因為分工不明確或工作量不均，很可能會鬧翻。

她看著王氏，猶豫了一下後問道：「娘，您打算怎麼跟堂嬸們講啊？」

「怎麼講？什麼意思？直接問她們願不願意來幫忙就行啦。」王氏覺得這件事很簡單，哪裡需要思考什麼。

房言覺得，王氏在後宅待久了，娘家的家境又比較好，所以為人比較單純，沒辦法顧及每個層面。

「娘，我覺得您還是要跟堂嬸們說清楚。比如說一說每天要做什麼事情、每個人要做什麼。兩個堂嬸做的事最好一樣多，畢竟有人做活快一些、有人慢一些。短時間內可能沒什麼問題，但是長期下來，做得快的人累積下來肯定做得比較多，到時就有意見了。」房言說道。

房二河點點頭，用一種非常欣慰的眼神看著自家的小女兒，說道：「二妮兒考慮得對。」

房言笑著說：「爹，我這幾日聽大哥對二哥說了一些鄰里的紛爭，跟帝王兄弟之間的不和，不就是不公平引起的？要是武姜能公平地對待鄭莊公與共叔段，他們兄弟二人也不會鬧到後面那種局面了。」

「唉唷，咱們二妮兒還會引用典故。這個鄭什麼、共什麼的娘都不懂，妳竟然都知道，看來旁聽的效果很好。」王氏驚喜地說道。

「那是當然的，書上講了好些道理呢！大哥能這麼厲害，不就是看書看得多嗎？那個時常在咱們店鋪吃飯的書生，也懂得很多道理呢。」房言為了不讓人覺得她太過詭異，扯出唸書、房伯玄跟那個叫孫博的書生來了。

現在自家爹娘什麼都沒懷疑，但以後的事情很難說，小心駛得萬年船啊！

房二河笑著說：「好好好，以後爹賺了錢，就幫咱們二妮兒多買幾本書。」

商議好之後，王氏收拾了一番，就去房南和房北兩兄弟家了。

房南和房北不在家，李氏和許氏很想直接答應，但這種事還是得跟當家的商量一下，所以她們約好晚上去房二河家答覆。

房南跟房北從鎮上回來之後沒多久，立刻帶著媳婦到了房二河家。

大門一關，房二河、王氏、房南、李氏、房北、許氏六個大人就開始商量事情。

房南聽到一天有六文錢，驚訝地瞪大眼睛。這不比他做工起得早，而且到鎮上一個多時辰就能回家，即使算上晚上和麵的時間，也就兩個時辰，兩個時辰能賺六文錢，這是他想都不敢想的事！他早上起床到下午回家，足足要要六個時辰，也才賺十五文錢而已。

況且他是個男人，幹的是體力活，做饅頭跟包子可不是什麼粗重的工作；時間上也安排得很好，吃完晚飯過來和個麵，之後返家休息，辰時剛過就能啟程回來，耽擱不了餵雞的時間。

這麼好的差事，當然要答應！

房北自然跟房南有一樣的想法，他們在鎮上待久了，很清楚那邊的店鋪雇人的價格。男人一整天十到二十文錢不等，女人也就五、六文錢的樣子，他們都想催媳婦答應。

李氏和許氏也沒想到這樣就能拿六文錢，之前還在家裡跟丈夫討論過這個問題，原本以為有個兩、三文錢就差不多，最多四文錢，沒想到有六文錢，這可是大喜事，不答應的人是傻子。

李氏臉上帶笑地說道：「我看行，荷花她爹，你覺得呢？」

房南剛剛就想替自家媳婦答應下來，現在更是怕房二河會後悔，趕緊說道：「答應答應，二河哥，我們家答應了。」說完，他轉頭看向弟弟家。

房北的媳婦許氏非常內向，她雖然沒說什麼，但是眼睛卻緊緊盯著房北。

房北跟媳婦成親這麼多年，早就知道她的想法，於是說道：「二河哥，我們家也答應了。」

見房南和房北的媳婦都同意，房二河笑道：「不過呢，咱們得把醜話說在前頭。每個人都有規定的工作量，要是做不完的話，可就不好了。每天晚上過來和麵，第二天早上各揉四十五個饅頭、三十個包子，你們看如何？」

房北性子急，立刻說道：「這有什麼困難？她平時在家做慣了這些，保證完成。」

「二河哥這是送錢來了，我們豈不懂得感恩？我媳婦一定會認真完成，她要是做不好，我第一個饒不了她。」房南鄭重地承諾道。

「行，那咱們就從今天晚上開始吧，明天早上不到卯時就得到鎮上。」房二河說道。

「好，二河哥，我們先回家去，一會兒吃完飯就讓人過來。」房南說道。

「行。」

第十七章 租屋受挫

等到晚上吃飯的時候，房言想了想，就在自家鍋子裡偷偷滴了一滴靈泉。她做過實驗，靈泉的效果實在太明顯，甚至讓她短暫擁有千里眼、順風耳的能耐，如果直接讓房伯玄和房仲齊喝下去，肯定會引起他們的懷疑。不如偶爾滴上那麼一滴，讓一家子都解解乏，等他們適應了，再多放一點。

不過，雖然靈泉等同被分成了好幾份，還是被人察覺出來了。

房仲齊第一個發現不對勁。「我怎麼覺得今天的粥好喝了許多呢？我再嚐嚐。」說著，房仲齊又喝了幾口，然後點點頭道：「的確是變好喝了，但就是說不出哪裡好。娘，您是不是在裡面放了什麼東西？」

王氏納悶地說道：「沒有啊，跟原來沒什麼不同，也許是今天熬得稠了一些，所以你覺得香。」

房仲齊覺得不太對，稠一點的粥也不會有這種味道，但是想想這種事也沒什麼好追究的，既然好喝，他多喝一點就是了！

房言親眼看到大家把粥喝完才放下心來，尤其房伯玄和房仲齊可是喝了兩碗，她很期待會看到什麼樣的效果。

不到戌時，李氏和許氏就結伴而來了。王氏先準備好水讓她們淨手，然後就把麵粉拿出來讓她們和。

房言之前並沒見過這兩位堂嬸，這會兒，出於監督以及考察的目的，她就坐在旁邊看她們和麵。她越看越覺得，花一點錢請兩個人來幫忙的決定，實在太明智了！

王氏幹活的水準根本沒法跟她們比。李氏非常俐落，力氣也很大；許氏雖然看起來瘦削了些，但是做起事來一點都不馬虎，和麵的動作很扎實。

至於個性方面，李氏一邊幹活還一邊跟王氏閒聊，許氏則沈默得很，偶爾才蹦出一、兩句話。在房言看來，她們這樣還挺互補的，很不錯。

才不到半個時辰，李氏與許氏就把明天要用的麵和好了，眼見時間不早，跟王氏說了幾句話之後，她們兩個人就一起離開了。

晚上睡覺的時候，房言聽到睡在隔壁房間的王氏開口了。「孩子他爹，我突然想起一件事。」

房二河都快睡著了，聽到這句話，打起精神，問道：「啥事啊？」

「你說，咱們今天請人幫忙，卻沒去叫老宅那邊的人，他們會不會不高興啊？」王氏有些猶豫地說道。說實話，因為一直跟老宅那些人不太親近，所以基本上不管有什麼事，王氏都沒想過要找他們。

不過，她這個嫁進來的媳婦沒要找那邊的人就算了，但是自家丈夫怎麼也好像忘記了似的？

房二河沈默半晌，說道：「管他們高興不高興，咱們的生意咱們自己作主就好。」

王氏頓了一下，說道：「我就怕娘知道了這件事之後，又要把你叫過去了。」

「嗯。」房二河心想，他娘最遲明天就會知道，免不了要找他過去「談談」，但是這不算什麼，要唸就讓她唸吧。在做生意方面，他怎麼都不想跟老宅那邊的人牽扯上關係，從前是如此，現在也一樣。

「大嫂娘家的弟弟考上了秀才，她不會低頭來做這種活兒；至於老三家那個人，不說也罷。總歸一句話，既然是咱們的生意，想辦法讓自己自在一點比較重要。」房二河想了想說道。他不想跟他們有關聯是事實，然而他大嫂喜歡端著架子，老三家的又是個惹事精，還真沒一個適合的。

然而，即使沒有適合的人選，只要他沒去問問他娘，他娘肯定覺得他做得不對。房二河心想，反正他不是第一次挨罵，忍一忍也就過去了。

房言覺得，可能是剛剛喝了靈泉的緣故，不但東西看得更清楚，就連房二河那輕微的嘆氣聲都聽到了。

聽到他們的對話，她明白為什麼房二河沒去叫老宅那邊的人了。她很慶幸她的父母並非愚孝之人，也會為自己的家庭考慮。

想到這裡，房言滿意地睡著了。

第二天早上，李氏跟許氏一起來到房二河家。此時房二河已經把做好的桌子與板凳放到板車上，其他東西也整理好了，一行人說說笑笑地到了鎮上。

開門之後，房二河去買肉，房言和房淑靜先站在前面等客人來買菜，王氏則帶著李氏與許氏到後面的廚房，她們兩個開始揉麵蒸饅頭，王氏則負責調包子的餡。

不一會兒，房言和房淑靜就從前面來到廚房，因為房二河回來了。

房言在旁邊觀察了一下，果然，像昨天一樣，李氏和許氏幹活很有一套，饅頭和包子都做得非常快，比王氏和房二河兩個人的動作快多了，看來再過一陣子，王氏就可以放心地把工作完全交給她們兩個。

今天房二河在鎮上找店鋪，也是屢屢受挫，逛了一會兒，他就和大家一起回村了。看來他要好好思考一下，看能不能找出比較恰當的對策？

平康鎮，似乎真的不是一個好的選擇了。

回到家之後，房二河又去山上砍竹子。房言來到這裡以後還沒去山上看過，就纏著房二河帶著她一起去。

房二河覺得砍竹子這件事只是在山的周邊做，並不會往山裡頭走，就跟王氏說一聲，帶著房言一道出門了。

他們家旁邊就是山，跟去房南、房北家的距離差不多，可惜現在是初春，所以山上沒什麼好吃的野果。房言本來還想找看看有沒有特殊的東西呢，結果連能吃的菇類都沒瞧見多少，毒蘑菇倒是很多。

正當房二河在砍竹子的時候，後面突然有人試探性地叫了一句：「房大叔？」

房言聽到熟悉的聲音，轉頭看過去，果然是袁大山，她驚喜地叫道：「大山哥！」袁大山經常去野菜館吃飯，幾次下來大家也熟了。

「咦？大山怎麼也來這裡了？今天沒去鎮上嗎？」房二河問道。

他記得今天沒在自家店鋪看到袁大山，不過人家也不是非得去他們野菜館吃飯才行，吃膩了便可能去別家吃，所以他沒排除袁大山去了鎮上的可能性。不過這個時間點他人在這裡，那就百分之八、九十沒去鎮上了，因為要是去做短工的話，不可能回來得這麼早。

袁大山笑道：「沒有，房大叔。我今天打算去山上打些獵物，都已經幾天沒來了。」

「哇，大山哥，你背上筐裡面那是野雞嗎？剛剛獵到的？」房言聽到袁大山身後傳來雞叫聲。

「對，打到了一隻野雞和一隻野兔。今天運氣不好，沒獵到大的東西。」袁大山有些惋惜地說道。

房言心想，能打到野兔和野雞已經很厲害了，她和她爹可是連根雞毛都沒瞧見呢。不過她也明白，對於一個獵人而言，這些東西的確不算多。

於是房言笑道：「那我祝大山哥好運，希望你過一會兒能獵到大獵物。」

「謝謝。」袁大山靦覥地笑了笑。

「你可得注意安全，千萬別往深山裡去。」房二河說道。

袁大山應道：「好，謝謝房大叔關心。」

三個人又聊了幾句話之後，袁大山就跟房言父女告別了。

房言見袁大山離去之後，問道：「爹，大山哥怎麼會出現在這裡，他跟咱們家應該不是一個村裡的吧？」

「他是袁家村的人，就在山的另一邊，跟咱們村挨著，他應該是從旁邊抄路過來的。」房二河說道。

接著，他嘆了口氣道：「這孩子也是可憐。聽說他約莫七、八歲的時候，爹跟娘就去世了，他爺爺、奶奶又不太喜歡他，所以他早早就從家裡出來住在山腳下。幸好他們族裡有一對叔叔跟嬸嬸經常照應他，否則他無依無靠的，一個人怎麼過日子啊！」

這些話，都是房二河跟袁大山比較熟了以後，陸陸續續從他那邊聽來的。

房言聽了皺眉，說道：「大山哥還真可憐！」

「是啊。」房二河點點頭。

等房言和房二河把竹子捆好準備帶走時，都沒看到袁大山從山裡頭出來。房言無從得知他是否有更好的收穫，微微有點失望地回家去了。

到了家，房二河開始在院子裡編起蒸籠來。

吃完午飯，房二河把全家人聚在一起，說道：「以後咱們改在這個時間討論吧，現在晚上你們兩個堂嬸會過來，不太方便說話。再說了，晚上才商量好，很多事情都來不及做了，不如早點說一說，咱們也好趁下午解決一下。」

房仲齊一聽這話，回道：「是啊，爹，有時候你晚上說了一些有趣的事情，都會讓我興奮得睡不著覺呢。」

房伯玄瞥了房仲齊一眼，說道：「二郎，你應該多放點心思在讀書上。」

房仲齊訕訕地摸了摸鼻子，沒敢再說什麼。

房二河說：「好了，現在爹來說說情況吧。今天一共收了四百多文錢，除去材料費跟請人的費用，差不多也有四百文錢。之前我們一直沒算上店鋪租金，租金一個月一千文錢，一天差不多要三十文錢左右，所以這樣算下來收不到四百文錢。」

一天三百多文錢，一個月就超過十兩銀子了，然而房二河的臉上卻不見喜色，原因在於最近他找店鋪找得很心累，因此現在說到這方面的事，他頓時愁容滿面。

房伯玄道：「爹，之前咱們一直沒問，您去找店鋪的結果如何？」

一提起這件事，房二河嘆了口氣道：「不瞞你們說，結果不太好，沒什麼人要租房子，即使有，一見是咱們家，也提高了租金。另外還有一些人，考慮到……考慮到周家，根本不願租給咱們。」

房仲齊一聽到「周家」這兩個字，立刻生氣地喊道：「爹，他們家真是欺人太甚！咱們都搬回村裡來了，還不放過我們嗎？看我以後怎麼教訓他們！」

房伯玄一巴掌朝他的頭拍下去，說道：「二郎，這些事放在心裡就好，不要時時刻刻掛在嘴邊。讀書是為了什麼，你好好地想清楚。」

房仲齊被房伯玄打得頓時沒了氣焰，小聲地道：「知道了。」

「不管你是為了什麼目的讀書，報仇也好，為民造福也罷，想讓爹娘過好日子也行，這些都得牢牢地記在心底，時時督促自己！」房伯玄又補充道。

房言聽了這番話，驚訝地看著房伯玄。這話怎麼聽怎麼不對勁，她大哥這麼說，不是會助長她二哥的報復心理嗎？

果然，房仲齊一聽這話，又來了勁，他緊握著拳頭，慷慨激昂地說道：「我知道了，大哥！」

房言看看房仲齊，又看看房伯玄，本來想說點話，卻沒開口，就算要說，她也不知道該說什麼才好？況且，周家到底做了什麼事，她根本不清楚，所以內心的仇恨不如親身經歷的人來得深刻。

想到這裡，房言轉頭看向坐在她旁邊的房淑靜，卻想不到那個平時溫柔的姊姊竟然也神色不悅，像是非常贊同房仲齊的話。

「那爹有什麼打算？」房伯玄問道。

房二河皺了皺眉，說道：「爹打算這幾天繼續在鎮上找看看。」

「爹，您有沒有想過，萬一找不到適合的呢？」房言冷靜地問道。

這個想法其實已經卡在每個人的腦海中很久了，只是沒人直接提出來，現在被房言一語道破，大夥兒心頭都是一緊。

「爹，我之前跟您提過的事情，您還記得嗎？咱們家為什麼不去縣城呢？」房言繼續說道：「鎮上不大，周家又那麼厲害，他們還跟咱們有仇，只要有他們在，咱們大概租不到什麼適合的地方，為什麼不離他們遠遠的，去縣城發展呢？」

房二河還沒開口，王氏就率先說道：「縣城太大了，咱們人生地不熟的，不好做買賣。」

「的確，而且縣城的店鋪租金更高，吃食這種小本買賣，在縣城未必吃得開。」房二河說出自己的顧慮。

房伯玄沈吟半晌，突然說道：「其實去縣城，未嘗不可。」

聽到房伯玄這麼說，眾人都看向他。僅管房言在家中的地位隨著遊方道士說的話升高，但是這個家話語權最大的，依然是房二河和房伯玄，畢竟這是個父系封建社會，對女性還是有一定程度的箝制。

「大郎，你怎麼也跟你小妹一樣胡鬧？咱們哪裡有錢去縣城啊，你小妹不懂，難道你也不懂嗎？縣城那麼多做吃食的人，咱們不一定能賺到錢，說不定連租金都繳不了。鎮上的店鋪一個月的租金是一千文錢，也就是一兩銀子，一年才十二兩，聽說縣城得翻倍，咱們沒什麼根基，還是別去了。再說了，你們又怎麼知道縣城不會有另一個周家呢？」房二河說道。

提到周家，大家又皺起了眉頭。

房言實在忍不住了，問道：「爹，周家到底對咱們做了什麼，為啥那麼害怕他們啊？」

房仲齊瞪大眼睛道：「小妹，難道妳都忘記了嗎？」

房言不禁為之語塞。她心想，我之前是「傻子」啊，當然不記得。

「二郎，別這麼說，小妹過去生病，並不曉事。」房伯玄說道：「大哥可以跟妳說說，免得以後被周家的人騙了。」

房言用力地點點頭，心想，就是這樣，一次說個清楚，她好擬定對策。

「咱們在鎮上住了十幾年，爹憑著木工手藝，在鎮上漸漸建立了名聲。可是幾個月前，鎮上來了另外一家做木工活的，也就是周家。一開始，兩家還相安無事，但是，周家那邊的生意不如咱們家，所以他們就開始想其他辦法了……」

周家來到平康鎮之後，就打通了里正、鄉紳那邊的關節，而且據說在縣城有個舉人當他們的靠山，再往上，好像還認識一個在京城做官的人。跟重要的地方人士打好關係，又有強大的背景，周家沒想到自己這麼大一間店，生意竟然仍不怎麼樣。

即使鄉紳們替周家介紹了客戶，他們的生意還是不太好，去掉店鋪租金跟請短工的錢，收支只能勉強打平。

後來周家發現，大家有什麼活計，還是喜歡找在鎮上待得久的房二河家，於是他們開始降低價格替人做活。

這方法一開始有用，客人漸漸多起來，可是為了壓低價格，周家都是使用品質較差的木材，沒多久，經常有人回去店裡抱怨東西這裡不行、那裡壞掉，所以慢慢的，又沒什麼人上門了。

周家見這個法子行不通，於是開始想壞主意了。

第十八章　上門鬧事

他們先是讓家丁裝成顧客去找房二河做東西，然後又誣賴房二河換掉那人帶來的好木材，讓房二河狠狠地賠了一筆錢。

接著，周家又找人去房二河的店鋪做板凳。做了之後過沒幾天，就故意把板凳弄壞，說是房二河做的東西不結實，害他們家的老母親摔到地上。那些人抬了一個老太婆過來，找郎中當眾檢查她的傷勢，還真的發現她摔傷了，這下子房二河又賠了不少錢。

原本房二河沒想那麼多，可是連著出兩次事，讓房二河不得不有些懷疑。

之後過了一段時間，都沒再出什麼狀況。由於那兩個鬧事的人都是平康鎮有名的無賴，所以很多人還是會來找房二河做東西。房二河在這兩次事件中賠了不少錢，所以更加努力幹活。

當他們以為事情就這樣結束的時候，房二河家的短工被周家花大錢挖走了。這個短工在房二河家做了很多年，房二河的手藝也被他學去了幾分，周家的人就利用這個短工，打探房家的商業機密，讓他們因此蒙受損失。

到了這個時候，房二河才終於明白到底是怎麼一回事，他之前的猜測一點都沒錯，一直以來，真的有人在他們背後搞鬼，那就是周家！

然而，即便知道周家做了很多壞事，他們家也沒有能與之相抗衡的背景，唯一一個還算厲害的親戚，也就是他們的舅舅王知義，卻不知道去了哪裡？房二河一家聽說周家跟里正的關係非常密切，加上他們沒有任何證據能證明周家那些行徑，是刻意針對他們的，所以他們什麼事都做不了，也放棄去找里正主持公道。

周家一得知房二河做活時用的木材，就不再濫竽充數了，而是採用跟他相同的木材，甚至是品質更好的。

因為價格和手藝差不多，樣式也相差無幾，用的木材還更好，所以去周家的客人漸漸多了起來。後來周家還從別處學了幾樣新奇的東西，這讓鎮上的人更是趨之若鶩。

房二河家的生意本來就已經下滑，現在的狀況更糟糕。家裡沒剩多少錢，又很少有人上門，可是兩個兒子要讀書，一家人也要吃飯，所以房二河還是死死地支撐著。

直到有一天，周記的老闆周八爺來跟房二河說了幾句話。房二河聽了之後，過沒幾天，就帶著一家人回村裡。

周八爺就是那天在周記門口跟房二河打招呼的中年男人，為人非常心狠手辣。他對房二河說，你們家這門生意沒什麼好做的了，可是你兒子還要考科舉，萬一傳出不好的傳聞，豈不是考不了試？不如改做別的生意，或者關門回家。

明明生意上的差距已經拉開，但是周八爺卻還要來打擊房二河，原因在於只有房二河離開了，他們家才能回頭降低東西的品質，順道把價格提高一些。要是鎮上只有一家做木工活的店，他們就能恣意妄為了。

房言聽了之後，驚訝地瞪大眼睛。竟有這麼無恥的人！坑害他們家不說，還拿哥哥的科舉考試來威脅她爹。

這個時代的考試跟後世不一樣，後世人人平等，繳了費用就能參加考試，可是在這卻得依靠同村的人舉薦，有時候舉薦者的層級甚至會拉到秀才、舉人。

既然周家背後有舉人撐腰，那麼他們就能搗亂。要知道，別說一個鎮，就算是一個縣城，裡面也沒多少秀才。考上舉人之前得先成為秀才，那些秀才之間大多數又認識彼此，這件事的影響力可說非同小可。

房言實在不明白，只是鎮上的一門小生意而已，周家有必要做得這麼絕嗎？而且根據她的推測，他們家的後臺大概也沒多硬，要不然怎麼會窩在鎮上那個小地方做生意？

他們就不怕以後會被打擊跟報復嗎？怎麼就知道房伯玄和房仲齊考不上科舉呢？也太瞧不起人了吧?!

房伯玄看了房言一眼，淡淡地說道：「他還跟爹說，你有個傻女兒，你的兒子或許也是傻子，傻子怎麼參加科舉考試？」

這句話讓房言愣在當場。這人也太噁心了！不讓人參加科舉考試，就像是不讓一個學生去考大學一樣。在古代這種環境中，被當成傻子，就杜絕了房伯玄所有做官的可能性。

房言握了握拳，心想，這個仇，她一定要報！

「爹，咱們還是去縣城吧，別留在鎮上了。」房言說道。

既然和周家已經有了矛盾，還是遠離對方比較好，免得將來又發生什麼事。雖說最近他們沒來找過碴，但要是有個萬一呢？

房伯玄也點頭稱是。

房二河一時之間有些拿不定主意，於是沒有作出決定。房言也不勉強她爹，打算讓他好好思考一下。

一家人又說了一會兒話，就各自午睡去了。

房言是被外面的孩童叫聲吵醒的，她迷迷糊糊地醒過來，問正在往外面瞧的房淑靜說：「誰叫的啊？嚇我一跳。」

房淑靜臉色不太好看地回道：「還能是誰，是三叔家的玉哥兒。」

房明玉？一聽到是他，房言皺起眉頭問道：「他來幹啥？」

「我聽說是咱們奶奶讓他來叫爹回去的。」

奶奶叫她爹過去？想到昨天房二河和王氏的顧慮，房言差不多能明白是什麼事了。

不出房言所料，房二河正是因為這件事被他娘叫回老宅去，然而房二河卻沒什麼多餘的反應，該做什麼還是做什麼，房言緊繃著的一顆心也漸漸放鬆了。

吃過晚飯之後，王氏就去關門，房言愣了一下，問道：「娘，為何關門啊，兩個堂嬸還沒來呢？」

王氏說道：「明天是初一，我早上就跟妳兩個堂嬸說了，咱們得去寶相寺還願，明日歇業。」

哦？所以這代表她明天可以去寺廟看看了？真是太好了，她還沒見過古代的寺廟長什麼樣子呢！

王氏這次前去寶相寺燒香，主要是為了謝謝菩薩讓房言的病痊癒，所以只有房二河、王氏和房言三個人去。他們走了約莫一炷香的時間後就坐上驢車，接下來又開始步行。因為路途遙遠，所以王氏準備好一些饅頭，準備在回程的路上解決午飯。

房言算了算，差不多花了快兩個時辰吧，以後她再也不好奇古代的寺廟是什麼模樣了。

到了寶相寺，房言發現香客非常多，有些人一大早就過來，現在已經從山上下來了。看到山腳下賣香的攤子，房言心想，這種賣香的生意也很賺錢呢。

王氏並沒有在下面買香，而是去寺廟裡面買，她覺得這樣比較靈驗。的確，寺廟裡的香價格比山腳下的高了一倍，大概是因為離神仙比較近吧。

房言跪下來抬起頭看著菩薩的時候，內心非常虔誠，因為她知道這個世上真的有神仙存在，她祈禱菩薩保佑他們一家人平平安安。

在這種朝不保夕、王子犯法不與庶民同罪的時代，保住性命是最重要的，其次才是賺錢、考科舉。

拜完菩薩之後，想到回去還有兩個時辰的路程，房言的腿不禁有點顫抖。不過往好處想，這麼不辭辛勞地前去禮佛，也算是一種誠心，期盼菩薩能感受到她的誠意，實現她的願望。

等到房言跟著父母回到家時，房淑靜他們已經午睡起來了，沒多久，李氏跟許氏就一同來到房言家。

她們今天過來是有目的的，就是想要探聽一下房二河有沒有改變主意？房家村就那麼一丁點大，誰家有個什麼，大家都多多少少能打聽到。她們自然聽說了老宅那邊的人把房二河叫過去的事，萬一房二河被他爹說動了，要改用那裡的人，她們也好早點做準備。

許氏不愛說話又內向，她之所以會過來，是因為李氏要她作陪。許氏的想法很簡單，如果房二河不讓她去的話會告訴她；若沒說，那就是還需要她。李氏卻不這麼想，她想提前知道答案。

「我見生意挺好的，咱們要不要再多蒸一些饅頭啊？」李氏探問道。

王氏沒那麼多心眼，也沒注意到李氏話裡的探究之意，她想了想後說道：「嗯，再看看吧，一會兒我跟孩子他爹商量商量。」

李氏跟許氏對視一眼，都看到了彼此眼中的安定。看樣子房二河家還是需要她們。她們吃了一顆定心丸，也不在這裡坐著了，說好吃完晚飯會過來幫忙，就離開了。

到了晚上，王氏和房二河商量好，決定多做十個饅頭，這樣一來，李氏與許氏每人就要各自多揉五個饅頭的分量。

就這樣，這門吃食生意繼續做下去，而房二河對要不要去縣城租店鋪，還是沒考慮好。他依然對留在鎮上抱著一線希望，直到有一天，發生了一件事。

這一天，還剩幾個饅頭就賣完了，房言一家人正準備收拾東西，突然有個人靠過來，二話不說，就坐在野菜館門口說自己肚子疼，旁邊還跟著一個婦人。

「唉唷，媳婦，就是這家，我早上在他們家吃過飯，結果回到家肚子就開始疼了！」那個人對身旁的婦人大喊道。

房二河對這個人有印象，趕緊上前說道：「兄弟，你疼得厲害嗎，要不要找個郎中來看看啊？」

「走開，我就是在這裡吃壞肚子的，你們家的東西肯定有問題，不乾不淨！」那人的態度非常強硬。

房言皺著眉看了他幾眼，就悄悄溜出去。

「咱們家的東西肯定沒問題，鎮上這麼多人都吃過，而且咱們自己也吃。兄弟，你是不是吃了其他東西才會這樣，趕緊找個郎中來看看吧？」房二河勸道。

「你這人說話好沒道理，我們家男人今天早上什麼東西都沒吃就來了這裡，肯定是你們家的東西有問題！各位鄉親都來看看，這家店的東西不乾淨，讓我們家男人吃了肚子疼！」說著，那個婦人一副要哭的模樣。

此時在旁邊看熱鬧的人，也都嘀嘀咕咕地說著些什麼。

房二河見狀，立刻說道：「兄弟，我先送你去看郎中吧，不管是不是我們家菜的問題，我都掏錢讓你看病，你看怎麼樣？」

那坐在地上的男人說道：「我看不怎麼樣！就是你們家飯菜有問題，你以為賠個看病錢就能了事？那我豈不是白疼了！」

房二河皺了皺眉。他覺得這件事給他的感覺實在太熟悉，就像周家做過的一樣，可是他寧願相信今天的事情是偶然，也不願相信這跟周家有關。

他閉了閉眼睛，說道：「兄弟，說吧，你還想怎樣？」

「我想怎樣？當然是賠我十兩銀子，不賠的話，我今天就不走了！」那男人氣勢洶洶地說道。

袁大山今天沒去送貨，來鎮上賣自己處理好的兔子皮，賣完之後，他正想來野菜館吃飯，正好撞見這個場面。在外面混久了，他有些明白這是怎麼回事。

於是袁大山悄悄地走到房二河身邊問道：「房大叔，需要我幫忙嗎？」

房二河見袁大山如此熱心，非常感動，不過他拒絕了他的好意，只道：「不用了，我自己解決就好。」

轉過頭，房二河對坐在地上的男人說道：「還是去郎中那裡看病吧，不看病的話咱們就找里正，再不行就報官！」

那人一聽房二河要報官，委實嚇了一跳，但是想到雇主交代的事情，他就坐在地上，死活不起來。

「行，咱們找里正啊！」那男人回道。

房二河看著這個人的態度，又聽到他說的話，心頭那股氣實在憋得發慌。

這人不怕里正……

正當雙方僵持不下的時候，房言拉著一個郎中過來了。她裝出一副焦急的模樣，說道：「爺爺，您趕緊過來！我們店門口有個大叔肚子疼，您快幫他看看啊，他真的好可憐喔！」

說著，她就蹲下來看著那男人說道：「大叔，這位爺爺是郎中，您快告訴他哪裡不舒服，我聽說他是鎮上最好的郎中。」

那位郎中還沒搞清楚是怎麼回事，就被拖過來幫一個肚子疼的中年男人看病，不過他還是很盡責地拉起那人的手要把脈。

那坐在地上鬧事的男人一看大夫來了，趕緊把手縮回去，說道：「看什麼看，我不看！」

房言睜大眼睛，裝出天真的樣子問道：「大叔，您不看病是因為您根本沒病吧？您既然沒病，為何說自己有病？」

她看了看周圍的人，咕噥道：「這人怎麼沒病裝病呢，也不知道想幹啥？」

其他人一聽到房言看似無意的話，小聲地議論起來。

「這人不會是騙子吧？」

「看起來很像，你瞧他面色紅潤，哪裡像肚子疼的樣子，大概是來訛錢的吧。」

「跟人家掌櫃的一開口就要十兩銀子，膽子可真大！」

那個男人聽到眾人的言論，心虛地朝房言吼道：「我……哪裡來的小妮子，一邊玩去！管這麼多事幹啥！」

「不是，大叔，難道您真的沒病，故意坐在這裡的？」房言又指著他的肚子說道：「不對啊，大叔，您剛剛明明按的是右邊的肚子，現在怎麼改按左邊了？您到底是哪邊疼啊？」

房言這麼一說，大夥兒哪裡還不明白，再看看地上那個男人心虛的樣子，開始對他指指點點。

「說說看，你這麼大一個男人不出去幹活，幹啥做這種缺德事啊！」

「人家這吃食生意不好做，起早貪黑的，你幹啥訛人家的錢，還有沒有良心？」

「趕緊回家去吧，別丟人現眼了！」

那個男人見大家指責他，卻仍堅持道：「我怎麼沒病了，明明就是吃了這家店的東西才肚子疼！」

「那你讓郎中看看啊！葉郎中醫術很好，讓他看看不就得了？」人群中有人說道。

「不……不、不用看，我就是肚子疼。誰知道這郎中是不是跟這家店的黑心掌櫃聯合起來騙……騙我的。」那人結巴起來。

「呸！葉郎中再有善心不過，你這不是胡謅嗎？」有人喊道。

葉郎中被氣得臉色通紅，低吼道：「老夫豈是那樣的人！」

「就是啊，葉郎中可不是你說的那種人，我看你才騙人吧？」

「唉唷，大家都散了吧，這人一看就是騙子！真不知道你娘怎麼教你的！」

熱心的民眾你一言、我一語地把他給罵得狗血淋頭。那個男人跟他媳婦一見事情不成，就抬起頭來朝人群當中某個點看過去，見那人打了個手勢，他立刻起身，拉著媳婦跑掉了。

房言注意到他的小動作，順著那人的視線看過去，發現是一個不認識的中年男人。她心頭一動，扯了扯房二河的袖子，低聲說道：「爹，看看那個人，您認不認識？」
房二河順著房言手指的方向看去，一瞧，眯了眯眼。那個人不是別人，正是周家的一個管事。

第十九章　下定決心

那人見房二河看過來，一點心虛的樣子也沒有，朝房二河冷笑一聲，然後大大地踏步離開。

房二河沒空問房言為什麼讓他看周家的人，他見鬧事的人走了，立刻對人群拱拱手，說道：「今天真的謝謝各位鄉親父老，房二河在此致謝！」

「好說好說，你們家的東西確實好吃，那人一看就是騙子。」

「對啊，掌櫃家的東西不知道是怎麼做的，就是比別家好吃呢！」

聽到圍觀者說的話，房二河心想，當年他做木工活的時候，同樣遇上這種情況，可是卻沒人幫他說話，現在人們都誠心誠意地幫助他，他的心情頓時非常複雜。

房二河轉頭看了正在跟郎中講話的小女兒一眼。他知道，其實不是人們變得明事理或能分辨是非，而是小女兒剛才的做法讓大家選擇相信他們。

剛開始，人群中也有反對的聲音，隱約還能聽到別人罵他。但是小女兒領著郎中來了之後，大家被她的話引導，慢慢發現了事情真相，也扭轉了對他們家的看法。

等人群都散去，房言領著房二河向葉郎中道謝。

葉郎中來的時候並不清楚情況，隨著事態發展，心裡也有了底。其實他不太喜歡摻和到這類麻煩裡面，不過看到那人明顯是個騙子，還想往他身上潑髒水，他就有點不高興了，所以才出言捍衛自己的名聲。

拿著房言一開始塞給他的二十文錢，葉郎中心想，自己也就是過來一趟而已，病也沒看，等於白白賺了二十文錢。等房二河道謝之後，他就回去了。

葉郎中離開後，房二河看著房言，想問她些什麼，房言卻搖搖頭，示意他回家再說。

兩人走進野菜館，王氏著急地上前問道：「孩子他爹，怎麼會有人吃了咱們的東西鬧肚子疼呢？這不可能啊！」

李氏也說道：「是啊，咱們幾個人做飯之前都把手洗得乾乾淨淨的，絕對沒有問題。」

其實李氏很怕真的有人吃了不舒服，到時候萬一這責任落到她們頭上，她這份活計可能就保不住了。

許氏看著大家的表情，緊張得不得了。她心裡也很害怕，一是怕真的有人吃了鬧肚子，二是怕自己不能再來做工了。家裡過得那麼拮据，又有兩個飯量大的兒子，好不容易有了這份收入，孩子偶爾也能吃上肉，她真的捨不得丟下這個活兒啊！

房二河看著幾個人著急的模樣，定了定心神，說道：「大家不要著急，剛剛是一場誤會，並沒有人吃了咱們家的東西鬧肚子。」

一聽到這番話，李氏和許氏都放下心來，唯獨王氏仍然感到相當不安。她從小在鎮上長大，丈夫又在這裡做生意很久了，她怎麼想都覺得不太對勁。況且丈夫跟小女兒的表情都有點悶悶的，有種說不出來的沈重感。

不過，既然房二河不說，現在也不是追問的時候，王氏就閉緊嘴，權當不知情了。

返程路上，房言一句話也沒說，就連平常最愛炒熱氣氛的李氏也安安靜靜的，大家都像是在思考些什麼事情。

一回到家裡，房二河的臉色就黯了下來。剛剛有外人在，他不好說什麼，這會兒他沒什麼好顧忌的，也實在是擠不出笑容來了。

關上大門之後，房二河把兩個正在讀書的兒子叫過來，準備一家人共同討論這件事。

看見人到齊，房二河先是沈默一會兒，然後閉上了眼，接著他像是突然想到什麼似的，睜開眼說道：「不得不承認，爹自己的想法未必夠好，也未必正確。爹年紀大了，不如你們這些小孩子的思維活躍。過去爹開店的時候屢屢受挫，幹了這麼多年也沒成什麼氣候，這能說明爹不是什麼做生意的料。」

房言聽到房二河這麼自暴自棄的話，嚇了一跳，正想說些什麼，就被房二河阻止了。

「二妮兒，爹知道妳想說什麼，等爹說完再說。」房二河嘆了口氣，接著說道：「但是咱們家現在的吃食生意勢頭非常好，扣掉成本後，每天能賺個四、五百文錢，這比爹以前做木工活賺得更多。大郎和二郎要參加科舉考試，大妮兒和二妮兒往後還要嫁人，我也想讓你們娘跟著我過上好日子，所以爹雖然知道自己不是做生意的料子，還是會堅持下去的。」

房言本來想替房二河打氣，聽到他後面那番話的轉折，也就沒再多說什麼，只要他不放棄就行。

「從前爹雖然會問你們的建議和意見，但是最後作主的人還是爹。從今天開始，爹會多採納你們的想法，設法讓咱們家早日強大起來，好讓其他人不敢再欺負咱們。孔聖人不是說過嗎？幾個人湊在一起，當中一定有人值得自己學習。孔聖人都能承認一些不如他的人是他的良師，那麼爹把你們當成是我的夫子，也沒什麼好丟臉的。」

說到最後，房二河竟然笑了出來。

房伯玄剛才看到房二河去叫他們時那慎重的表情，就知道今天肯定發生什麼事了。聽到自家爹說的這番話，他感觸頗深。這世上哪裡有老子聽兒子的話，都是兒子接受老子的安排。

他先不問發生了什麼事，只針對那些話說道：「爹，兒子從來沒覺得您有什麼問題，我和弟弟、妹妹們之所以能平平安安長大，全虧爹的努力。即使從鎮上回到村裡來，兒子也從來沒埋怨過爹，爹撫養我們長大，這就夠我們一輩子感激您了。即便是現在，村裡還有很多吃不飽、穿不暖的孩子，爹讓我們兄弟姊妹有地方住、衣食無虞，還送我跟弟弟去學堂唸書，這就說明爹非常成功了。」

看到房二河臉上激動的表情，房伯玄接著說道：「這世上沒有老子聽兒子的話這種道理，爹就別謙虛了，兒子還指望您領導咱們發家致富，等兒子考上科舉後好孝順您呢。弟弟、妹妹們，你們說是不是？」

房淑靜、房仲齊和房言早就想說這些話了，結果被房伯玄搶先，此時也各自表態。

「當然了，咱們都聽爹的話。」

「那還用說。」

「自然是這樣。」

聽到孩子們的話，房二河不禁伸手擦了擦眼角溢出來的淚水。

房伯玄兄妹幾個都假裝沒看到，看向別處，等房二河的情緒穩定下來，房伯玄問道：「爹，我從剛剛就想問了，你們今天在鎮上究竟發生了什麼事？」

房二河一聽到這話，整個人的表情立刻不一樣了，他吸了口氣後說道：「關於這個，爹想先問二妮兒一個問題。」

房言立刻就明白房二河想問什麼，果然接著就聽他問道：「二妮兒，妳今天讓爹看那個人做什麼？」

雖然房二河問房言這個問題，但他心裡已經隱約有了猜想，只是想藉房言的回答得到證實罷了。

房言看著房二河說道：「爹，我看到那個無賴看了那人一眼，那人示意之後，那個無賴才跑掉的。」

聽到房言說的話，房二河瞪大眼，同時深深嘆息。猜測是一回事，得到確認又是另一回事了。

儘管他的內心就像顆大石頭落地一般，但是他的心情並未因此變得輕鬆，反而被壓得喘不過氣來。

房言靜靜地說道：「我懷疑那個人是幕後主使者，所以才想問爹認不認識那個人？」

房二河點點頭，說道：「爹認識那個人，他是周家的管事。」

此刻房言也得到了自己想要的答案，不禁感到非常無奈。果然是周家搞的把戲，她一開始就懷疑是他們，畢竟除了周家，他們並沒得罪什麼人。這個情況實在太像之前爹做木工活時遇到的事情，所以她才會這樣推測。

房仲齊茫然又焦急地問道：「爹，你們在說什麼呢，怎麼又跟周家扯上關係了？」

不同於房仲齊亟欲得到答案的焦慮，房伯玄在聽到「周家」時，眼神就變得很銳利；而當時待在店鋪裡頭、沒出去查看情況的房淑靜跟王氏，則是目光炯炯地盯著房二河跟房言。

房二河看著眾人說道：「今天，周家又去咱們店裡鬧事了。」

聽到這裡，房仲齊雙拳緊握，恨不得馬上衝去找周家理論，最好還能打他們一頓。但是一想到大哥對自己說過的話，他又冷靜下來了，雖然什麼話都沒說，但是他卻目光凶狠地盯著門外，不知道在想些什麼？

房伯玄剛剛從房二河和房言的對話中就猜到，周家似乎又對他們家做了什麼事，一經房二河證實，他的眸光瞬間變冷。

「事情是這樣的，快要收攤的時候，突然有個男人跟他媳婦過來……」

房二河說出早上發生的事，這不禁讓他回憶起過往，心情頓時有些感傷。

他感慨道：「要是每個肚子疼的人都來找爹要十兩銀子，咱們家的店還要不要開了？以前周家就是用這種手段鬧事，那時爹賠了不少銀子不說，還沒能解決問題，後來咱們家的客人也變少了……」

說到這裡，房二河看著房言說道：「不過，多虧二妮兒機靈……」他說出房言應對事情的方法。

房伯玄用欣慰的眼神看向房言，接著他低頭沈思一下，說道：「所以今天這個無賴也是周家找來的，跟之前鬧事的手法一樣，只不過他們沒想到，過去用同樣的手段達成了目的，現在卻沒得到自己想要的結果。周家……還真是不死心啊！」

房二河皺著眉頭說：「是啊，爹想了好久都想不通，周家怎麼就賴上咱們了呢？」

房仲齊冷笑一聲，說道：「還能是什麼，我看之前他們賴上咱們家，是因為他們生意比不過，最後只能用不光彩的手段。現在咱們家改做其他的，照道理不影響周家才對，他們大概是見咱們家生意好，覺得同樣的方法可以用第二次，不僅能毀了咱們家的生意，還能白白拿到十兩銀子，何樂而不為？」

房伯玄看著房仲齊，讚許地說道：「二郎有長進了，說得好。」

房言笑著看向房仲齊。她也是這麼認為的，周家過去只是想除掉同行競爭對手，後來就是見他們家生意好，想到上次那個手段好使，所以故技重施，企圖弄來十兩銀子罷了。

「既然他們家這次沒嘗到甜頭，那下次會不會想別的法子再來訛詐咱們？」房淑靜捏著自己的手帕，緊張地問道。

「姊姊考慮得很有道理，我也有同樣的想法，所以……」說著，房言看向房二河，然後說了一句話——

「爹，去縣城吧！」

「爹，去縣城吧！」

兩道聲音同時響起來，房二河看看房伯玄，又看看房言，點點頭說道：「爹正有此意。其實上次聽你們說了之後，爹不是沒考慮過。這幾天爹在鎮上找店面的時候，順道打聽了一下，據說周家在縣城的背景其實沒什麼，好像是他們家的女兒送到一個大戶人家當小妾，那個被他們當作靠山的舉人，是那戶人家的親戚，跟周家並無直接關係。」

房言驚喜地看著房二河。她沒想到之前看起來猶豫不決的爹，竟然不聲不響地去打聽情況了。也是，在這個商人地位低下的時代，得先能自保，再考慮賺錢的事。

她眼睛發光地看著房二河，開心地說：「爹，您做得太好了！」

房二河看著房言熱烈的眼神，不好意思地笑了笑。

房言接著說道：「爹，我早就覺得周家沒什麼厲害的，要是真的有能通到京城的關係，他們哪會在鎮上做生意？不過是唬唬咱們這些小地方的人罷了。既然那人是小妾，那麼上頭肯定還有主母，假使那小妾真的要找咱們家的麻煩，咱們就偷偷去找主母，讓她好看！」

王氏驚訝地看著房言說道：「二妮兒，這些亂七八糟的話妳是從哪裡學來的？什麼小妾、主母的，妳一個大姑娘家，話可不要亂說。」

就算房言是從她爹那邊聽到「小妾」這個詞，但是拿主母去壓小妾這事可沒人教過她。在王氏眼中，那是後宅之事，自己的女兒要是在外面說出這種話，可是會被白眼的。

房言也意識到自己好像講得太順口了，該說的、不該說的全說了出來，此時見王氏一臉不贊同，她趕緊補救道：「呃，我是聽客人們說的。」

王氏聽了之後說道：「那妳以後少在外面跑堂，去後面幫幫忙就算了。妳已經是十歲的大姑娘，不能再這樣了。」
「好的，娘。」房言知道現在得好好表現，先讓她娘忘了這件事再說。
房言正被她娘教訓得尷尬著呢，突然感受到一道視線，原來她大哥正用一種鼓勵的眼神看著她。她心頭一動，想到這個家作主的人還是爹和大哥，於是她不再心虛，還偷偷地對她大哥笑了笑。
房伯玄的確不認為小妹說錯話，甚至還覺得她的法子非常好。不過他娘既然說他小妹一個姑娘家不該講這種話，他就不多說什麼了。
「爹，我看不如今天就去縣城看看吧。縣城雖然是個大地方，但是離咱們家的距離跟鎮上差不多，即使咱們在那邊人生地不熟，不過只要不做犯法的事、腳踏實地，肯定能賺到錢。」房伯玄說道。
房二河今天也被周家刺激到了，雖然覺得這樣沒頭沒腦地跑去縣城不太好，但也爽快地應下來。「行，我今天就去。」
「嗯，我跟爹一起去。」房伯玄道。
房二河一聽，覺得安心不少。有大兒子一起去，就不怕沒人給他意見了。看到房言渴望的眼神，他笑道：「二妮兒，妳要不要跟著爹和大哥一起去縣城看看啊？」
經歷這次事件，房二河越來越覺得自己這個小女兒不簡單。這麼小的人，面對那種情況，不僅不慌張、不害怕，還能想到去找郎中，機智地化解這場危機。這回帶著小女兒一起去縣城找店鋪也好，讓她幫忙掌掌眼，就算她做不到這點，多一些見識也好。

功夫。

房言剛剛就已經在想怎麼跟她爹和大哥開口，沒想到她爹主動提起，可真是得來全不費功夫。

王氏卻還是有些顧慮。「孩子他爹，這樣天天讓二妮兒出去不太好吧？你看她聽了什麼東西都往心裡去了。」她擔心房言知道太多骯髒的事，染上什麼不好的氣息。

房二河倒不這麼想，只說道：「這有什麼，就是因為咱家二妮兒聽進耳朵、記在心裡，所以關鍵時刻才能想出好辦法，化解危機。孩子他娘，不用想太多，儘管放心吧。」

聽丈夫這麼說，雖然王氏心裡還是覺得不妥當，但也沒再多言。

第二十章 縣城偶遇

因為剛從鎮上回來，所以休息一會兒之後，房二河才領著房伯玄跟房言去縣城。

透過房伯玄的講解，房言這才知道，縣城、鎮上與房家村三個點能連成一個三角形，去縣城跟去鎮上的方向完全不同。

由於最近房言天天往家裡的鍋子滴靈泉，所以他們沒怎麼感覺到疲累，就已經到了縣城。

看到「任興縣」三個大字的時候，房言的嘴角露出笑容。在城門口接受檢查之後，他們一行人正式進入縣城，房言此刻才覺得自己脫離了所謂的「窮鄉僻壤」，來到一個大街小巷都是人的地方。

雖然這個縣城相較於後世同等級的地方還是很小，卻比房家村跟平康鎮大得多，也繁華多了。

由於房言第一次到縣城，她對周遭的一切都非常好奇，這也想看、那也想看，讓房二河的手完全不敢鬆開她。房伯玄雖然同樣第一次來到縣城，但是他比房言淡定多了，只用眼角餘光瞄瞄自己感興趣的事物。

一行人逛了一下主街道，接著就按照路人的指示找到一個中人，中人拿出本子，讓他們看看房屋的租賃價格。面臨主街道的店鋪，一年的租金大約在五十到八十兩之間；次一等的街道，租金在三十到五十兩之間；再差一點的地方，也要二十兩左右，那已經是縣城的郊區地帶了。

房二河看著租金行情，緊緊地皺起眉頭。別說好一點的地方了，他們現在的狀況，連位置最差的店鋪都租不起。

見房二河不發一語，中人看了他們身上穿的衣服一眼，再看看他們的表情，也知道這幾個人是租不起了。剛才他不是沒注意到他們的穿著，但是做生意最忌諱以貌取人，所以他仍抱著一絲希望，沒想到最後還是落空。

走出仲介的門，房二河來縣城時的激動心情已蕩然無存。他見快到吃中飯的時間，便趕緊回家去了。

返家之後，房二河對王氏說明情況。「縣城最便宜的店鋪租金一年要二十兩，繁華地帶，一年更是要七、八十兩，咱們家沒那麼多錢。」

王氏沒想到縣城的租金會貴這麼多，想到自家的家底，她看著房二河問道：「那咱們家……怎麼辦？還要去縣城嗎？」

房二河嘆了口氣道：「明天再去看看吧。」

第二天一早，大夥兒一起去到鎮上，興致都不太高昂，店鋪正要關門的時候，突然來了幾個人——是趙管事，他身後還跟著兩個家丁。

趙管事臉上沒有一絲笑容，皺著眉頭說道：「房二河，你們怎麼又來做生意了？昨天不是被人鬧過事了嗎，今天怎麼還開門？」

房二河聽到這番話，怒道：「趙管事，這就是你的不對了！那鬧事之人明明是個無賴，故意來找碴的，我們家今天為何不能開門？」

「你可知道你們又得罪了周家？」趙管事直接點明。

房言這個時候走過來，看似懵懂地說道：「趙管事，您的意思是，昨天來鬧事的人是周家安排的嗎？」

趙管事想也沒想，就脫口而出。「當然……」

最後那個「是」字卡在嘴邊要說出來的時候，趙管事突然意識到不對勁。他低頭看向房言，惱羞成怒地道：「我什麼時候說過是周家來鬧事了，這是哪裡來的女娃，好不懂事！」

房言心想，這不是明擺著的事嗎？大家都知道是周家幹的，哪裡需要說得那麼清楚？

房二河一聽趙管事訓斥自己的小女兒，不高興地說：「趙管事，這是我家小女。我不覺得她哪裡說得不對，煩請趙管事告知，我們家哪裡又得罪周家了？」

趙管事看著眼前的父女倆，一把無名火燒起來，他生氣地道：「你們不要敬酒不吃吃罰酒！」

此話一落，站在他身後的兩個家丁立刻上前砸起了桌椅。

房二河趕緊拉過房言護在身後，厲聲說道：「趙管事，你們要幹啥？還有沒有王法了？就算我們得罪了周家，你們也不能把我們趕出去！」

「呿！王法？」趙管事滿臉不屑，他還要再說些什麼，身後突然傳來一道聲音——

「幹什麼呢！」

房言的目光往趙管事背後看過去，一見是袁大山，就高興地喊道：「大山哥！」

袁大山對房言和房二河笑了笑，一個箭步就往他們身前站。

趙管事看著人高馬大的袁大山，皺了皺眉，說道：「今天就先放過你們，你們還是趕緊搬走，別再給我們主家惹麻煩了。」說完他就帶著兩個家丁離開了。

王氏這時走過來，看著被砸的桌椅，不禁哭道：「孩子他爹，這是怎麼了？」

剛剛趙管事帶家丁過來的時候，王氏、房淑靜、李氏跟許氏碰巧都在後面，聽到爭吵聲跟砸東西的聲音，她們根本不敢出來。

「沒什麼，趙管事來趕咱們走了。」房二河悶悶地說道。

「啊？可是店鋪的租約不是還沒到期嗎？」王氏緊張地問道。

一個是店鋪的持有者趙家，一個是與里正打好關係的周家，不管出了什麼事，他們都討不到好處。

「唉，啥都別說了，咱們快些收拾東西吧。」房二河回道。既然惹不起，至少要躲得起，還是想辦法去縣城吧。

當房二河轉頭開始整理東西的時候，才發現袁大山還在一旁站著。他剛才被氣暈了，忘了袁大山的存在，這會兒注意到了，趕緊說道：「今天多虧有你在，謝謝你了，大山。」

袁大山搖搖頭，說道：「沒關係，房大叔。看樣子沒什麼事了，你們先忙吧。」

房二河見自己家的店鋪亂得不得了，說道：「好，今天是不方便讓你在這裡吃了，改天你來我們家吃飯吧，就在房家村最西邊的山腳下。」

「嗯。」袁大山見眾人都在忙，也沒說什麼客套話，轉身就離開了。

店鋪裡能搬的東西全搬上板車之後，大夥兒一路無言地回到村子裡，李氏和許氏也失落地回家去了。

房伯玄和房仲齊看到他們將東西全搬回來，不禁愣住，再看見房二河和王氏的臉色，他們兄弟倆猜到了一些事。

「爹，今天又有人去鬧事了嗎？」房伯玄走上前去問道。

房二河嘆了口氣，把店鋪裡發生的事情告訴他們。

房伯玄聽了房二河的話，瞇起了眼睛。這也欺人太甚了！他暗暗在心裡發誓，這些人，以後他都不會放過的！

雖然內心波濤洶湧，不過房伯玄還是冷靜地問道：「你們有沒有受傷？」

房言回道：「大哥放心，咱們都沒有受傷。」

「嗯，沒受傷就好。既然他們去鬧事了，咱們就不必再開店，一會兒去縣城看看吧。」房伯玄沈著地說道。

房二河點點頭道：「好。」

收拾好東西之後，房二河、房伯玄還有房言三個人一起去了縣城。

今天他們來縣城的感覺跟昨天不太一樣，昨天雖然也是來找地方租，但是鎮上的店鋪租約還有十幾天才到期，所以不是特別著急。可是今天他們已經確定往後不待在鎮上做生意，要來縣城發展了，所以有種背水一戰的悲壯感。

房言眼觀四面、耳聽八方，任何一個小店面都不放過。這可是關係到他們家接下來的命運，是至關重要的事情。

三個人把昨天瞧過的地方又走了一遍，不是去店裡問問，就是找人打聽，結果一個時辰過去，依然沒找到適合的地方。

眼看又快到吃午飯的時間，房伯玄建議道：「爹，要不然咱們三個先去吃飯，吃完飯再去另外一條街看看，先不回家了。」

房二河看著高掛在空中的太陽，又再看看兒女汗流浹背的模樣，點頭應了下來。他剛準備找家包子店吃些東西填飽肚子，就聽到似乎有人在喊他們。

「掌櫃的！」

房二河下意識地回頭看過去，一見朝他揮手的全忠，不禁淡淡笑著說：「是你啊，小哥好。」

全忠見房二河他們走過來，開心地說道：「掌櫃的，你們來縣城做什麼？」

「咱們家打算在縣城找個店鋪。」房二河說道。

「真的？你們家不在鎮上賣了嗎？還是想開分店了？」全忠想了想，試探性地問道。

「不是開分店，我們以後不在鎮上賣了，要來縣城賣。」房二河回道。

全忠點點頭，高興地說道：「那真是太好了！」

「哦？」房二河見到全忠的表情，不太明白他為什麼這麼開心？

「掌櫃的，您忘了，我們家就在縣城，這下子我再也不用一大早跑那麼遠去鎮上買東西了，可不是好事嗎？」全忠欣喜地說道。

房二河沒想到有人這麼記掛著自家的野菜館，不禁有些激動地說：「那就好。」

「不過，掌櫃的，你們家的店開在哪裡啊？」全忠問道。

提到這件事，房二河臉上露出一絲愁容道：「還沒找到適合的地方。」

「是嗎……」全忠眼珠子轉了轉，說道：「掌櫃的，你們現在打算幹啥呢？」

「想吃個午飯，一會兒再找找店鋪。」房二河說道。

「這樣啊。對了，我剛剛光顧著跟掌櫃的聊天，都忘了正事。其實我們家少爺有事找您，不知道你們要去哪裡吃飯，我回家跟少爺稟報一聲，一會兒你們見個面？」全忠對房二河說道。

「啊？你們家少爺找我？」房二河有些驚訝，似乎不太明白自己怎麼會跟孫博扯上關係？

全忠點點頭道：「對，我們家少爺有事找您，不知道待會兒方不方便？」

房二河心想，這也沒什麼大不了，就應了下來。由於房二河對縣城不熟，所以全忠就推薦他們一家客棧，約好時間之後，全忠就回去了。

他。

等到孫博帶著一個僕人抵達客棧的時候，房二河他們幾個人剛吃完午飯，正在包廂裡等

孫博看到房二河就說道：「讓掌櫃的久等了。」說完之後，他看向在一旁坐著的人。

一個是房言，他自然認得這個小姑娘，還有一個人他沒見過，看起來也是個讀書人，於是孫博拱拱手。

房伯玄見狀，立刻起身對孫博還禮。

房二河一見到孫博，就站了起來，有些不自在地問道：「不知道孫少爺找我有何事？」

孫博也是第一次面對這種情況，不過想到自己的病、想到科舉考試，再想到這家店的前景，他就覺得要把握機會才行。

示意房二河等人一起坐下來之後，孫博稍稍一頓，就開口了。「掌櫃的，我聽說你們正在縣城找店鋪？」

房二河沒想到孫博竟然提出這件事，驚訝地瞪大眼睛，不過他隨即想到，應該是全忠告訴他們少爺的。

「對。」房二河回道。雖然覺得奇怪，不過人家都問了，他自然得回答。

「你們還沒找到適合的地方是嗎？我家有間店鋪，是我已逝親娘的嫁妝，位置挺好的，就在縣城那條主街道上，不知道您有沒有意願？」孫博直截了當地說道。

房言和房伯玄聽了之後互看一眼，然後又同時看向房二河。

房二河沒想到孫博一開口就給了他這麼大一塊餡餅，然而驚喜過後，一想到自己兜裡的

錢，房二河的情緒又低落下來。

別說是鄰近主街道的了，就是偏一些的地方，他們也租不起。

「孫少爺，不瞞您說，咱們家現在沒那麼多錢，租不起這麼好的店鋪。」房二河慚愧地說道。

孫博點點頭說道：「嗯，沒關係，我可以不收租金，拿分紅就好。」

「分紅」這兩個字一出，房言馬上看向孫博。他們家的野菜館不值多少錢，做的也是小本買賣，這位少爺為什麼這麼大方？

「您是說分紅？」房二河訝異地看著孫博。

房伯玄道：「敢問孫少爺想怎麼分紅？」

孫博看著房伯玄，緩緩說道：「我們家那間店鋪的租金一年是八十兩，不收租金的話，你們所賺的錢我要收一成，九成歸你們。」

房二河迅速地在腦海中算起來。鎮上的生意穩定下來之後，扣掉成本，一天大概能賺四、五百文錢左右，一個月就是十幾兩，一成的話只有一兩多銀子。就算在縣城賺的錢能翻倍，但是算來算去，這位少爺都很吃虧，他實在想不通他為什麼會作出這種決定？

房伯玄顯然也想到這點，他內心有些不平靜，但是表面上仍舊非常淡定地問道：「孫少爺，可否帶我們過去看看那家店鋪？」

孫博點點頭道：「當然可以，請。」

說著，幾人起身去了孫家的店鋪。

按照孫博的說法，這家店鋪上個月租約剛好到期，暫時還沒確定之後要租給誰，所以目前關門。

房言看到這家店鋪的時候，不禁感到訝異。第一次來縣城那會兒，他們還討論過這個地方來著，等到去中人那裡詢問租金之後，幾個人就沒再提過，她也只能暗暗垂涎。

這間店鋪的位置非常好，雖然不是位於主街道正中央，卻是賣吃食的好地方。它旁邊挨著一家賣酒跟一家賣麵的店鋪，還正對著一條南北走向的街道，正可謂四通八達，從哪個方向看，都能看見這裡，租金真的值一年八十兩。

房言越看越滿意，只是她還有一點猶豫。她對他們家的野菜館非常有信心沒錯，但是對孫博這種做法卻有點不安心。

以在鎮上一個月賺十幾兩銀子來看，孫博拿走一成也只有一兩多銀子，雖然縣城的物價更高、客流量更大，但是再怎麼賺錢，孫博都無法以這種程度的分紅，打平店鋪一年所需要的租金，她不明白為什麼有人要做這種鐵定虧本的生意？

房伯玄看到這家店的時候，也是想到他們之前對這裡有多滿意，他轉頭看向自家小妹，卻發現她正皺著眉頭，不知道在想什麼事情？

說實話，房伯玄現在心緒有些紊亂。他們跟這個孫少爺非親非故，他卻提出這麼大的優惠條件，不惜賠本也要租給他們，難道是覺得他們家的生意值得投資？還是說他幫助他們是別有居心？

房二河幾乎要被這意外的好運給沖昏了頭。這家店鋪光是大堂就比他在鎮上租的整間店鋪要大得多，而且孫少爺竟然只要一成分紅，這可真是讓人既興奮又不安啊！

看著久久不說話的兒子和女兒，房二河對孫博拱拱手說道：「孫少爺，可否容許我們一家人商討一番？」

孫博微微頷首道：「可以，請。」

房二河、房伯玄和房言去了店鋪的後院，房二河站定之後，就小小聲、激動地說道：「孫少爺真是心善，這可是幫了咱們一個大忙了，你們倆怎麼看？」

房伯玄皺了皺眉道：「爹，我也覺得這件事挺好的，只是不太明白孫少爺為何會幫助咱們？」

房言也說道：「是啊，爹，您是不是忘了自己以前救過他一命啊？孫少爺難道是來報恩？」

從剛剛開始，房言就一直有這種想法，雖然有點狗血，但是還挺合理的。

「沒有，我真的跟孫少爺沒什麼交集。他是第一位來咱們家買野菜的人，要說幫助或照顧，他給我們的還比較多呢！我可沒救過他，這點我非常確定。」房二河擺擺手說道。

商議了一會兒之後，房二河還是拿不定主意，此時房言下定決心道：「爹，要不然咱們答應他吧！」

第二十一章 重新開業

「為什麼？」房二河和房伯玄異口同聲問道，等待房言的解釋。

「因為我覺得這位孫少爺不像是什麼壞人，而且看起來家裡環境挺好的，如果咱們跟他分成，不就代表雙方合作了嗎？這樣的話，咱們也算是在縣城裡有靠山的人了，那些想要欺負咱們的人，也要斟酌一下這位少爺的背景。」房言說道。

事實上，房言想破了腦袋也不知道孫博到底為什麼要對他們家這麼好？不過換個角度思考，如果孫家能在縣城擁有這麼一間店鋪，那麼他們家的財力一定很可觀，有錢人在地方上也多少有點勢力，這樣就能嚇阻不少心懷不軌的人。

房二河聽了房言的話，眼前一亮。對啊，他剛剛怎麼沒想到這一點呢？

房伯玄也覺得房言說得很有道理，但他還是不明白，這位孫少爺為什麼要這麼照顧他們家？

他們三個人還沒去前面的店鋪，孫博跟身邊那位僕人就找過來了。那僕人見他們幾個沒再繼續說話，重重地咳了一聲，問道：「不知幾位商議得怎麼樣了？」

房二河點點頭，說道：「嗯，商量好了。」

孫博問道：「掌櫃的，你們討論的結果如何？」

房伯玄搶在房二河開口之前，拱拱手問道：「在下還是想請問一下，孫少爺為何如此照顧咱們家呢？」

孫博微微皺了皺眉，沈默片刻後才說道：「聽說你們在鎮上得罪了姓周的一家人？」

房二河聽了這話，心頭一寒。難道這位孫少爺認識周家，或是跟趙家一樣，不想租店面給他們了？

房伯玄見房二河愣住了，就替他回道：「是的。」

這不是什麼大不了的秘密，與其等他們兩家成立契約之後才被人捅出來，還不如直接承認，畢竟合作做生意，最重要的是互信關係。

「我不喜歡周家的人。」孫博一臉嫌棄地說道。

房言立刻瞪大眼睛，決定不管別人怎麼說，他們都一定要租下這間店鋪。敵人的敵人就是朋友，這位孫少爺在她心中，就是拯救他們家脫離苦海的可愛天使！

想到這裡，房言目光灼灼地看向房二河，只見他眼中也滿是驚喜之情。

「我們租。」房伯玄斬釘截鐵地說道。雖然剛才的結論就是要租，但是聽到孫博這番話，他們的決心更加堅定。

房二河也隨著房伯玄的話說道：「對，我們家要租。」

那位僕人這下放心了，他看了他家少爺一眼，說道：「少爺，咱們去簽一下契約吧？」

簽訂契約的時候，房二河表示要多給孫博幾成紅利。在孫少爺跟僕人到後院找他們之前，房二河、房伯玄還有房言商議出來的結果是三成。他們計算過了，若是在縣城，他們一個月可能賺上二、三十兩銀子，分給孫博三成的話，他就不會虧本了。

他們家的僕人一聽到這話，頓時有些心動，隨即看向自家少爺，可是孫博卻拒絕了房二河的好意。

房二河見到孫博這個樣子，心裡更加愧疚了。孫博不僅提供店鋪，還讓他們有辦法跟周家抗衡，他們卻讓他面臨虧本的風險，這樣實在不厚道了些，因此他堅持要給孫博三成紅利。

孫博看著房二河一家人，皺了皺眉。

僕人察覺到自家少爺的情緒，於是壯著膽子說道：「不然這樣吧，折中一下，少爺拿兩成如何？」

孫博思考了一下，才終於點頭答應。

沒花多長的時間，幾個人就搞定了剩下的事情。那位僕人還提出一個要求，就是野菜館裡要安排一個他們的人，算是二掌櫃。

房言知道這是監工，不過他們沒什麼意見，非常爽快地答應了。

原本房二河、房伯玄跟房言來縣城的時候心情幾近絕望，可是返家的路上，腳步就非常輕快了。幾個人一路上說說笑笑，描繪著美好的未來。

進了屋子之後，房二河一喝完水，就把這個好消息告訴王氏，王氏一聽，流下了歡喜的淚水。

「那孩子他爹，咱們明天又能去做生意了嗎？」王氏激動地問道。

房二河認真地想了想，說道：「明天還不行，孫少爺家裡找人算過了，三天之後是黃道吉日，咱們到時候開張。」

三天就三天，反正也不長，只要能繼續做生意就行。王氏開心地想著。

在房家眾人感到歡欣雀躍的同時，孫博也很開心。

之前他在平康鎮的姑母家暫住，所以能天天去房二河家的店鋪吃早飯，但是當他回到縣城的家之後，就不能每天早上去吃了。

一開始幾天，孫博也試著不吃他們家的東西就去讀書，雖然他現在不吃那些野菜也看得下書，但是學到的東西不如之前多，也提不起勁。

這個時候，孫博又想到了房二河家的野菜館，他開始每天早上都要全忠去平康鎮買兩斤野菜回來。

野菜買回來的第一天，孫博要廚娘照他的做法做好涼拌菜，拿到飯桌上跟他祖母吃，接著就告訴他祖母神奇野菜的事。過去他從未提過他的病與這野菜帶來的效果，這次他原原本本地把整個過程說出來。

孫博的祖母非常驚訝，沒想到孫子之前不愛讀書是一種病，而且這種病竟然被一家店鋪的野菜給治好了。

她自然非常感激房二河一家，甚至提出跟孫博一樣的想法。「不如讓他們到縣城來開店吧，這樣美味的野菜肯定能賺錢，也方便你常常吃。」

孫博一聽祖母也覺得好吃，甚至身體感到非常舒暢，便說道：「孫兒之前跟掌櫃的提過，過幾天我再去提一次。」

「哪裡用得著你親自去，讓家裡的僕人去就好了。」孫老太君說道。

孫博猶豫了一下，說道：「那些僕人……孫兒不放心。」

孫老太君聽了孫子的話，有些無奈地說：「你爹當年也是糊塗了些，娶了這麼不懂事的一門填房，真是苦了你。祖母不知道自己還能陪你多少年，萬一哪天我去了，你可怎麼辦？」

說到這裡，孫老太君的眼淚流了下來。

孫博想到自己死去的娘，也有些傷感，不過看到孫老太君難過的模樣，他趕緊出聲安慰道：「祖母，您不必為孫兒擔心，孫兒的病好了，以後肯定能考上秀才。等孫兒考上之後，再去考舉人、考進士，給祖母一個誥命。」

「好好好，你從小就聰明，相信你一定能考上，祖母等你。」孫老太君握著孫博的手說道。

他們祖孫倆聊過這件事沒幾天，全忠出去替孫博辦事的時候，就瞧見房二河一行人來到縣城，提前促成了這樁美事。

房二河下午又去鎮上的店鋪看了看，把早上沒搬完的東西全都運了回來。

第二天一早，房二河和王氏前往縣城，房二河丈量了店鋪跟灶臺的大小，接著夫妻兩人又把店裡打掃了一遍。

回到家中，房二河去山上砍樹跟竹子，他打算做些新的蒸籠拿到縣城的店鋪去用，舊的就放在家裡了。房言看到房二河跟王氏編蒸籠那靈巧的樣子，就待在旁邊觀摩，順便幫點小忙。

很快地，東西都做好了，房二河跟王氏提前一天，在下午把物品運到縣城。看著整潔又寬敞的店鋪，他們兩人心裡都非常滿足。

晚上剛剛吃過飯，李氏和許氏就來到房二河家裡。她們得知可以去縣城做生意，都非常激動。

眾人討論起要做多少東西出來賣。由於不清楚縣城的客人對這些菜色的接受度，所以決定第一天保守一些為宜，不要做太多。

既然是去縣城，饅頭就得跟從前有些不一樣，一百個饅頭當中，精麵饅頭與粗麵饅頭各半。粗麵饅頭的體積比過去小了不少，但是價格還是跟原來一樣，一文錢兩個；精麵饅頭跟現在的粗麵饅頭一樣大，一文錢一個。

這些是照縣城的情況調整的。王氏跟房二河不光幹活，還去調查縣城賣的饅頭與包子是什麼樣子，價格、種類與大小，都是他們觀察的範圍。饅頭的話，他們家的看起來跟縣城的差不多，不愁賣不出去，但是包子卻有些拿捏不準。

他們打算先做一百個包子，素餡跟肉餡各半，體積跟原來的一樣。雖然比鎮上每天賣出去的總量多，但是跟縣城其他包子店動輒兩、三百個的量相比，還是有差距。

素包子兩文錢一個，裡面的餡不像縣城的包子一樣少，主要是因為他們家的野菜不需要成本，而且因為裡面塞滿了有療效的野菜，所以這算是他們的主打商品之一。

至於肉包子，跟縣城其他家的價格一樣，三文錢一個，裡面的肉餡就不如原來的多了，但還是比縣城其他包子店要多一些。

原本王氏不想減少饅頭與包子的大小及內餡，也不太願意提高價格，認為薄利多銷有助於生意，但是房二河不同意，因為他知道，若跟縣城其他店家相差太多的話，會引發眾怒。況且有周家的例子在前，房二河吃過虧後長了記性，所以大致上都跟著同業的分量與價格走。

另外，涼拌菜準備十斤的量，十斤當中有四斤馬蜂菜、四斤野莧菜，還有兩斤豬毛菜。房言家地裡的野菜都長了起來，他們適當地減少了馬蜂菜的數量，增加野莧菜與豬毛菜的分量。

為了提高野菜的品質，房言思考過後，偷偷澆了幾次稀釋過的靈泉，野菜果然沒像第一次直接滴靈泉時那樣瘋長了。不過由於豬毛菜長得比較慢，量少了一點，所以兩文錢一份，其他的還是一文錢一份。

因為房言覺得涼拌菜用碗裝不太雅觀，所以建議房二河全部換成木盤子，還提前讓房伯玄在盤子邊緣寫字，她跟房淑靜兩個照著字，一筆一畫刻出來。有句話說得好，細節決定成敗，用刻了字的盤子裝涼拌菜，感覺既精緻又用心。

要賣的野菜則準備了馬蜂菜、野莧菜各二十斤，豬毛菜十斤。房言建議跟在鎮上時一樣，前三天試賣，野菜一律三文錢一斤，三天過後，馬蜂菜跟野莧菜再調整成一斤六文錢，豬毛菜則是一斤八文錢。

沒吃過這些野菜的人，並不知道其中的奧妙之處，一開始定價太高的話，可能根本沒人買，所以不如搞一些噱頭，來個開業大酬賓。起先有人可能因為便宜就買了菜，等嚐過之後，就會知道這些野菜的好處，欲罷不能了。

開業當天早上起來的時候，房言非常興奮，房伯玄和房仲齊也跟著一道去了，這是他們全家第一次一起出動。房伯玄見房二河推板車推得辛苦，就跟房仲齊輪流替換房二河。

房言早就發現這個問題了，也跟房二河提過買一頭驢子來拉車，可是房二河怎麼樣都不肯買。房言覺得，她爹大概是嫌浪費錢吧。

不過房言認為，要是縣城的生意很好，就得買一頭驢子了。聽說用驢子拉車，不到一炷香的時間就能到縣城，這樣大夥兒不僅能多睡一會兒，還能省點力氣。

房二河一行人到了縣城之後，開始從板車上把東西搬下來。不一會兒，全忠就帶著兩個人來了。

全忠見到房二河，笑嘻嘻地說道：「掌櫃的，咱們家少爺一會兒也會過來，這是家裡兩個僕人，過來撐撐場面的。」

孫博擔心會有像周家那樣的人過來搗亂，有全忠跟兩個家丁在，就能讓別人知道，這家店鋪有他們孫家罩，想鬧事的人得評估一下自己的實力。

房言一見到這幾個人，眼前一亮。之前她就害怕野菜館在這裡沒有口碑，要是不宣傳的話，前幾天肯定賣不好。現在有人能幫忙去街上宣傳，還怕什麼呢？明天他們必須多做一些東西來賣！

她走到全忠面前說了幾句話，全忠一聽有利於自家少爺賺錢，立刻派一個人回家去叫人。

等大家忙起來，路上的行人也漸漸變多了。

房言把涼拌菜分到小碗裡，然後交給孫家兩個家丁和剛剛過來的兩個丫鬟，要他們去路上推銷。房言先為這幾個人示範怎麼讓人試吃，他們開始還有些放不開手腳，慢慢地，膽子也大了起來。

沒辦法，誰教房言說要是涼拌菜賣得好，要賞他們錢呢？何況還有一個少爺身邊的紅人全忠在那裡「威脅」他們……

看幫手們陸陸續續讓人試吃了，房言轉過頭交代全忠站在店鋪門口喊話，內容是——

「快來看，新開張的野菜館，新鮮的野菜一律三文錢一斤，三文錢買了不吃虧，三文錢買了不上當。」

「今天三文錢，明天三文錢，後天三文錢，之後就六文錢、八文錢了！」

「吃了這些野菜，讓你腰也不痠、腿也不疼，幹活都有力氣。」

「這些野菜吃了讓人頭腦清醒、讀書效果加倍，考上童生跟秀才不再是夢想！」

房二河和王氏他們看見房言要全忠這麼做，忍不住笑起來。

不一會兒，外面就有試吃過的人進來買菜了；有人一看包子跟饅頭的價位適中，也過來吃堂食；還有認識全忠的人，一見是孫家的產業，好奇地進來瞧瞧。

看著客人越來越多，大夥兒臉上都洋溢著滿足的笑容，就連特地過來探望的孫博，也非常滿意。

巡視了一會兒，孫博看店裡的運作沒什麼問題，吃過餐點就回家了。大概是因為宣傳方式新奇，再加上孫家在背後撐腰，房二河他們準備的東西很快就銷售完畢。

要收攤的時候，房言跟房二河說了幾句話，房二河就拿了一些銅錢過來，分給全忠他們幾個人。

全忠率人離開之前，指著其中一位家丁說道：「這位是阿祥，我們家少爺讓他在店裡跑腿幫忙。」

簽訂契約那天，他們家名義上說會派一位二掌櫃來，其實不是要安插自己的眼線，而是讓人來幫忙，不然他們直接找個帳房先生就好，那樣更不用擔心房二河家私吞收入。他們之所以沒這麼做，是因為孫博相信房二河一家的為人。

「啊？這個就是你們家少爺安排過來的人嗎？」房二河看著阿祥，驚訝地問道。

全忠回道：「是啊，我們家少爺見掌櫃家不容易，所以派個跑堂的過來，以後他就留在店裡了，月例還是由我們家少爺那邊出，您不用擔心。」

房言也愣住了。原本她以為孫少爺是要派人來監視他們，沒想到真的只是想幫忙，而且這人看起來也沒什麼心眼，一副忠厚老實的模樣。

「好，替我謝謝你們家少爺。」房二河說道。

「掌櫃的無須客氣，這間店鋪的生意好，咱們家少爺也能獲益。」全忠笑著回道。

幾個人又客套了一會兒，全忠就帶人回家去了。

現在是辰時左右，房言他們收拾好東西之後也返家。路上經過一些店鋪的時候，房言突然有了個想法。

第二十二章 延長時間

中午吃飯之際，房言把自己心中的想法說出來。

「爹，咱們為何只在早上賣吃食呢？為什麼中午不營業？這個店鋪租金這麼貴，每天只用上一個時辰左右，不是太浪費了嗎？」

原本房言想過營業一整天，但現在是古代，不是現代，下午在外面吃飯的人畢竟太少，大家最多吃個午飯，趁天還亮的時候就回家去了。況且，以目前的設備水準，忙一天的話太辛苦，身體會受不了的。

房二河聽了房言的話，愣了一下，不過他很快就反應過來，說道：「之前是因為地裡有其他活計，所以只想在早上賣。更何況，很多人都是為了早上買菜才去一趟鎮上，接近中午時就沒多少人了。」

房伯玄想到之前跟著房二河去縣城的情形，說道：「的確，咱們中午的時候去縣城的客棧，裡面還是有不少人，店鋪的位置這麼好，這門生意也很賺錢，不在中午營業，真的太吃虧了。」

「是啊，孩子他爹，咱們中午也開門吧，這樣就能多賺一些錢，大郎跟二郎讀書的費用也有了。」提到自家兒子，王氏突然想到一件事，說道：「只是，咱們若是賣到中午的話，這兩個孩子怎麼吃飯呢？」

「娘，這您就不用擔心了，我跟弟弟不會餓肚子的，我做飯不成問題。」房伯玄笑道。他不光會讀書，也會做點飯，哪裡需要他們娘特地回來？

房言聽著這幾人的對話，問道：「爹、娘，咱們為何要等夫子考完院試再送哥哥們去讀書呢？何不在縣城幫他們找個更好的夫子？」

這番話像是重磅炸彈一樣，驚醒了眾人。是啊，何不在縣城找個夫子呢？

「原本的夫子在鎮上教書，可是那裡有周家和趙家在，即使他們應該不敢對哥哥們出手，可是怎麼樣都得小心一點。況且咱們都去縣城了，哥哥們為何不一起去呢？」房言說道。

「這就是妳想讓妳哥哥們去縣城讀書的原因嗎？」房二河問道。他非常欣慰地看著自家小女兒，她實在提出太多他們想都想不到的事情了。

「不是，我是覺得縣城的夫子肯定比鎮上的夫子教得好。哥哥們現在還要等夫子考完試回來才能授課，可咱們去縣城，就能馬上找個夫子了，根本不需要耽誤時間。」

房伯玄跟房仲齊目前的夫子是個有點年紀的童生，不是房言瞧不起他，都這麼多年了還沒考上秀才，書未必教得很好。當然，有些人只會教，不會考，就不在討論範圍內。不過，聽說她兩個哥哥去的學堂沒考上過一個童生，這就很能說明問題了。

雖然現在有她的靈泉加持，但是她覺得房伯玄的天資聰穎，心思也很靈活，之前他之所以連童生都沒考上，不僅是因為被家裡的事情困擾，這個老童生夫子恐怕也得擔上一些責任。

這個道理放在現代也說得通，要不然大家為何要擠破頭去有名的補習班呢？因為師資比較強大啊！補習班很多名師都是善於從考試中發現訣竅並總結經驗的人，否則大部分人的智商都差不多，為何別人能考上名校，而自己卻考不上？其實很多時候都是因為缺乏指點做題的技巧。

資質再駑鈍的人，在名師的講解下，多少能獲得一些在學校得不到的東西，房伯玄這麼聰明，怎麼也得找個教得比較好的老師來指導才對。

一涉及兒子們的科舉考試，就是關乎全家未來的大問題，房二河很快就發現其中的癥結，也為自己短淺的目光感到羞愧。

「這是爹的問題，爹一開始連自己都不敢去縣城，自然沒想到大郎和二郎的求學環境。都怪爹，差點耽誤了你們讀書。」

房伯玄和房仲齊聽了之後趕緊安慰房二河。他們哪裡會怪他，況且之前家道中落的時候，房二河也想盡辦法要讓他們上學堂，他們心裡只有感恩，從來沒有抱怨。

房言最喜歡房二河這一點，從來不專制，誰說得對，他就聽誰的意見。

聽著兒子們勸慰的話，房二河點點頭，說道：「二妮兒說得對，縣城的夫子肯定比鎮上的夫子教得好，爹明天就去問問哪裡有適合的夫子，盡快為你們找好學堂。咱們家現在有點餘錢，不能再耽誤下去了。」

這樣一想，房二河覺得剛剛房言提的第一個建議得盡快安排。

要讓兒子們在縣城讀書，除了束脩，還要準備紙筆。過去鎮上學堂的束脩，一個人一年要二兩銀子，加上給夫子的節禮跟平時需要的筆墨紙硯，一年下來，一個人差不多得花五兩銀子。

那時候家裡的條件還可以，一年為兩個兒子花十兩銀子送他們去學堂不成問題，只是後來，多年積累的家底幾乎都賠給那些來鬧事的人，再加上沒有什麼進項，即使還有幾兩銀子，也不敢再亂花了。

前些日子，他們的野菜館在鎮上累積了口碑與名聲，積蓄稍稍變多了一些，可是房二河仍舊走不出過去周家的作為帶來的陰影，不敢對未來抱持多大的信心。後來周家和趙家相繼來鬧事，更是讓房二河一度不知如何是好？

現在的情況不同，他們在縣城有了落腳的地方，孫家又是有頭有臉的人家，他們不用再擔心有人會來鬧事，這會兒情況穩定下來，也該想想兒子們的求學問題了。

只是房二河並不知道縣城的夫子要多少束脩，不過怎麼樣都應該比鎮上的高一些，所以多賺點錢方為上策！

「如果中午也營業的話，咱們要準備多少東西才夠呢？」王氏提出自己的疑惑。「晚上得和多少麵？咱們家的板車能載得動嗎？」

房二河回道：「孩子他娘，這些妳就不用擔心了。咱們只需要提前和好早上需要的那一批麵就行，其他的麵到了縣城再和，之後用布蓋上，再燒起火炕，麵很快就能發了。我看過了，縣城店鋪的後院裡面有個房間有火炕。」

房家村、平康鎮所處的任興縣不是北邊極度寒涼之地，冬天的溫度雖然有時候會降到零度以下，但並不是特別冷，所以火炕不是家家戶戶必備的東西。他們算是運氣好，租的店鋪有火炕。

「喔喔，那就好。」王氏點點頭。

「菜的話，還是少弄一點吧，早上還算新鮮，到了中午就不怎麼行了；況且，大家都習慣早上去買菜，中午不太有人會買。至於包子餡，可以多準備一些，既然咱們叫野菜館，那麼包子餡一樣主打薺菜，以後慢慢再賣一些其他口味的。」房二河邊想邊說道。

「對，爹跟我想的一樣，咱們家這麼多野菜能用，還怕不夠嗎？」房言聽了之後說道。野菜的繁殖能力相當強，現在還是春天，可得使勁地用，等到了夏、秋季，野菜就不如春天鮮嫩了。

雖然她曾擔心過只賣薺菜包子客人會膩，不過現在才剛到縣城，他們還有很多時間能思考跟調整策略。反正現在有馬蜂菜、豬毛菜跟野莧菜這些涼拌菜，應該能留住客人。

房二河想到縣城的店鋪才剛開張，就又說道：「咱們還是等頭三天過後的中午再開始營業吧，這幾天就少賣一些，先探探路子。」

「不行。」房伯玄反對道：「爹，咱們正是因為剛開張，所以才要賣到中午，這樣想要去咱們家吃飯的人也能清楚情況。要是等三天過後再延長時間，可能就沒這麼多人，而且也不知道咱們家中午也營業了。」

房二河沈思一下，點點頭說道：「嗯，大郎說得有道理。」

他們的確應該在剛開張的時候讓一切迅速到位，否則等到之後再補救，可能就來不及了。

「咱們明天就開始拉長賣吃食的時間吧。孩子他娘，妳一會兒跟兩個弟妹說一下，看看她們家裡是否有事，能不能做到中午？工錢的話，咱們幫她們調漲，我看就一個月三百文錢吧。」房二河給的工錢很高，若不是身體特別強壯的男性短工，一個月也就賺到這些錢。

王氏一聽到這個數字，立刻說道：「她們肯定會答應的，這麼高的工錢哪裡找啊！」

「嗯。」房二河點點頭，又說道：「賣野菜包子、饅頭的生意做不了一年，最多到十月分，否則地裡的野菜都老得不能吃了。」

房言心想，是啊，一般地裡的野菜大概能長到十月，最多十一月吧，只是不知道經過靈泉澆灌的菜地能長到什麼時候？

轉個念，房言又放下心來了。不是還有溫室這種設備嗎？到時候把那一塊地圈蓋起來，外面罩層布，裡面放上幾個火爐就是了。雖然野菜接觸到的陽光會減少，但是在沒有塑膠棚的情況下，這樣也行得通。

只是，她現在是知道可以利用溫室種植野菜，才不感到焦慮，那她爹是怎麼想的呢？他肯定早就想到野菜到了一定的季節基本上就不好吃，也不太生長了吧？難道目前已經有溫室種菜這種概念了嗎？

房言心中一動，問出自己的疑惑。「爹，那咱們十月分以後怎麼賣野菜呢？」

「十月份過後？爹剛剛說了，目前只賣野菜，先把名聲打響，讓人知道咱們家的特色。慢慢地，咱們再在那塊地上種些冬天能收成的東西，比如白蘿蔔、冬白菜、高麗菜之類。既然那些野菜有效果，那麼其他蔬菜肯定也一樣。」房二河笑道。

房言佩服地點點頭。原來她爹早就考慮到之後的事情了。

房二河又接著道：「不過呢，這些都不是我安心的原因。其他蔬菜餡的包子能不能像用薺菜包的一樣好吃還不一定，真正讓我沒那麼煩惱的原因是……」說到這裡，房二河賣了個關子。

他看著房言說道：「二妮兒，還記得爹之前要擺攤的時候說過什麼嗎？」

房言立刻明白了房二河的意思。「爹是想做回自己的本行？」

「對！」房二河說道：「爹對自己的手藝還是有信心。店鋪收攤之後，下午就沒什麼事了，我可以在家裡做些東西，反正那間店鋪夠大，能騰出一塊地方賣木製品，或是接些大家訂做的東西。二妮兒，妳構思想的木盤子就很好，今天還有人問爹這些木盤子是哪裡做的呢。」

「真的嗎？哇，那以後爹就能靠這些賺錢了！」房言不自覺地伸出自己的大拇指說道：「爹，您太厲害了，咱們家店鋪的生意以後肯定不得了，不僅野菜、包子、饅頭賣得好，爹做出來的東西也會大受歡迎！」

聽了這話，全家人都笑起來。

「明天準備的數量一定要多一些，人家孫少爺這麼信任咱們，千萬不能讓他虧本。」房二河鄭重地說道。

王氏一聽，立刻說道：「嗯，孩子他爹，咱們明天就多做點東西，一定得努力賺錢。」

等大家商量好之後，王氏就去了房南跟房北家裡，李氏與許氏一知情，頓時喜不自勝。沒想到她們一個人一個月能賺三百文錢，這樣一天就有十文錢了，跟鎮上一個普通男性短工的錢差不多。

其實鎮上的活計也沒那麼多，運氣不好的話，房南、房北一個月根本賺不了那麼多，可是她們的工作卻很固定，不怕沒進項。

晚上得知消息之後，房南與房北更感激房二河一家了。有了這份穩定的收入，再也不用擔心會餓著孩子，甚至還能攢些錢送他們去學堂。

房南心裡有底，交代自家媳婦千萬別往外說，他們都還記得上次房二河被訓的事情。說完以後，房南有些不太放心弟弟那邊，於是也去房北家說了一遍，房北跟許氏自然應了下來。

第二天，房二河一行人推著更沈重的板車前往縣城，大家中間換過幾次手來推，因為實在是太重了。

今天房伯玄跟房仲齊不在，看著爹娘跟兩個堂嬸辛苦的樣子，房言想要買一隻驢子的意願更加強烈了。這麼重的東西，沒有驢子幫忙拉怎麼行！

到了店鋪之後，房二河就去買材料，買回來之後，大夥兒都忙起來。全忠和幾個家丁、丫鬟在門口招攬生意，房二河則和跑堂的阿祥一起招呼客人。

自從來到縣城，房言就勸房二河在早上客人多的時候，不要再去後面和麵，還是前面的生意比較重要，他可是要負責撐起場子跟臉面的。

房二河覺得這樣過意不去，不幹活的話，他總覺得渾身不對勁，不過在眾人的勸說之下，他就不去廚房幫忙了。

不過今天他們準備的量翻了倍，房二河隱約有些擔心，時不時就往後頭看一眼。

雖然王氏的動作不怎麼快，但是李氏和許氏全是幹活的好手，之前在鎮上就看得出來了，現在客人一多，工作量變得更大，她們倆卻不慌不亂，包子包得又快又好，饅頭的大小也非常均勻。

王氏現在就是在旁邊燒燒火、調調涼拌菜、熬一熬雞蛋野菜湯，然後偶爾幫李氏跟許氏的忙。房言和房淑靜也協助王氏盛湯、燒火。

昨晚上和的麵很快就賣出去一半，房言趕緊去把火炕燒得熱一點，好讓麵發得更快。她也跟房淑靜說了一聲，讓她又去和了一些麵。

看著廚房井井有條的樣子，房二河漸漸放下心來，專心招呼起外面的客人。

房言一直在後面盯著前面的動靜，當她看到目標人物出現之後，就盛了一碗湯出去。

「孫少爺好！」房言笑道。

孫博一見是房言，笑了笑，說道：「說了幾次了，不用叫我少爺，叫我孫大哥就行。」

他還記得當初剛認識的時候，房言都叫他「大哥哥」，現在卻稱呼他「孫少爺」，他覺得彼此之間的距離拉大了不少。

孫博對房言一家非常有好感，畢竟是他們種的菜治好了他的病，所以他才會寧願賠本也要把店鋪租給這家人，甚至為他們撐腰。

當然了，孫博之所以這麼做，也有自己的私心。不知為何，他總覺得把菜買回去自己做，不如這家人做的好吃。想到昨天在這裡吃過飯回去之後，學的東西更多了，他就覺得很高興。

「嗯，孫大哥好。」房言這次沒再客氣，從善如流地改了稱呼。

雖然孫博是店鋪的所有者，昨天來吃飯卻還是堅持付飯錢，房言也對他的人品有相當高的評價，所以她之前並不願踰矩。只不過，她今天有求於人，見到人家一派真誠的模樣，她不好不給他面子。

果然，孫博一聽房言叫他「孫大哥」，臉上的笑容更燦爛了。

房言見到孫博的樣子，知道他心情肯定不錯，於是大著膽子跟他攀談起來。「孫大哥，您在哪裡讀書啊？」

不料她剛提出這個問題，孫博的表情就變得不太自在了。

第二十三章　打聽消息

房言不知道自己哪裡問錯了話，不禁責怪自己今天這樣實在太突兀了。她補救道：「孫大哥，我就是隨便問問而已，哈哈，您慢慢吃，我先去後面幫忙了。」

「不是。」孫博一見房言滿臉尷尬打算離開，趕緊說道：「我在家裡讀書，之前我家的人請過夫子來教我，但是後來夫子離開了，所以現在是我自己一個人在家學習。」

「孫大哥好厲害，自學都能得到這麼多知識！」房言佩服地說道。在她心中，自學的人自制力都很高，她完全無法達到那樣的境界。

孫博被房言誇得一陣臉紅，但其實真實情況根本不是這樣。之前那個夫子是他的繼母找來的，兩個人相處得不太愉快，那位夫子見他讀不進書，常常辱罵他蠢笨，後來他一氣之下就把夫子趕出去。

「不是，只是一時之間沒找到適合的夫子，才在家讀書的。」孫博收起紛亂的思緒，低聲說道。

房言心想，有錢人果然不一樣，還請夫子專門教他。家教的價格肯定很高，她不需要問了，還是針對自己的目標提問吧。

「孫大哥，您也知道，我們家剛來到縣城，各處都還不太熟悉，我想問問，您可知道縣城有沒有能讀書的地方？像是學堂之類的。」

「學堂？讀書？」孫博凝眉思考起來。

想了一會兒，孫博回道：「學堂是有幾間。」他隱約記得，之前在書店裡買書的時候聽別人提過。

「那您可知道這些學堂一個月的束脩多少？」房言又問道。

「束脩多少？這個我不清楚。」孫博有些羞愧地答道。他雖然是個讀書人，但是卻對這些事情不太了解，畢竟家裡的長輩會幫他打點好一切。

不過孫博立刻補充道：「妳要是想知道，我可以幫妳問問。」

「哦，這樣啊，那算了，一會兒忙完之後，我跟爹再去找人問問吧。」房言有點失望地說道。

此時站在門口喊「宣傳口號」的全忠，聽見自家少爺跟房言的對話，走過來說道：「少爺不清楚，我倒有點底，只是不知道是誰要去讀書？」

「是我家哥哥。」房言道。

孫博聽了以後點點頭。簽訂契約那天，他就得知那看起來像讀書人的少年是是房言的大哥，她在推銷野菜的時候，也提過自家大哥吃了以後的效果。

「原來如此。縣城的學堂挺多的，至於束脩麼，一個人每個月從半錢到兩錢銀子不等，一般是一錢半銀子。如果夫子是童生，一個月就是半錢銀子，要是教出了幾個童生，就能收一錢銀子；夫子若是秀才的話，一般一個月一錢到兩錢銀子，一樣得看教出了幾個童生或秀才。我聽說有個老秀才曾經教出一個秀才，那人一年收三兩銀子。」全忠把自己知道的事情說出來。

房言一聽就愣住了。一兩銀子等於一千文錢，一錢銀子則是一百文錢，半錢銀子就是五十文。她哥哥們去的學堂，束脩一年二兩銀子，一個月就超過一百六十文錢，想不到縣城的收費竟不比鎮上高多少，甚至有些收費更低……這是什麼情況，他們被鎮上的夫子給坑了?!

全忠瞧了瞧自家少爺的臉色，又看了看房言，說道：「其實我聽說最好的地方是不遠處的霜山書院，位置剛好在幾個縣城連成一圈的中心點。當初咱們老夫人也想把少爺送到那裡去，只不過少爺不願意去罷了。」最後一句話全忠說得比較小聲，但還是被房言跟孫博聽到了。

孫博愣了一下，想了想，好像是有這麼一回事。過去他不愛學習，只要跟讀書有關的事情，他都很排斥，加上那時候他母親生了重病，就更沒那個心讀書了。想到那些事情，他的眼神有些晦暗。

「那間書院好在哪裡？」房言一聽，就對那裡產生極大的好感，想聽聽具體的情況。

「霜山書院的過人之處，就在於每年都能考出十幾個童生和一、兩個秀才，甚至每隔幾年還能考出一、兩個舉人！」全忠神秘兮兮地說道。

聽到這裡，房言瞪大眼睛。這地方果然好！她不自覺地說道：「這書院好厲害喔！」

孫博也擺脫了剛剛的悲傷情緒，仔細聽全忠說話。

「那裡畢竟集合了好幾個縣的人才，所以比較厲害。別說是附近幾個縣，霜山書院在全府城都是數一數二的，還有府城的學生去那邊讀書呢。」全忠說道。

「那學生人數豈不是很多？」房言問道。這麼好的書院，大家都想去吧。

全忠解釋道：「那倒沒有，霜山書院沒有多少學生。這有兩個原因，一是因為收學生的門檻高，入學需要參加考試，過不了考試的人他們不要。」

房言點點頭。怪不得那裡升學率那麼高，原來一開始就把成績差的學生淘汰了。

「二麼，就是束脩高了些。一個人一年要收十兩銀子，一般人家哪能拿出那麼多錢啊！」

聽到一個人一年要十兩銀子，房言嚇了一跳，她喃喃道：「怪不得人不多，不僅有入學考試，收費也太高了些。」

孫博聽了之後，也陷入沈思中。

以他的成績必定進不了霜山書院，只是不知當年祖母怎麼確定他一定進得去？想了想，他覺得大概書院是顧著他們家的顏面吧，又或者是多繳些銀兩……想到這裡，他慢慢低下頭，覺得很心虛。

全忠點點頭，說道：「是啊，挺貴的。但是裡面的夫子全是秀才，聽說甚至還有舉人，而且那裡包食宿。」

「包食宿？」房言驚訝地說道。這豈不是跟現代某些私立貴族學校差不多了嗎？

「對，學生可以選擇是否在那裡住宿和吃飯。不過因為霜山書院在郊區，所以很多人選擇住宿，而且那裡一個月只放兩、三天假，不住在那裡的話不太方便。」全忠繼續說道。

孫博見全忠知道很多的樣子，忍不住問道：「你怎麼連這些事都知道？」

全忠正講得興奮，一聽到孫博這麼問，突然噤了聲。他知道自家少爺其實不怎麼喜歡看有關考試的書，也不喜歡身邊的人提及科舉考試。

不過既然少爺問話了，他還是得回答。「因為之前老夫人說要送少爺您進去讀書，所以小的打探了一番。」

孫博聽了之後，點點頭。他抬頭看向若有所思的房言，問道：「還有什麼不明白的地方，儘管問全忠就好。」

「沒有了，謝謝孫大哥，也謝謝全忠哥。」

全忠不好意思地「嘿嘿」笑了幾聲，見這裡沒自己什麼事，就又去門口招攬生意。

房言該問的都已經問過，也去廚房幫忙了。

辰時之前來野菜館吃飯的人最多，接下來大夥兒就沒那麼緊張了。辰時過後，眾人的動作就慢下來，雖然提前包好一些包子和饅頭，卻沒上蒸籠，畢竟賣不出去涼掉的話就不好吃了。

到了巳時，來吃飯的人漸漸變少，大家總算能休息一會兒。王氏、李氏、許氏帶著房淑靜一起到後面的廂房聊天、繡花。

快到午時的時候，人又多了起來，很多在縣城做工的人來這裡吃飯。這些人一般起得很早，從家裡帶一些乾糧跟水就出門了，所以中午都想吃頓好的，下午才有力氣幹活。

有些人見野菜館門口提供試吃，很是熱鬧，又聽說剛剛開張有優惠，所以就進了店鋪。他們一看這裡有包子與饅頭，價格跟別家差不多，還有免費的湯能喝，再加上一份涼拌菜，幾文錢就能吃得很飽，所以就點了一些東西吃起來。

沒想到這一吃就著了迷。明明是普通的薺菜包子、野菜饅頭跟涼拌菜，可是味道不僅好，吃了以後還渾身舒暢、神清氣爽，湯也很好喝。

於是這些做工的人但凡吃了一次，基本上都會來第二次，畢竟價格實惠，吃了之後不僅解乏，下午幹活也沒那麼累，簡直神奇得不得了。

不少人好奇這些東西怎麼有這種效果？房二河每次都是帶著憨厚的笑容說道：「這野菜並不是從野外摘的，而是自己家精心種的。種野菜的水取的是山上的泉水……」

這當然是他們一家商量好的說詞。反正他們家離山比較近，他也經常上山，說是用山上的泉水種菜，別人也無從懷疑起。

很多人一聽，都佩服起房二河家的用心，對於他們拿長在田間地頭的野菜出來做生意，再無意見。那些集市上賣的野菜雖然便宜，但畢竟是無本的買賣，可是人家野菜館賣的可不是路邊摘來的，而是自己種的，又有特殊的效果，想到這裡，也就不覺得那些野菜貴了。

幸好王氏一時衝動，趁著巳時沒事，又多和了一些麵，要不然中午很可能不夠賣。直到未時，人逐漸變少，東西賣得差不多的時候，他們就關起門，大夥兒坐在裡面好好吃了一頓飯。

吃過飯後，房二河本來想去找學堂，但是房言說自己已經打探清楚了，於是一行人直接回家去。

等到晚上吃完飯，房二河一家人坐在一起計算這一天的收入。今天在縣城的時候，房二河忙到只來得及把帳記下來，沒時間算總數。

一算之下，大夥兒都嚇呆了。這一天的收入竟然有一兩多銀子，除去材料跟請人的費用，也有一兩銀子了。

說到底，那些野菜經過靈泉滋潤，跟別家不一樣。很多店鋪都是剛開張的時候人最多，但是他們家的東西越吃越覺得美味，很多人起初可能不願意在野菜上花太多錢，然而吃個幾次就放不下了。

這還只是剛開張，隨著大家吃慣了他們家的東西，人一定會越來越多；再說了，現在還賣得比較便宜，之後野菜的價格就會漲上去。前段時間在鎮上，也是因為口碑打響了，野菜的價格升高，每天才能賺個四、五百文錢。順利的話，縣城的店鋪到時候一天最少能淨賺個一兩多銀子，這樣一個月就有三、四十兩銀子。

霜山書院什麼的，只要能考上，束脩就不成問題了！房言興奮地想著。

見大家滿臉驚喜，房言便轉移話題道：「爹，關於學堂的事情，我問了全忠，他是這麼說的……」她轉述了各種私塾的束脩。

一聽到那些價格，眾人跟房言當時一樣驚訝，沒想到在夫子同樣是童生的情況下，束脩竟然是鎮上的更高，真是讓人匪夷所思！

「難道鎮上的學生比較少，縣城的學生比較多，所以收費不同？」房言提出自己的解釋。

「我跟二郎去的學堂裡有二十幾個學生。」房伯玄沈吟了一下說道。

房言瞪大眼睛道：「竟然有二十幾個學生？聽說縣城一間學堂多的也就十幾個人，大多數都是五、六個人，怪不得你們的夫子這麼大年紀了還是童生，因為顧著賺錢去了啊！」

房仲齊一聽房言的話，「噗哧」一聲笑出來，說道：「是啊，小妹，我也是這麼想的。夫子家裡的田越來越多，大概是收了咱們的束脩去買地了。」

房伯玄瞪了他一眼，又看著房言說道：「你們兩個不要這麼說，他畢竟是夫子。」

被他這麼一說，房言和房仲齊互看了一眼，不好意思地低下頭。

房二河對書院的事比較感興趣，他問道：「霜山書院真的那麼好嗎？」

聽到他的問題，房伯玄點點頭道：「是挺好的，我之前也聽過。」

王氏一聽這書院能考上那麼多童生跟秀才，甚至還有舉人，不禁激動起來。況且他們以後一個月至少能收個三、四十兩銀子，因此這十兩銀子她不再看在眼裡了。

她著急地說道：「那你怎麼不跟爹娘說？」之前他們家還過得去，一個人一年十兩銀子完全拿得出手。

房伯玄慚愧地說道：「娘，是兒子學藝不精，只怕考不進這間書院，並非單純是錢的問題。」

過去房伯玄之所以沒說，是因為自己對科舉考試提不起興致，雖然小妹生病是原因之一，但是跟他自身也有關係。後來見了周家的所作所為，他更加無法專心，導致他今年沒考過縣試。

小妹痊癒之後，一切原本已有起色，他也對學習更有心了，可是直到他們在鎮上的生意又受到周家阻撓，他才發誓自己一定要出人頭地。

「哥，那你現在有把握能考進去嗎？」房言問道。

她經常去書房跟房伯玄還有房仲齊窩在一起，照她的標準來看，他們的學習狀況還行。況且，在靈泉的加持下，這兩個哥哥的記憶力明顯得到了改善。不是說考童生時，大部分的試題都跟記憶力有關嗎？他們應該有優勢才對。

房伯玄看向自家爹娘跟小妹，說道：「現在興許有把握，只是沒必要花這麼多錢去霜山書院，咱們去縣城找間一般的學堂就行了。」

關於讀書、考試這方面，房伯玄一直認為成敗全在自己，夫子再厲害，如果學生不好好學習也沒用。

房二河道：「大郎，咱們家現在有點錢了，爹也覺得霜山書院好，要不然明天咱們去看看吧，二郎也一起。」

「爹，真的不用，咱們家剛剛開始賺錢，以後還不知道會怎樣，多留些錢比較保險。」房伯玄還是不想去這麼好的書院，像他們這樣的人家，恐怕負擔不起。

「大哥，如果你能考上霜山書院就好了。你去那裡讀書的話，即使明年考不中童生，卻能認識許多成績優秀的人，他們以後說不定會考上童生、秀才，或進一步考上舉人，這樣大哥豈不是有很多出色的朋友了嗎？拿出去跟人吹吹牛都好！」房言睜大眼睛，假裝無心地說道。

房伯玄聽了房言的話，像是被一棒敲醒了似的。

是啊，如果他能在霜山書院認識一些秀才或是舉人朋友，那麼這十兩銀子的價值就展現出來了。即使他考不上童生，能結識這些人，對以後的發展也很有利。

周家不就是彎彎繞繞地跟一個舉人有那麼點關係，就在鎮上作威作福嗎？如果他也認識這類人，就能為自家增添更多籌碼了！

想到這裡，房伯玄認真地說道：「好，明天我跟二郎還有爹一起去。」

「我一定要去嗎？」一想到要去滿屋子都是讀書人的地方，房仲齊就覺得一陣暈眩。

房二河瞪了房仲齊一眼，說道：「對，你必須去。」

「喔……」房仲齊拉下臉應道。

第二十四章 前世夢境

第二天早上，一家人一道去了縣城，等忙完早上那一陣子，房二河、房伯玄和房仲齊就直奔城門口去找車夫。因為他們不太清楚霜山書院的位置，也不知道多久能到，所以想雇一輛牛車過去。

約莫一炷香左右的時間，他們到了霜山底下，父子三人下了車，就踏著階梯往上面走去。

到了書院門口，他們先向看門的人打探書院的規定是否跟全忠說的一樣？然後又表明有意願來這裡讀書。

這人直接帶他們走到一個夫子面前，夫子聽了他們的來意之後，說道：「既然想來讀書，就要接受測試，巧的是，今天有三個學生也來考試，你們倆跟他們一起吧！」

房二河被帶到一個房間等候，夫子則領著房伯玄與房仲齊去了一間教室，裡面有三個人正低頭振筆疾書。他們倆在夫子的交代下沒敢到處亂看，也不曉得其他人長怎麼樣，只依稀瞧見衣服的顏色而已。拿到試卷之後，房伯玄和房仲齊也認真地寫起來。

他們還沒寫完，其他人的時間就陸續到了。夫子收完三個人的試卷後，就領著他們去其他房間。

過了一會兒，等房伯玄和房仲齊的考試時間到了之後，他們倆也被帶到那間房間外面。

現在裡面有人正在接受口試，他們得在外面排隊。

等裡面那個人走出來時，房伯玄定睛一看，這不是那位孫少爺嗎？

「孫少爺？」房伯玄出聲道。

孫博覺得自己剛剛似乎背錯了一道題目，正感到忐忑時，突然聽到熟悉的聲音，抬頭一看，是房伯玄。他剛欣喜地想打招呼，結果一個書生模樣的監工就打斷兩人的交流。

「考完的人請去前面那間房間等候，不許說話。」

孫博看到房伯玄在這裡，也明白他是來做什麼了。他對房伯玄點點頭，就去了指定的房間。

房伯玄前頭已經沒有別人，所以等孫博出來之後，他也進去了。

裡面的夫子問起房伯玄的狀況，像是年紀多大、讀了幾年書、跟著誰讀的、唸了哪幾本書、學到哪兒了、有沒有參加過科舉等等。

房伯玄回答的時候，一旁有人拿毛筆把這些內容都記錄下來。

夫子問完這些基本問題，就開始測試房伯玄的程度。開頭是夫子唸出某段敘述前面一句，由他接後面一句，後來直接指定某一篇文章要他背誦出來。這些東西房伯玄以往覺得很難，現在卻感到非常簡單。自從吃了家裡的野菜，他的記憶力越來越好了。

不過他不知道，其實除了野菜，還有靈泉。房言為了讓兩個哥哥考上科舉考試，已經在煮東西的鍋子裡放了好幾次靈泉，讓家裡的人吃下去。

夫子聽著房伯玄的回答，露出滿意的神色，接下來又問了一些語句的釋義，最後出了一些題目讓他解答。等房伯玄回答完，夫子就笑著要他去前面的房間等候結果。

接下來換房仲齊進去。由於靈泉的功勞，房仲齊在背誦方面非常厲害，解釋句子方面也還可以，就是最後那幾個相當於策論的問題回答得不是很好。

考完以後，夫子也要他去前面的房間等候。

房伯玄離開口試的房間，走去前面房間的時候，發現之前在考場瞄到的那幾個人都還在。

他走到對他招手的孫博面前，拱拱手，喊道：「孫少爺。」

孫博回了禮，說道：「房兄不必客氣，叫我孫兄就好。」

「孫兄今天也是來參加入學考試的嗎？」房伯玄問道。

孫博點點頭，問道：「是的，你和弟弟一起來的嗎？」野菜館開張那一天，他們幾個人見過面。

房伯玄微微頷首道：「是的。」

「房兄感覺如何？」

「尚可，孫兄呢？」

「嗯，也尚可。」孫博猶豫一下後說道。昨天他去問過祖母，之前他之所以能進入這家書院，果然是因為家裡的背景。

於是孫博今天瞞著孫老太君，一個人偷偷跑來霜山書院打探情況。他想知道，如果不靠家裡，他能不能考入這家書院？

不一會兒，房仲齊也來了。

房伯玄問他考得如何？房仲齊垂著腦袋說後面幾題不太懂，大概考得很糟糕。房伯玄聽了之後，抿了抿嘴，沒有說話。

接下來，夫子一個一個把他們叫出去。

孫博被叫到一間教室的時候，裡面坐著三個夫子，其中一個是山長。左手邊那個夫子唸出孫博的成績，表示他已經通過入學考試，不過按照排序，大概只能分到丁班。

霜山書院一共有兩個層次的班級，一個是童生班，一個是秀才班。

顧名思義，童生班是要考童試的學生，秀才班是要考秀才的，孫博、房伯玄與房仲齊三個人的目標，自然都是童生班。

不論是童生班還是秀才班，學生都分為四個等級，分別是甲、乙、丙、丁，每個班級有十個左右的學生。一般而言，甲班的學生只需要一次考試就能考上童生，丁班的則大概要考三、四次才會通過。

不過，這些班級的劃分不是固定的。每次月考，夫子們都會根據考試的成績與平時的表現，再次劃分班級，考得不好的人很容易就從甲班往下掉，考得好的也能從丁班升上來。不過，童生班的人參加科舉時，要是連縣試都沒通過，就會被踢出去。

霜山書院的升學率一直非常高，這種制度占了很大的功勞。

孫博沒想到能憑自己的本事考上，即使丁班是最差的班級，也讓他欣喜若狂。

坐在中間的山長摸了摸鬍子說道：「你默記方面不夠扎實，對文章的理解也差強人意，需要付出更多努力，不過最後的策論回答得非常好。根據你的綜合成績，我打算破格把你提升到乙班，希望你以後能勤學苦練，在背誦上多花點時間。」

孫博聽到自己要去的是乙班，愣了一下，然而接下來他就明白原因了。

「你祖母前幾年就說要把你送到我這裡來學習，無奈你一直沒過來，往後你一定要好好學習，切莫辜負她老人家對你的期望。」

原來他能去乙班，是因為祖母的緣故。

沈默了半晌，孫博朝夫子們彎腰拱手道：「謹遵夫子教導，學生必定不會辜負夫子們的期望。不過夫子，我還是想留在丁班，希望透過自己的努力往上爬。」

山長看著他，捋了捋鬍子，說道：「行，那你就去丁班吧！」

接著，房伯玄進入教室，夫子告訴他各科都很好，只有經義這科稍弱了一些，按照他的成績，可以進甲班。

房伯玄聽到自己能進甲班，內心感到一陣狂喜。剛才他聽說甲班是最好的班級，這個班的學生基本上都能考上童生。

聽到這個消息，沈穩如房伯玄，雙手也不禁微微顫抖。

房伯玄出來之後，換房仲齊進入教室，當他從裡面出來的時候，表情是呆滯的。

房伯玄關心地問道：「二郎，怎麼樣？即使考不上也不要嚇哥，今年你再努力努力，明年肯定可以的。」

「哥，我竟然也考上了。」房仲齊呆愣了片刻，才終於找到自己的聲音。

房伯玄一聽這消息，愣住了。考上了，二郎也考上了！他反應過來之後，激動地抱住房仲齊。

雖然房仲齊考上的是丁班，但是已經夠房伯玄開心了。

之後夫子把他們這幾個考上的人叫到一個房間，告訴他們交束脩跟入學的時間，以及需要帶些什麼東西過來。

夫子講完之後，幾個學生圍在一起互相介紹自己的姓名，然後就各自離開了。

當他們回到店鋪，房言上上下下盯著房仲齊瞧了半晌，說道：「不錯啊二哥，你也考上了。」

她昨天聽說霜山書院的升學率高，入學考試很難考，就以為房仲齊一次可能考不上，沒想到這人可真夠爭氣的。雖說是最差的丁班，卻是憑自己的能耐考上的，有些富家子弟連丁班的邊都搆不著呢。

房仲齊被房言瞧得不自在，乾笑了聲，說道：「其實我考得並不好，後面幾題都沒聽懂夫子問的是啥？」

「那你是怎麼考上的？」房言問道。他們家無權無勢，一來不可能有人看在他們的面子上放水，二來他們也沒那個本事塞錢走後門。

房仲齊得意地說道：「那是因為二哥前面的背誦題答得好啊。最近不知怎麼，腦子突然靈活了多，讀過幾遍之後就能背出來，讀個十遍差不多就能背熟了。況且，昨天大哥剛對我說明一篇文章的意思，結果今天正好考了這道題目，嘿嘿嘿！」

房言有些無語。搞了半天是房伯玄的功勞，她大哥也太厲害了些。

不過，她還是對房仲齊豎起了拇指，畢竟運氣也是實力的一部分。況且聽到自己的靈泉有效果了，她心裡也非常開心。

「二郎，你又在跟妹妹炫耀了！自己為什麼能考上，難道心裡不清楚嗎？該背的東西還是要好好背誦，不能鬆懈，聽見了沒有？你要是一直這個樣子的話，說不定過不了一個月就被書院退學，到時候就丟臉了。」

「知道了，大哥。」房仲齊一見自家大哥過來，就不敢造次了。

房言見到房伯玄，高興地說道：「大哥，你好厲害啊，連題目都能猜中。」

「運氣好罷了。」說著，房伯玄摸了摸房言的頭髮。

聊了幾句話之後，他們三個人都去幫忙了。李氏與許氏得知房伯玄跟房仲齊考上一間非常好的書院，高興地恭喜他們一家人。

今天的客人比昨天的還要多，也許是優惠活動的最後一天，也或許是前兩天來過的回頭客，總之，野菜館的人潮源源不絕。一直忙到未時，大夥兒才因為帶來的野菜跟和的麵全用光了，不得已關門休息。收攤後，房二河趕緊去買麵粉，以防明天發生同樣的情形。

回到家之後，大家算了算這一天的收入，比昨天還要多，有一兩三錢銀子，眾人臉上頓時充滿了對未來的希望。

「三天後，咱們一起去交束脩，距離明年的縣試還有十一個月的時間，可要好好努力了。你們年紀還小，一次考不上也沒什麼，但是一定要全力以赴。爹不指望你們一定得考上舉人或秀才，考上童生也行。」

房二河從來沒想過要兒子們光宗耀祖，他只希望他們能多讀點書、明事理，這樣以後就不用生活得那麼辛苦。當然了，在經歷周家跟趙家找麻煩的事之後，他默默期盼兒子考上童生，以後多少能自保。

房伯玄站起來，慎重地說道：「爹，您放心，兒子一定不會辜負您的期望。」

看著表情嚴肅的兩個哥哥，房言心想，爹的要求實在太低了，喝了神仙的靈泉，不說考上進士，秀才、舉人什麼的，肯定沒問題吧？這會兒的科舉考試又不考什麼數學、理化、英語之類，全都是文科的知識，考的就是記憶力。

聽說童試大多數都是考背誦方面的知識，這種死記硬背的東西，多喝點靈泉就可以，至於策論跟寫文章，得看個人的天賦。房言記得不太清楚，不過策論跟寫文章好像是考舉人或進士時才需要的，反正她認為她兩個哥哥絕對能成為童生就是了。

晚上躺在床上的時候，房言的腦子又動了起來。

等房伯玄與房仲齊交了束脩，他們家的積蓄差不多就全部花掉了，真的是應了那句話，花錢容易賺錢難。不過因為每天差不多能有一兩銀子的進項，所以他們不特別著急。

可是房言卻哀傷地嘆了幾口氣。因為她還想買頭牛來著，畢竟可以用來耕地，這下子別說牛，驢子都買不起了，還是要努力賺錢，錢不夠花啊！

想著這些事情，房言慢慢進入夢鄉之中。

這天晚上，房言作了一個夢，醒過來的時候，渾身都是冷汗。看著窗外的月光，房言淚流滿面，內心恐慌不已。

因為，她夢見了一個完全不一樣的人生。

在夢裡，房言的魂魄沒有弄丟，她一直在這個時代成長。遭遇周家刁難的事情之後，房二河一氣之下回到村裡，幹了幾天農活之後，他依然憤憤不平。沒有「房言是傻子」這個因素，房二河、房伯玄沒再被人威脅，於是房二河無視周家的威逼，過沒多久就回到鎮上。

這回，周家跟趙家一起欺負他們家，在一次衝突中，房二河被人砸到頭部，當場死亡。他們一家人先後去找里正、縣令告狀，結果不僅沒人插手管事，房伯玄還被人打得奄奄一息。

王氏帶著房伯玄、房仲齊、房淑靜還有房言躲回村子裡，老宅那邊的人卻避之唯恐不及，多虧房南與房北兄弟接濟他們，房伯玄的傷才能痊癒。

只不過，在房伯玄養傷這段期間，房淑靜被一個家裡有點錢的人渣給看上了。出於無奈，她被迫嫁給那個人，最後早早過世，讓他們一家心痛不已。

傷好了之後，房伯玄就像是變了個人似的，雖然個性仍舊沈穩，但是眼中常常充滿戾氣。

這一年，房伯玄同樣沒考上童生。但是，一年之後他考上了，且兩年後又考上秀才，接著還考上舉人。

他透過一個熟識的太監，把房言送進三皇子的府邸當一名小妾。再後來，房伯玄考上進士，有了三皇子的幫助，他留在京城做官，房言也憑藉著美貌與手段，晉升為側皇子妃。

事實證明，房伯玄押對了寶，最終三皇子登基當上皇帝，房言變成後宮中的一名妃子。房伯玄的官位突飛猛進，一下子就成為朝中最年輕的三品官員，至此，他成了皇帝手中的一把劍，指哪兒便打哪兒。不過，因為替皇帝處理掉太多人，房伯玄也樹敵不少。

當房言爬到貴妃的位置時，房伯玄認為時機已經成熟，多年前的仇，他終於能報了。

房伯玄之所以忍了那麼多年，起因於當初的事件背後牽扯甚深。不管怎麼說，那可是死了一個人，縣令再怎麼不管事，也不至於任由一個小小的周家為所欲為，這都是因為有朝中的大官在他們背後撐腰。

周家理所當然是第一個被報復的，房伯玄藉故誅了他們家九族。接下來輪到趙家，即便趙家人在他面前搖尾乞憐，房伯玄依然沒放過他們，趙家人全死於流放途中。

除了周家，還有在他們背後撐腰的人。房言沒想到，那竟然是孫家的人，也就是孫博的父親！她實在想不通，明明孫博非常痛恨周家，他的父親為什麼會是他們背後的靠山？

孫家人最後死的死、殘的殘，除此之外，當時的里正與縣令也都被房伯玄找理由殺了，至於害死房淑靜的人，也沒能逃過。

經過兩年的時間，房伯玄把當年涉事的人，或是沒有涉事、但跟周家有關係的人，全都連根拔起。

最後一個敵人，也就是當朝戶部尚書死去那一天，房伯玄站在刑場上，仰天大笑。

他娘帶著四個孩子倉皇逃回房家村過了十年，他爹在天之靈終於可以安息，而他……也累了。

第二十五章　老宅有喜

目的達成之後，房伯玄想辭官歸隱，但是皇帝給了他一個任務，就是要他去找一個人，找到之後，將其暗殺。房伯玄的雙手已經沾滿鮮血，他本來不想去，可是皇帝說，他會讓房言當皇后。這個誘惑實在太大，雖然房伯玄知道自己的前途茫茫，還是答應下來。

房伯玄啟程的那一天，房言抱著兒子站在城門邊送他。房伯玄告訴她，他要回家鄉去，不管任務成不成功，都不會再回來。

房言不知道皇帝到底交代房伯玄去做什麼，只知道她內心非常不安。

果然，過沒多久，就傳來房伯玄的死訊。聽說他是被人一箭射死的，但不知道是誰下的手？

房言不僅沒當上皇后，還因為房伯玄的任務失敗，被貶為小小的貴人。她的大哥死了，現在她是人人喊打的過街老鼠，不只後宮，前朝也有不少人想置她於死地，就連王氏跟房仲齊兩個，日子也過得提心弔膽。

不過，這些都打不倒房言。當初為了替爹報仇，她忍了十年，這一次，她一樣可以忍！

二十年之後，房言的兒子登基當上皇帝，她也成為皇太后，如願掃除那些對她不敬的人。然而，雖然她攀上權力的頂峰，這一生卻幾乎都在仇恨中度過。

房言不知道自己為什麼會作這種夢，夢裡的情境是如此逼真，又是那般殘酷。

看著躺在自己身邊熟睡的姊姊，房言覺得，這才是真實的世界。房淑靜沒嫁給那個人渣，她沒死。過了一陣子，房言聽到房二河起床的聲音。嗯，她爹也好好活著。

那是夢，一定是夢。他們一家人還是和樂地生活在一起，凡事充滿了美好的希望。

雖然房言拚命說服自己那不過是場虛幻的夢，可是一想起自己本來應該是個娘娘，她又覺得這一切並非毫無根據。

難道……那是她命運簿被抹掉之前的人生，也就是她的「前世」?!

早上出門的時候，房言的眼睛還是腫腫的，王氏問她哪裡不舒服，房言一直說沒事。

在店鋪裡，房言又看到了孫博，這次她的心情非常複雜。在夢裡，她沒瞧見孫博，只看見他的父親。明明他很不喜歡周家，為何他的父親會跟周家扯上關係？

房言沒注意到自己已經盯著孫博看很久了，雖然她只有十歲，但是被一個姑娘家盯了這麼久，孫博不禁有些不自在地說：「言姊兒，妳為何一直看著我？」

「啊？沒什麼。」房言趕緊收回視線。

孫博摸了摸頭髮，又看了看自己的穿著打扮。沒什麼問題啊……算了，他還是快點吃飯吧。

不一會兒，房言瞧見了一個熟悉的人，她驚喜地喊道：「大山哥！」

「喔，言姊兒。」袁大山應道。

「你怎麼到縣城來了？」房言疑惑地問道。袁大山不是一直都去鎮上做短工的嗎，怎麼會出現在這裡？

袁大山不好意思地說：「我想念你們家的吃食了，所以過來縣城看看。」這是他第一次來縣城，總覺得有點綁手綁腳的，放不太開。

房言一聽這話，更開心了。

「唉呀，大山哥，快坐快坐。」房言看到阿祥在忙，就喊道：「姊姊，妳幫大山哥端一碗湯過來。」

沒多久，房淑靜就端了湯過來，袁大山不禁有些害羞地說道：「謝謝。」

房淑靜也不好意思地低著頭，模樣看起來很羞澀。

房言站在旁邊看著他們。一個十五歲，一個十二歲，似乎有點……太早了吧？在她愣怔之間，房淑靜已轉身離開，袁大山也專注地看著自己的湯，接著端起碗來狠狠喝了一口。

果然是自己想太多了，他們兩個人沒這個意思好嗎？房言真想拍拍自己的腦袋。

吃過飯之後，袁大山就去了街上。既然他不是非得去鎮上做工不可，又想吃房言家的東西，那不如在縣城找份工來做吧。

比起鎮上，縣城的工錢更高，卸一次貨能拿十二文錢，一上午送了兩趟，就賺了二十四文。做完工，袁大山又去野菜館吃飯，因為房言早上告訴他，他們家現在中午也賣吃食了，這正合他意。

吃得飽飽的，下午又卸了一趟貨之後，袁大山就返家去了。

房言下午回家之後就跑去書房。她今天心不在焉的，盯著房伯玄看了很久，久到房伯玄忍不住打斷她的視線，問道：「小妹，妳今天為何怪怪的？」

「啊，有嗎？」房言也知道自己不應該一直盯著房伯玄瞧，可是她就是忍不住想看看這個在她夢裡被當成大奸臣的人。

「當然有，小妹平時來的時候都是看我比較多，今天盯著大哥的時間竟然比我長！」房仲齊插嘴道。

房言無語地看了房仲齊一眼。她哪裡是看他，那是督促他學習好嗎？

「小妹是在外面聽說了什麼嗎？還是有什麼心事？」房伯玄放下書，輕聲問道。

房言被問得有些心虛。果然，大奸臣不是人人都能當的，這個角色的水準很高，也相當需要才華，她大哥前世能走到那一步，不是個簡單的人物啊！

「我哪裡有什麼心事啊。」房言回道。

「哦，是嗎？」房伯玄似是不信，盯著房言的眼睛看。

房言一開始也跟房伯玄對視了一下，可是不到片刻就敗下陣來，只得搪塞道：「好吧，我今天聽人說，進了甲班的人肯定考得上童生，所以我就盯著大哥看，看你到底是比別人多了些什麼，竟然這麼厲害。」

這話倒是真的。全忠一知道她大哥考進甲班，就用一臉崇拜外加佩服的表情，跟她聊起霜山書院甲班的輝煌事蹟，對她家的態度明顯跟從前不一樣了。

房伯玄笑了笑，周身那種有些陰鬱的氣場立刻消散，他敲了房言的頭一下，說道：「大哥哪裡有那麼厲害，之前考過一次落榜，明年還不知道能不能考上？」

「大哥明年一定能考上的！」房言說道。

前世沒有靈泉，房伯玄又花了那麼多時間讓身體從傷痛中復原，在那麼艱難的條件下，一個人在家學習都能考上，今生喝了靈泉，記憶力飛速上漲，沒道理考不上！

自從昨天作了那個夢，房言就對房伯玄有了不一樣的看法。雖然覺得這個人用起心機來非常可怕，但是她卻對他的學習能力有了新的認知。從考上童生到考取進士，這一路上房伯玄沒作過一次弊，全是憑自己的能力通過的。

雖然仇恨是促使他前進的動力，但是在這個求學條件相當嚴苛的時代，不管是什麼原因，但凡能考上進士的人，沒一個頭腦蠢笨的。如果腦子本來就不好，即使有學習的動力，也未必考得上。所以房言堅信，房伯玄一定會考上，她對他非常有信心。

房伯玄的笑容又加深了，他摸了摸房言的頭髮，說道：「多謝小妹相信我，大哥一定會努力的，考不考得上只能看老天的意思了。」

「嗯，老天一定會站在咱們這邊的。」房言重重地點點頭。

房仲齊也在旁邊附議：「大哥肯定能考上，因為大哥什麼都會。」

「二哥也要努力，不能放鬆。雖然你考上霜山書院，但也不能太驕傲了。」房言轉頭看向房仲齊說道。

房仲齊回道：「我還不知道哪年才考得上呢，哪裡敢驕傲了。」

「二郎，你還沒試過，怎麼知道自己考不上呢？」房伯玄皺了皺眉說道。

「是啊，我覺得不出三年，二哥肯定也能考上童生的。」房言心想，經常吃被靈泉浸泡過的東西，還考不上童生？絕對不可能！

「真的？小妹妳這麼想？」房仲齊不太相信地問道。

「當然是真的，大哥一定也覺得你能考上，不信你問大哥。」房言說道。

「的確，二郎最近的學習狀況有所提升，不出三年……不，說不定只需要兩年，就能通過縣試了。」房伯玄想了想，說道。

房伯玄的話比房言的話有說服力多了，他這麼一說，房仲齊就有了些信心，也更加努力唸書。

過沒幾天，房伯玄和房仲齊就開學了。等他們去了霜山書院，房言就覺得家裡冷清許多，她下午去書房看書的時候經常一個人，既無聊又沒意思。

這一天，房言正拉著房淑靜要去晃晃，突然聽到外面有人來了，她往外看了看，是她大伯。不知道他這時候來這裡做什麼？自從作了那個夢，房言就對老宅那邊的人更沒有好印象了。

那些痛苦的記憶還殘留在腦海中，那些恨過的人也在她內心留下痕跡，彷彿她親身經歷過上輩子的事情一樣。

晚上吃飯的時候，房二河高興地說道：「咱們明天早一點關門，大哥家的峰哥兒考上童生了，這可是一件大喜事啊！」

王氏早就得知這個消息，臉上帶著笑容，房淑靜聽到之後也笑起來，只有房言神色淡淡的。他考上了又怎樣，有才無德的人最噁心不過。

接下來，房二河和王氏就商量起明天要帶些什麼禮物去老宅？本來這件事應該跟三房一起討論，只是房二河與王氏非常有默契地沒提起他們。

想了半天，房二河與王氏決定還是送點錢過去。雖然他們這一房分了家，但對方畢竟是自己人，所以房二河夫妻打算包個五百文錢。

五百文錢是半兩銀子，在房家村是非常厚重的一份禮。要知道，一個人在這裡省吃儉用的話，一年一、二兩銀子也夠用了。

房言對這件事沒什麼想法，也不該有意見，她只希望老宅的人凡事都要有點分寸，不要太過分就好。

第二天，房二河一家人提前從縣城趕回來。

一家人返家後，收拾好東西就趕緊去了老宅，好在那邊現在還沒開飯，大夥兒都在忙。房二河一出現，很多人就過來跟他寒暄，他剛跟人聊沒幾句，就被他娘高氏叫過去了。

房二河走到高氏跟前彎腰問道：「娘，您找兒子有什麼事？」

高氏面無表情地看著房二河說道：「去了縣城沒幾天，規矩學得倒是好，只是你忘記了，你大姪子考上童生，你也該在家裡幫忙，一早上沒看到你的人影不說，這會兒還跟個客人似的站在外面閒聊，你快跟你媳婦去後廚看看還有什麼要幫忙的？」

說完，高氏就換上一張笑臉，招呼客人去了。

王氏低著頭站在房二河身邊，表情有些委屈。她剛剛回家換了一件乾淨的衣服，這會兒又要去後廚沾油煙了。

房二河握了握拳，聽到周圍隱隱約約傳來議論聲，他的心反而漸漸平靜下來。不管什麼時候，他娘總是這樣不為他留情面，不過兒子們還要考科舉，現在這麼多人在場，他就不反抗他娘了。

想通了這些，房二河臉上帶笑地轉過身，看著身邊的媳婦說道：「孩子他娘，咱們去後面看看吧。」

接著，他又對看熱鬧的賓客們說道：「各位，去縣城的時候別忘了找我，咱們家在縣城開了間野菜館，東西保證好吃。」

有人不知道房二河在縣城開了一家店，聽了以後，立刻詢問起身邊的人。

房言和房淑靜本來是瞧見房南的女兒房荷花，所以湊過去跟幾個小姑娘在一起聊天的，後來想起她們的爹跟娘，就四處找了找，結果聽說了剛剛的事情。

得知高氏這般對待房二河跟王氏，房淑靜低低地嘆了口氣，房言則是皺了皺眉。

明明大伯和三叔都在外面招呼客人，憑什麼她爹娘就要去後廚幹活？這到底是把她爹當兒子看，還是當奴才使？

房言和房淑靜對視一眼，兩個人就去了後頭。

老宅的廚房在院子裡，但是今天來的賓客比較多，為了提升上菜的速度，房大河就找人在主屋後面另外搭了個灶臺。

房言原本以為她爹娘在後面會忙得不得了，沒想到卻發現他們找了個地方坐著，正有說有笑地聊天。其實這裡不是不忙，很多人都像陀螺一樣團團轉，只有她爹娘坐在那裡，悠閒得很。

看到這一幕，本來一肚子怨氣的房言，這會兒卻有想笑的衝動。

「爹、娘，我跟姊姊剛剛聽說你們來幫忙，還擔心累著你們呢！」

房二河笑道：「哪裡會累著我們，你們奶奶是讓我來當監工的，又用不著我幹活。」

監工？可是她剛才聽到的明明不是這樣啊，奶奶不是當著客人的面，要她爹來幹活嗎？

看著房言疑惑的神情，房二河道：「就是來監工的，後面這麼亂，沒個指揮的人怎麼成？」

房二河在前頭沒反抗，可不代表他願意吞下這口氣，反正他與他爹娘之間早就沒什麼感情可言，何必委屈自己跟媳婦？

王氏「噗哧」一聲笑出來，說道：「你們倆就不用擔心我們了，去前面找荷花玩去吧！」

房言跟房淑靜看了對方一眼，見她們爹娘沒事，就相偕離開。

半路上，房言忽然想去解手，就讓房淑靜一個人先去找房荷花。

等房言走到前面去找房淑靜時，就發現她跟房荷花不在那裡，而她們剛剛待過的那個小群體裡多了兩個人——一個是房言非常討厭的房秋，一個是她沒見過的女孩。
房言正想轉身離開，就聽見房秋開口了。
「唷，縣城裡的姑娘過來了啊？」房秋冷嘲熱諷地說道。
房言連一道眼尾餘光都沒給房秋。看她等於給她面子，她向來記仇，不想對她那麼客氣。
房秋剛說完，旁邊那個陌生的女孩就上上下下打量了房言一番，嘴角微微撇了撇，然後拿著手帕遮住半張臉。要不是房言察覺到有人像探照燈似的盯著她看，她也來不及發現這個姑娘臉上的表情。
只見那女孩轉頭看向房秋，笑著說：「縣城？」
「對啊，可不是嘛，從縣城來的啊！」房秋也笑道，然後看向那個出聲的姑娘，兩個人像是有什麼默契似的，竊笑了起來。
其他人看看房秋跟那姑娘，又看看房言，似乎不明白她們到底在笑什麼？
有人直接問道：「秋姊兒，妳們笑什麼呢？」
「當然是笑縣城來的姑娘是這副土樣。」笑了半天終於有人問了，房秋趕緊說道。
「我原先也不知道，原來縣城的姑娘穿的衣裳，竟跟村裡人的一樣。」那個陌生的姑娘接著說道。
「哈哈，靈芝姊說得對，不過啊，妳還有不知道的事。房言家本來是在鎮上的，被人趕回來，後來又去了縣城。誰知道他們家在縣城幹啥，說不定在要飯呢，不然怎麼會穿這麼破爛的衣服？」房秋見房言不講話，越說越起勁，越講越過分。
房秋見自己說完這些話之後，一些人都笑了，於是她更肆無忌憚起來。
「房言以前還是個傻子呢，根本不會講話！」房秋對陳靈芝說道。
「怪不得呢，到現在一句話都不會講，這房言可不就是個啞巴嗎？」說著，陳靈芝又跟房秋笑起來。
陳靈芝是房大河媳婦陳氏的姪女，跟房秋年紀相仿，兩人經常在一起玩，自然跟她一搭一唱。
「妳們兩人這樣說不太好吧？」旁邊有人看不過去，站出來說道。
另外一個人之前雖然不自覺地笑了，卻覺得她們後面這些話太失禮，於是也說道：「是啊，有點過分了，言姊兒不是傻子。」
房言冷冷地看著房秋和陳靈芝，心想，不用在乎什麼情分了，因為這兩個人一看就不想要臉。正好，她罵人的時候也挺不給人面子的。
「我說呢，怎麼遠遠就聞到一股臭味，原來是有兩坨狗屎擋在路上了，一坨黃色的，一坨黑色的，真是臭氣熏天啊！」

第二十六章　小懲房秋

房秋與陳靈芝立刻就明白房言是在諷刺她們。陳靈芝膚色較黑，平時最討厭別人拿這點說她，這會兒一聽馬上生氣了。

陳靈芝的叔叔是童生，後來考上秀才，她的身分跟著水漲船高，變成「秀才家的女兒」，走到哪裡都是被人巴結的，房言竟敢當眾侮辱她，真是豈有此理！

「妳說誰呢，一個小姑娘說話這麼難聽！」陳靈芝板著臉說道。

「誰回我，我就是在說誰。我一個小姑娘說話難聽？那妳一個大姑娘說話又好聽到哪裡去了？」房言馬上回嘴。

房秋在一旁惱羞成怒道：「房言，妳敢罵我跟靈芝姊，我要去告訴奶奶！」

房言笑著說：「隨便，想告訴誰就告訴誰去，我可沒直接說妳們，在場的人都可以作證！不過呢，妳們剛剛可是指名道姓地說我是傻子跟啞巴，還說我們家是去縣城要飯的。兩個十來歲的大姑娘，說話竟然這麼沒口德，看看最後遭殃的是誰！」

陳靈芝一聽房言這麼說，方才的氣憤之情頓時消了一半，接著就感到緊張、害怕。她剛剛好像真的說了什麼不該說的……平時她在外面很注重形象，這會兒隱約有些後悔了。

房秋並不懼房言，雖說之前她被奶奶教訓了一頓，當下也有點害怕，但是她要怕的人不是房言，而是她奶奶。

不過呢，就算是她奶奶，這次也不會站在房言那邊。房秋很清楚她奶奶不喜歡她二伯家，所以她跟她娘才敢在外面說他們家的壞話，剛剛她奶奶還把她二伯跟二伯母趕到後面去幹活，誰的情勢更有利，不是一目瞭然嗎？

想到這裡，房秋冷哼一聲道：「奶奶最討厭你們家了，還想讓奶奶替你們出氣？作夢！我要告訴奶奶妳罵我跟靈芝姊。靈芝姊，妳別怕，我奶奶絕對會向著咱們，況且妳叔叔是秀才，沒人敢說妳什麼的。」

陳靈芝本來被房言的話給嚇到，這會兒回過神來，惡狠狠地瞪了房言一眼。

原本房言覺得過過嘴癮就算了，但是現在她不這麼想了。見這兩人態度依舊囂張，她非要讓她們長長記性不可！於是她說道：「我本來不想跟妳們計較的，既然妳們找事，就別怪我不客氣了，都跟著我來吧。」

說完，房言衝著她們兩人一笑，接著嚎啕大哭起來，邊哭邊往正屋的方向跑。

她這番動作不僅嚇了房秋跟陳靈芝一跳，旁邊幾個女孩子也愣住了。

想到剛剛房言說的話，她們不自覺地跟了過去。

房言哭著哭著，跑向女眷聚集的地方，然後走到高氏面前說道：「奶奶，您是不是最討厭我們家？」

大夥兒正高高興興聊著天呢，一見房言這個樣子，都呆住了。

高氏皺起了眉，瞪著房言不說話，房言假裝沒看到她的眼神，又重複了一遍。「奶奶，您是不是最討厭我們家！」

見嚇不走房言，高氏想到這麼多賓客在場，不能讓她在這裡丟人現眼，便斂了斂心神說道：「言姊兒，這是又跟哪個小孩吵架了？妳年紀也不小了，要聽話。」

一句話，高氏就把事件定位為小孩子拌嘴。

房言有些心冷，更是加強了要噁心噁心這家人的決心，於是說道：「奶奶，房秋剛剛告訴我，您最討厭我們家了。」

高氏一聽到「房秋」兩個字，皺緊了眉頭。這個房秋最會找麻煩了，今天結束宴客之後，看她怎麼收拾她！

見房言這話說了三遍，周圍的女眷也看著她們，高氏知道不能再迴避這個問題，便說道：「別聽那丫頭亂說，奶奶怎麼可能討厭你們家？」

說完，高氏轉頭對一個姪媳婦說道：「青姊兒她娘，妳帶著言姊兒去外面洗把臉吧，小孩子最喜歡吵吵鬧鬧了。」

被點名的一位婦人笑道：「好的，嬸嬸。」

房言才不會善罷甘休呢，現在房秋、陳靈芝以及剛剛那幾個女孩全過來了，好戲才正要上場。

「奶奶，房秋罵我是傻子！」

房秋一聽房言告狀，立刻說道：「妳剛才還說我是狗屎呢！」

房言冷著臉說道：「我什麼時候說過了？我直接說妳是狗屎了嗎？」

「妳妳妳……妳竟然不承認？不只我，妳還說靈芝姊是狗屎，大家都聽到了！」房秋生氣地說道。

陳氏的大嫂、陳靈芝的生母吳氏，聽見房言連她家女兒也罵，很不高興地說道：「小小年紀就滿嘴髒話，也不知道爹娘是怎麼教的！」

高氏一聽牽扯到陳靈芝，冷著臉說道：「房言，給我跪下，妳怎麼能說這種話！」

此時屋內的氣氛一變，大夥兒都不說話了，盯著眼前幾個人看。

房言不懼高氏，揚聲說道：「我什麼時候說過了？沒做過的事我是不會承認的，問問大家就知道我有沒有說謊了。」

說著，她轉身指著其中一個女孩問道：「我方才說房秋跟她是狗屎了嗎？」

被點到的女孩恰巧就是青姊兒，也就是房青，年齡比房言小。她先是心頭一驚，接著察覺到滿屋子的人都看著自己，她的身體不禁抖了起來。

怕歸怕，房青還是回想一下剛才發生的事，然後就怯怯地道：「沒、沒有。」

房秋聽到房青這麼說，氣得走上前來指著她的鼻子說：「房青，妳怎麼可以這樣，房言給妳什麼好處了，妳竟然騙人！」

房青被房秋一指控，立刻嚇得趴到她娘懷裡，顫抖著道：「我沒騙人，她真的沒說。」

謝氏一看自家女兒嚇成這個樣子，趕緊拍拍她的背，說道：「唉呀，沒事，別哭了，沒說就沒說。」

「哪裡沒說，她明明說了！」房秋堅持自己的說法。

房言臉上帶著淚，冷笑道：「妳們還有什麼話說，竟然倒打我一耙！要不是有人替我作證，我豈不是要被冤枉死！」

吳氏皺了皺眉，說道：「即使沒說別人是……嗯，一個小姑娘把那麼不乾淨的詞掛在嘴邊也不太好，太粗俗了。」

房言基本上已經搞清楚這個人的身分，是陳靈芝那邊的人，看那眾星拱月的樣子，大概是陳靈芝的娘。

果然，陳靈芝接著說道：「娘，您說得對，她就是這麼粗俗。」

高氏見事情鬧得這麼厲害，想要息事寧人，便說道：「房言，還不快道歉。」

「道歉？奶奶，我為什麼要道歉？這不是我的錯！」房言理直氣壯地說：「您不知道房秋跟這個姊姊說了什麼。」

眼淚一滴滴掉了下來，房言邊哭邊說：「不信您問她們！」

她又指著一個女孩說道：「妳老實告訴大家，她們倆剛剛說了我什麼？這麼多人都在場，妳要是編了謊話，早晚會被人拆穿的！」

房言知道，農村長大的孩子心思都比較單純，不然房秋跟陳靈芝也不會說話不經大腦，眾目睽睽之下羞辱她跟他們家。這裡的人沒什麼心眼，再壞也就是壞在嘴巴上。

那個被點到的女孩名叫房蓮花，年紀跟房言一樣大，她父親跟房二河是同一個曾祖父，論起關係來，比房南跟房北遠。她跟房言是未出五服的堂姊妹，最大的特點是喜歡講話，每次都能跟人說個不停。

房言與房淑靜跟那些姑娘在一起聊天的時候，就見識過她嘴皮子的功夫了，這會兒自然得讓她來講。

當然了，方才的房青也不是隨便指的，房言察覺到她膽小怕事，又非常老實內向，所以才要她說話。至於其他幾個想巴結房秋的，她是理都沒理、問都不問。

房蓮花一看有表現的機會，嚥了嚥口水，沒理會她娘不贊同的眼神，噼哩啪啦地就講起來。

「房秋罵言姊兒是傻子，不會講話，還說他們家去縣城要飯。」說到這裡，房蓮花指著陳靈芝道：「她說言姊兒是啞巴。」

房蓮花一說完，滿室寂靜，吳氏臉上的表情非常不好看。

房言補充道：「現在大家都知道了吧，到底是誰沒教養、是誰家爹娘沒教育好自己的孩子。妳們兩人聯合起來欺負我、誣賴我，還說我的不是。」說著，她又哭起來。

吳氏聽著這些話，臉色更難看了。她從來沒這麼被人當眾指責過，尤其對方還是個小女孩。

一旁的陳氏這會兒也皺了皺眉，她心想，這些小姑娘真是沒個省心的；還有房言，這也太不懂事了，好好的日子，竟然被她這樣搗亂。

陳氏看了婆婆高氏一眼，想要說些什麼話來結束這場鬧劇，不料卻被人搶先。

「那個小姑娘叫言姊兒是吧？你們家是不是在縣城開了一間店鋪叫『野菜館』？」

房言沒想到有人會問這個問題，她邊哭邊點頭，看著那個人說道：「是的。」

「唉唷，這就是了。剛才那兩個姑娘說話也太毒了些，還說什麼人家去縣城要飯，他們家的店鋪在那裡可是紅得不得了，去晚了都買不到的。我以前竟然不知道咱們是親戚，早知道的話，我哪裡需要起那麼早去排隊，直接要你們留一點菜給我就是了。」

說出這番話的人是房氏，是房二河的姑姑，早早就出嫁了。房二河年輕的時候就去鎮上打拚，鮮少回家，成親之後也住在鎮上，過了這麼久，他們跟很多親戚都不認識了。

房氏的丈夫死得早，她一個人拉拔兒子長大。她的兒子是做生意的，透過流通中原與塞北之間的貨物賺取差價，前些年他做了另一種買賣，賺了一大筆錢，在縣城買了房子，後來房氏就跟著兒子、兒媳還有孫子、孫女一起住在那裡。

一聽房氏這麼說，在場的族親紛紛好奇地打聽起來，一問之下，看著房言的眼神就變了。原來他們家已經變得這麼厲害了啊。

以前只知道房二河一家住在平康鎮上，家裡有點錢，後來做生意的時候得罪人，所以沒什麼人敢搭理他們。想不到如今竟然租得起縣城的店鋪，那可是一年幾十兩的地方，而且聽說生意非常好，每天都有很多客人。

高氏聽著周圍的議論聲，沒料到那個一直不受自己重視的兒子，經歷過那樣的挫折之後，還能在縣城混得那麼好。

這會兒高氏有點下不了臺了，不過當務之急是解決掉眼前這個麻煩。雖然目前的焦點已經被轉移，不過她要讓大家討論的重點，回到她長孫考上童生這件事情上。

誰是誰非很明顯了，但是當著這麼多人的面，她既不能說房言的不是，也不能說陳靈芝不對，只好……

「秋姊兒，我是怎麼交代妳的？讓妳好好照顧這些姊妹，妳卻連這點小事都幹不好。回妳房間待著去，別再惹事了！」

房秋委屈地看著她奶奶，在高氏冷冷的注視下，她身體抖了一下，聲音微弱地說道：「知道了。」

謝氏此時上前為房言擦了擦眼淚，笑道：「言姊兒，快別哭了，跟青姊兒一塊兒玩去吧。」

房言感受到謝氏的善意，點點頭道：「好。」

臨走之前，房言轉頭對房氏說道：「姑祖母，歡迎您去我們家店鋪，下次肯定算便宜點給您。」

「唷，這麼會做生意啊，就不能免費嗎？」房氏開玩笑地說道。

房言假裝苦惱地皺了皺眉說：「嗯……一、兩次可以，就怕次數一多，咱們家連租金都賺不夠了。畢竟親戚實在太多，免費不起啊！」

說這些話之前，房言已經想過了，反正她年紀小，童言無忌。若她爹知道這是他親姑姑，肯定不會收錢，其他親戚去了，他也不可能收錢，要是大家都來這招，他們家的生意還做得下去嗎？趁這個場面，把醜話說在前頭，多少能堵住大家的嘴，以後也不好意思一點錢都不給。

「這麼小就會做生意了！好好好，姑祖母肯定跟別人一樣付錢，只是別忘了給我留點新鮮的，省得我再去排隊了。」

房言一本正經地說道：「這點還是可以保證的。不需要排隊，下次您直接去店裡找我爹，他會把長得最水靈的野菜給您。」

「行行行，就這麼說定了。」房氏笑道。

「靈芝，妳別亂跑了，不要來了一會兒就跟個野孩子似的，跟娘坐在一起吧。」到了這個時候，吳氏還不忘諷刺人一番。

房言心裡直翻白眼。說得好像她女兒是大家閨秀似的，那秀才不過是她的小叔，又不是她丈夫，有什麼好得意的？

於是房言在門口大聲說道：「走走走，野孩子出去玩嘍，那些說話沒口德的留下來跟大人學學規矩，咱們先走了。」

吳氏聽到房言說的話，氣得不得了，心裡恨恨地罵她果然是沒教養的野孩子。

在場的其他人，有些人直接笑出聲；有些人想笑，但是看到吳氏跟陳氏的表情，沒敢笑出來。

高氏看了陳氏一眼，陳氏趕緊轉移話題，讓焦點重新回到自家兒子身上。

哼，二房在縣城賺的錢再多有什麼用，他們家兒子連縣試都沒考過，哪能跟她的童生兒子比？

看來有錢沒什麼大不了，學習成績還是要好，才能為家裡爭氣。

想到這裡，陳氏摸了摸自己梳得光滑的鬢角，臉上重新揚起笑容。

房言正在跟房青還有房蓮花玩呢，房淑靜就急急忙忙地衝過來。她拉著房言，仔細打量她一番，才問道：「二妮兒，妳沒事吧？我聽說妳被房秋罵，還被奶奶訓斥了？」

「哪有，房秋怎麼可能在我身上討到便宜！」房言覺得她姊姊太小看她的戰鬥力了。

房蓮花也得意地說道：「就是啊，我早就看不慣房秋了，因為她最愛說別人壞話，不過這次她可沒討著好，嘿嘿嘿。」

房淑靜看著她們兩人的表情，問道：「究竟是怎麼回事？」

這又是房蓮花表現的好時機，她立刻手口並用地演出事情經過，看得房淑靜一愣一愣的。

瞧她口沫橫飛、手舞足蹈的樣子，房言心想，她要是個男孩就好了，還能當個說書先生娛樂大眾。

「那就好，我還以為妳受欺負了呢。」房淑靜鬆了口氣道。只要房言沒被打、沒被罵就好，不然她可心疼了。

房言驕傲地說道：「怎麼可能，那是以前了，現在房秋別想欺負我。」

房青也在一旁小小聲地說道：「是啊，言姊姊剛剛可厲害了，房秋被罵得好慘呢。」

她平時少言寡語，老是畏畏縮縮的，沒少被房秋欺負，這次房秋被房言整了，她心裡也挺高興的。

「多虧了妳們兩個，要不然我們家二妮兒不可能沒事的。」房淑靜笑道。

房言點點頭，說道：「的確，這回全靠妳們倆幫忙。走走走，咱們買點好吃的慶祝一下！」

說著，房言就像個山大王一樣，領著房青跟房蓮花去村裡的雜貨鋪買東西了。

第二十七章　神秘貴客

第二天去縣城營業的時候，昨天跟房言說過話的那個房氏果然過來了，房二河一看到她，趕緊上前招呼。

「大姑母，您在這裡吃點東西再回去吧？」房二河幫房氏秤好菜之後說道。

房氏往店鋪裡瞧了瞧，知道現在人多，很客氣地說道：「不了，我得回去幫孩子們做飯。你們現在也忙，一會兒吃完飯，我再過來找你們說說話。」

房二河笑道：「行，大姑母，您慢走。」

房氏點點頭，拿出十二文錢要給房二河，他馬上拒絕了。開玩笑，這是他的親姑母，怎麼能收錢呢？況且這野菜沒有成本，他又不是想賺錢想瘋了。

雖然房二河回絕了，但是房氏仍然堅持要給，她把錢塞到房二河手裡，說道：「拿著吧，起早貪黑的不容易，這裡的租金又那麼貴，你們也賺不了多少錢。」

話雖如此，房二河還是堅持不收。

房氏假裝生氣地說道：「你再不收的話，那我以後可不敢來這裡買菜了。」

房二河見房氏真心想給，可是他也真的不想要，到底該順從大姑母的意思，還是不違背自己的心意呢？

正當房二河糾結不已之際，房言過來了。她從房二河手中拿出兩文錢說道：「爹，咱們不多收，拿個兩文錢意思意思就行，好讓姑祖母趕緊回家做飯去。」

房氏見房言只拿了兩文錢，實在無法接受，非要他們收下全部的錢不可。

房言板著臉說道：「姑祖母，您再堅持，就是不讓我們家好過，這點菜要是跟您拿全額，也太不顧及親戚的面子了。」

見房言這麼會講話，跟昨天那個胡攪蠻纏的樣子相比，簡直判若兩人，房氏不禁揶揄道：「唉唷，姑祖母昨天怎麼沒發現妳這麼會說話啊！不過，昨天是誰說的來著，來買菜可以，但是要給錢。」

房言笑嘻嘻地回道：「那是別人，您跟他們不同，是自己人，我收了您兩文錢，回頭我爹娘還得罵我呢。明天您來這裡買菜，咱們還是收您兩文錢，這樣既能堵住別人的嘴，也全了親戚的面子。您要是真過意不去的話，回去多跟鄰居說說，讓他們都來我們家買菜，這樣錢不就賺回來了？」

房氏見房二河跟房言抱持同樣的態度，也不再堅持，只道：「妳可真會說話啊，改明兒我得讓慧姊兒過來跟妳學學。成，我回去肯定會向街坊鄰里多誇誇你們家的店鋪。」

「好，那就多謝姑祖母了。」房言笑道。

房氏離開後，房二河看著房言一臉調皮的模樣，無奈地搖搖頭。房言笑嘻嘻地看了她爹一眼，就去招呼客人了。

沒多久，房言忽然發現，有個客人獨自坐在一張桌子前，盯著桌面皺眉，不知道在想什麼？她見阿祥不知道去哪裡忙了，就走過去招呼客人。

「客官您好，請問需要點什麼？」房言笑問道。

秦墨抬起頭，看著眼前這個笑容燦爛的小姑娘，愣了一下。

房言見這個客人不僅沒回答她，還盯著她看了半晌，便不自覺地摸了摸臉。她臉上沒沾到什麼東西啊，難道是這個客人沒聽懂她說的話？或許他不是本地人？好吧，那用官話問問。

「客官您好，請問需要點什麼？」這個時候的官話跟現代差不多，所以房言說起來毫無壓力。

聽到房言的問話，秦墨驚訝地挑了挑眉，沒想到這個小地方竟然有人會說官話。他不知道有多久沒聽過身邊的人講官話了，即使是與他一起住的僕人，說的也是本地話。

「這裡……咳，這裡都有些什麼？」在任興縣待了七、八年，秦墨早就會說本地話了。

「喔，這裡有薺菜包子……」房言邊說邊想，原來他是本地人，聽得懂她說話，那剛剛怎麼像聽不懂似的，好奇怪。

「隨便來一點吧。」秦墨說道。

「隨便來一點？請問您吃素還是吃肉，有什麼不吃的嗎？」房言問道。隨便……是怎麼個隨便法？

「沒有，什麼都可以。」秦墨低下頭，抿了抿嘴說道。

「喔，好的。」房言笑著應道。

正好，此時阿祥回來了，他接過房言的任務，去招呼秦墨了。

房言走之前又看了秦墨一眼，她覺得這個人好像有病似的，臉色比一般人難看很多，嘴唇的顏色也有些蒼白。不過她每天見到的人很多，轉頭就把這件事給忘了。

來到這裡這些年，秦墨很少外出，一來是因為身體不好，二來是因為他本身不喜歡熱鬧。今天偶然一個人出門，看到「野菜館」三個字，突然就想進來了。

看著眼前的吃食，秦墨挾起來嚐了嚐。味道有點奇特，他好像沒吃過這種菜，果然是長在田地裡的東西嗎？

秦墨剛想再吃一口的時候，忽然間愣住了，一股熱氣直直衝向頭頂，他的臉瞬間變紅，全身的血脈好像都活絡起來。秦墨無法形容這種奇妙的感覺，說得白一點，就像是一灘死水終於開始流動一般。這種整個人氣血飽滿的感受，久遠到他都快要忘記了。

他顫抖著手，吃了第二口，接著閉上眼睛感受一下。嗯，就是這種感覺，跟剛才一樣，絕對錯不了。

不一會兒，一個包子就吃完了，接下來秦墨開始吃第二個，味道雖然不同，卻有相同的效果。由於吃得太快，不小心被噎到，他喝了一口湯，也有同樣的感覺。放下湯碗之後，他瞧見眼前的涼拌菜，懷著激動的心情嚐了一口，眼睛瞬間瞪得大大的。這種菜的效果，竟然比包子還要好！

不過一盞茶的工夫，秦墨已經把桌上的料理全部掃乾淨了。

他很久沒有吃過這麼多東西，也從未吃過這般美味又獨特的食物。他盯著桌上的空碗跟空盤看，然後把房二河叫過來。

「掌櫃的，請問你們這些菜裡面是否放了特殊的東西？」

這個問題一天不知道要被問幾次，房二河早就習慣了，他笑道：「沒有，我們家這種野菜做法跟一般的沒什麼兩樣，就是用井水燙過之後放涼，拌入一些常見的材料跟調味料。不過，這菜之所以跟別人家的味道不同，是因為咱們家取來灌溉的是山上的泉水。」

秦墨點點頭，說道：「嗯，除了剛剛那些，再打包十個包子，分別是五個肉餡、五個素餡，馬蜂菜跟豬毛菜則是各一盤。」

說著，他從身上掏出一兩銀子放在桌上。

房二河笑道：「好，馬上來。阿祥，快去幫客官打包。」

過了一會兒，阿祥拿著包好的東西跟點菜單過來，房二河邊看單子邊說：「剛才的吃食是十五文錢，帶走的是二十八文錢，一共是四十三文錢，收您一兩銀子，一共要找您……」

秦墨擺擺手道：「不用了，剩下的賞你們。」

房二河愣了一下，他頭一次收到這麼多賞銀，趕緊說道：「客官，這賞銀太多了，我還是找給您吧。」

秦墨接過阿祥手中包好的料理，伸出手來向房二河表示不必多言，然後就拿著東西離開了。

直到秦墨走遠了，房二河都還覺得一切很不真實。這可是九百多文的賞錢啊，真的是太多了些……

「野菜館」在縣城開張有一段時間了，房二河和王氏雖然非常忙碌，卻很滿足。

如今他們家一天約能賣出四百個饅頭、六百個包子，主打薺菜包子這點奏效了，口碑漸漸傳了出去，賣得比原來多上許多。此外，涼拌菜能賣三十多斤，野菜則能賣一百多斤，水煮蛋也能賣出二十幾個，平均一天的收入大概能超過二兩半銀子。

目前縣城的收益穩定中有成長，之前交了房伯玄與房仲齊的束脩，導致房二河家沒什麼積蓄，如今慢慢地又攢了一些錢。

房二河真的沒想到縣城的包子竟然比饅頭好賣，大家吃習慣之後，包子在早上這個時段的銷量也繼續攀升，相當令人振奮。雖然因為需求量太大，導致王氏跟房淑靜全都得投入和麵、揉饅頭、捏包子的行列，但是想到這些收入帶來的效果，他們就覺得很值得。

不過，儘管其他人已經相當滿足現況，房言卻不這麼想，她的願望清單還很長。房言首先想到的，就是板車上放的東西越來越多，實在很重。

每天早起去摘菜不說，還要推著這麼重的東西走一大段距離，光想就腿軟。雖然她爹娘跟堂嬸們總是笑著說不累，但是自從發現去縣城的時間越拉越長，房言就覺得該想點辦法了。

唉，要是能買頭驢子，就能解決問題了。隨著生意越來越好，帶的東西會越來越多，動作只會更慢而已。

不過，一想到驢子的價格，房言就覺得按照如今的收入，怎麼也得等到十天半個月之後才有辦法買。

這樣看來，一天收個二兩半銀子完全不夠，更何況他們是在第一線奮鬥的人，忙了那麼久，就賺那麼一點點錢，真是讓人心酸。在房言看來，只有進展到他們一家人能坐在旁邊等著數錢的階段，才叫成功。

不行，她得找到更好的做事方法！

從一天工作的開端想起，得先處理早起摘菜的問題。現在野菜的需求量比較大，雖然因為李氏與許氏加入，讓家人輕鬆了一些，但是天天不到清晨四點就起床，長久下來身體會吃不消的，就算白天休息得再久，也彌補不了這種長期的耗損。

得找人來幫忙才行！

說到要找誰幫忙這件事，房言想都不用想就確定了問題的答案——當然要找房南跟房北！自從作了那個夢之後，她對這兩家人的好感度可說是直線飆升，要說房家村裡他們還能信任誰，必定是這兩位堂叔。

不過，房言明白「升米恩，斗米仇」的道理。任何事情都要講究循序漸進，才不會把人給慣壞，影響日後的感情。

如今他們家在縣城的店鋪，每天要都包那麼多包子跟饅頭，給兩個堂嬸漲點工資應該沒什麼問題，想到這裡，房言就去了堂屋。

此時房二河正在跟王氏商量，端午節要送什麼禮物給縣城的大姑母這件事。雖然端午節離現在還有一陣子，但是提前準備好總沒錯。這會兒兩個人討論得差不多，又見房言進來，便止住了話題。

房言開門見山地就向房二河提出幫兩個堂嬸漲薪資的建議。

王氏聽到之後愣了一下，隨即笑道：「妳跟娘想到一塊兒去了，娘昨天晚上還跟妳爹商量要漲一漲工錢呢。」

房言驚喜地道：「娘，這是真的嗎？那太好了！」

「自然是真的。如今妳兩個堂嬸都忙得不得了，她們不但沒抱怨，還對咱們家相當感激，所以娘就覺得可以漲工錢了，只是……」說到這裡，她看了自己的丈夫一眼。

房言跟著看向房二河，問道：「啊？只是什麼啊，娘。」

「妳們娘兒倆不用看著我了，我的確不太同意。」房二河說道。

房言納悶地問道：「為什麼啊，爹？」

房二河道：「咱們不久前才定了工資，如今說漲就漲，雖然拿到錢的時候會讓人很高興，但是以後呢？兩三下就調漲，以後工作量更大的時候，要不要再漲？萬一其中一次咱們沒漲錢，她們會不會心生怨懟？」

房言思考了一下房二河的話，點點頭道：「還是爹想得長遠。」

房二河嘆了口氣說道：「哪裡是爹想得長遠，不過是吃過這方面的虧罷了，像以前那個短工……唉，不提也罷。」

提及往事，房二河依然鬱鬱寡歡。

房言看出房二河的神情有些鬱悶，趕緊說道：「爹，過去發生那些事，何嘗不是一種助力？至少爹從失敗中獲取了經驗跟教訓，運用到現在的生意中，這樣一來咱們就少走了很多彎路，也是好事啊。爹，您說對不對？」

果然，房二河聽了房言的話之後，嘴角漸漸露出笑容，他欣慰地跟王氏說道：「看來多讀點書果真有好處，妳看二妮兒如今懂得這麼多道理，我看大妮兒該少繡點花，多看點書才是。」

王氏點點頭，說道：「說得對，我一會兒就去跟大妮兒說一聲。」

想到自己過來這裡的目的，房言轉移話題道：「對了，爹，您說不要老是漲工錢，這點我同意。只是如今做的包子與饅頭實在太多，堂嬸們也會累，要不咱們找人幫忙吧，也不用請別人，南叔跟北叔就行。」

王氏聽到房言的話，想都沒想就說道：「不用，爹娘不累，下午回來休息一下就好了。」

其實王氏說的是實話。也不知道是怎麼回事，她覺得自己的身體好像越來越健康了，從早上忙到中午，精神反而比之前天天在家要好得多。

關於這一點，房二河和王氏有同樣的感覺，不過這兩個人把原因歸到每天活動筋骨，所以身體才會變好，只有房言知道原因出在她的靈泉。

房二河不是個死腦筋的人，隨著房言提出一個又一個的建議，他們家慢慢往好的方向走，想到如今野菜館的盛況，他不再把房言的話當成小孩子的胡言亂語，每次房言有什麼提案，他都會認真思考。

的確，就像小女兒所說的，他跟妻子越起越早了。縣城的生意比鎮上好太多，野菜的需求量越來越大，他們也越來越辛苦了。萬一以後需要的量更多，他們晚上可能睡不了多久。

說到房南和房北兩個兄弟，房二河當然非常願意提攜他們。他向來恩怨分明，別人對他不好他記得；別人對他好，他更是放在心上。如今他們家眼看要發達了，怎麼樣都要拉拔一下他們兩個。

「二妮兒說得有道理，即使咱們家現在還用不著，以後也會需要的，妳南叔跟北叔確實是好選擇。」房二河同意房言的觀點。

一聽到房二河應允，王氏看了他一眼，沒再說什麼。

房言聽到她爹同意了，開心地道：「這就對了！咱們家如今一天的收入都能有二、三兩銀子，何苦累著自己呢？只有爹娘照顧好身體，咱們才能賺更多錢。」

王氏無奈地笑了笑，說道：「我看啊，妳就是在教爹跟娘如何偷懶呢。」

聽到王氏這麼說，房言走到她身邊，撒嬌地搖著她的胳膊道：「怎麼會，女兒這是心疼爹娘。」

房二河見房言這個樣子，也說道：「是啊，她這是在心疼咱們呢。」

見到他們父女倆滿臉笑意，王氏覺得自己真是再幸福不過了。

第二十八章　改良湯品

到了晚上的時候，房二河對房南與房北提起這件事，他們雖然同意幫忙，卻拒絕拿工錢。他們倆的媳婦在這裡工作賺了很多錢，一次也就工作個半天，這樣的好差事上哪兒去找？況且，房二河還供應她們早飯跟午飯，可說是很貼心了。

他們自己做工賺錢，媳婦則有固定收入，家裡過得越來越好，村人不知道有多羨慕他們兩家。現在房二河家開口求助，他們哪裡好意思要錢？這不過是順手出點力，並不耽擱去鎮上做工的時間。

房二河想了想，換了個說法道：「也不單單是這樣。想必兩個弟弟也知道，野菜館在縣城的生意越來越好了，如果你們同意，那工錢就不另算，直接讓弟妹們的工錢漲到四百文錢，月底的時候結。」

房南回道：「二河哥，做生意哪裡是那麼簡單的事？不是我要說，你做了十幾年生意卻虧了大本，如今終於有起色，怎麼都得小心一點才行。我們沒出什麼力，不好賴著二河哥的本事過活，北子，你說是不是？」

關於房二河要漲工錢這件事，房北當然高興，但是他大哥說得也有道理，讓他們媳婦去工作已經幫了很大的忙，他們不敢再要求什麼了。

想到這裡，房北也說道：「是啊，二河哥，你們家也不容易，兩個姪子去書院一年要花那麼多錢，你們自己剩不了什麼的。」

房二河對他們能說出這種話感到非常欣慰，他果然沒看錯人。不過，雖然兩個堂弟這麼說，工錢還是得漲。

他神情嚴肅地說道：「我們家早上需要人幫忙摘菜，要是同意弟妹們一個月的工錢漲到四百文錢的話，你們兩個明天就過來；要是不同意的話，那你們明天就別來了。」

這讓房南跟房北為之語塞。既然知道堂哥家需要協助，那麼他們肯定要來，不來幫忙不就是忘恩負義嗎？

兩人糾結了好一會兒，最後房南看了房北一眼，說道：「好，就照二河哥說的辦吧。」

房言跟房二河聽了，都放下心來。

第二天早上，房南、房北、李氏以及許氏按照原定的時間過來了。多了兩個勞動力，摘菜、堆東西上車的速度提升不少。

房言看到她爹娘終於不用起那麼早了，非常開心。一個月出兩百文錢就能解決的事情，根本算不上是什麼問題，花這兩百文錢的人心甘情願，賺的人也直接受惠。

處理好這件事之後，房言開始思考其他問題，像是如何賺取更多收入？

想了半天，房言覺得可以考慮讓菜單多一些花樣。過去在鎮上做生意，格局小，人又少，加上很快就離開那個地方，所以沒機會改良菜單，現在是時候了！

首先，他們家的雞蛋野菜湯要收費，但是既然要收人家的錢，材料肯定不能跟原來的一樣。反正他們家現在多的是雞蛋，往湯裡多放一些雞蛋跟野菜就是了，一碗賣一文錢。

不過，這不代表房言不打算繼續提供免費的湯了。她知道現代的自助餐店，一般都會提供沒什麼料的湯品供客人自行取用，雖然她在這裡沒發現有人這麼做，但是她願意延續之前的策略，只是免費的東西不能再是雞蛋野菜湯而已。

不管怎麼說，野菜都是他們店鋪的主打商品，要是一直免費，大家就不知道珍惜了。看到很多人喝不完湯直接剩下，房言覺得很可惜。等到實行加料、收費這個措施，相信浪費湯的人會減少很多。

給客人免費飲用的湯，可以使用白麵湯，就是北方人經常喝的那種，也是房言他們家日常喝的湯。在大鐵鍋裡把水煮滾，倒進和好的麵水，等湯燒開就行，花不了多少錢。

對了，還可以熬一些稀一點的小米粥跟大米粥，當成湯來賣。

至於包子的種類，目前有了蒸的包子，接下來可以考慮做水煎包。想到水煎包上頭那層酥脆的麵皮，房言頓時口水直流。

打定主意之後，房言想去外面逛一逛，查探一下水煎包的行情。反正這個時段客人不多，用不著她跟房淑靜幫忙。

跟房淑靜出來之後，房言實在很慶幸這個時代男女大防沒那麼嚴重，讓她們可以自由自在地在街上閒晃。

姊妹倆在縣城找到三家賣水煎包的店鋪，價格都一樣，素餡的一文錢一個、肉餡的兩文錢一個。不過這三家的水煎包分量上稍稍有所不同，有的餡多一些，有的餡少一些；有的麵皮厚一點，有的薄一點。

根據房言觀察，生意最好的，反而是水煎包個頭小的那一家。除了店鋪的地理位置比較好之外，決定性的關鍵在於他們家的東西的確好吃。這三家的水煎包，房言都買了幾個，打探過這裡的情況之後，房言對自家賣水煎包又多了一分信心。

回去的時候，她們手裡還剩下一些錢，房言跟房淑靜就去看看頭繩、絹花之類的頭飾。不管在什麼時代，女孩子都是愛美的，雖然東西的品質比較粗糙，但是有總比沒有好。

看到房淑靜捧著絹花那愛不釋手的樣子，房言就要拿錢買下她手中那一黃一紅兩朵絹花。

房淑靜見房言掏錢了，趕緊阻止道：「這東西很貴，二妮兒，妳可別亂花錢啊。」

「哪裡貴了，才兩文錢一朵，既然姊姊喜歡，全買下來就是。」房言說道。

房淑靜臉色微紅，把絹花往攤子上一放，說道：「姊姊哪裡喜歡了，我不喜歡。」

房言覺得她姊姊這副模樣實在可愛極了，於是拿起她放在攤子上的兩朵絹花，把錢遞給小販，說道：「姊姊不喜歡，我喜歡。」

給了錢之後，房言笑嘻嘻地將其中一朵絹花戴在房淑靜頭上。

見房淑靜有些驚訝，房言就趁她走神之際，把另一朵絹花塞到她手裡，說道：「姊姊，妳不戴就浪費了，我可不喜歡往頭上戴東西。」

房淑靜瞪大眼睛道：「妳不喜歡幹麼買，這不是浪費錢嗎？」

房言笑道：「可是姊姊喜歡啊，我買給姊姊的。」看著手中的絹花，房淑靜說道：「一朵絹花兩文錢，兩朵就是四文錢，得捏幾個包子才能賺回來啊。」

「姊姊，要是覺得這絹花扎手，妳回去就幫忙捏幾個包子好回本啊。」房言忍不住笑道。

房淑靜知道自己的妹妹是在打趣她，於是說道：「以後可不能這樣了。爹娘賺錢不容易，咱們得省著點花。」

房言點點頭道：「知道了，姊姊。」

說完，兩人手牽手往店鋪那邊走去，不料路過一家書店的時候，突然有一個人從裡面衝出來。房淑靜第一反應是把房言往旁邊拉一下，結果那人直接把房淑靜撞倒在地上。

房言反應過來之後，趕緊去查看房淑靜的情況，發現她的手掌擦破了一小塊皮。她皺了皺眉，抬起頭來看著眼前的人，結果發現那人也皺起了眉，拍了拍自己那身質料上好的衣服，好像沾到什麼灰塵一樣。

房言見到這個情況，氣不打一處來，她朝那人怒道：「你這個人是怎麼回事啊，我們好好地在路上走，都能被你撞倒！」

那個人一臉不耐煩，看了房言一眼，心想，真是晦氣，隨便走都能撞到人。不過，察覺到旁人對他的態度不以為然，他便勉強說道：「喔，不好意思。」

房言看他那副模樣，更生氣了。不過，盯著他仔細看了一下之後，她突然覺得這個人有點眼熟，好像在哪裡見過的樣子。

房淑靜站起身之後，扯了扯房言的胳膊，看了圍觀的人一眼後，小聲說道：「二妮兒，算了，這麼多人看著呢，姊姊沒事。」

那人聽到房淑靜的聲音就朝她看去，一看就有點移不開眼睛了。他想，這小娘子真好看，跟以前被他娘發賣的那個丫頭長得好像。

房言本來覺得現場人太多，事情鬧大了不好，想聽房淑靜的話就此罷休，但是一看到那人眼神猥瑣，頓時火冒三丈。

她擋在房淑靜面前，扠著腰說道：「看什麼看，再看就把你的眼睛挖出來！看你人模人樣的，撞了人不但不知悔改，還一副色迷迷的樣子。」

聽到這番話，人群中開始有了議論聲。房言是個小姑娘，不怕人說她什麼，可是那個人明顯有點身分地位，他一看眾人對著自己指指點點，看了房淑靜一眼之後，就灰溜溜地走掉了。

房言看著他的背影，一直想不起來自己到底在哪裡見過這個人？直到房淑靜喊她，她才回過神。

想到房淑靜的手受傷，房言連忙問道：「姊姊，妳真的沒事嗎？要是哪裡不舒服，一定要告訴我。」

房淑靜搖搖頭，說道：「我沒事，咱們趕緊回去吧，再不回去，水煎包就要冷掉了。」

房言這才想起這次出門的目的，她低頭看了看自己手中拎著的東西，應道：「嗯。」

她們要離開的時候，房言忽然發現一件事，她指著房淑靜的頭上，說道：「姊姊，剛才那朵絹花怎麼不見了？」

房淑靜立刻伸出手往頭上摸，一摸，絹花還真的不見了。姊妹倆低頭在地上找起來，可是找了半天都沒找到。

搖了搖頭，房言說道：「算了，不知道掉到哪裡去了。」

房淑靜心疼地咬了咬嘴唇說：「都怪姊姊太貪心，要了兩朵絹花。」

瞧房淑靜一臉自責，房言趕緊出言安慰幾句。

回到野菜館的時候，房淑靜還有點提不起精神，於是房言低聲說道：「姊姊，妳不是要捏包子嗎？還不快去。」

房淑靜心想，對啊，辦正事要緊，還是多幹點活，彌補剛才的損失吧。

把房二河找到後面的廚房之後，房言就對他們說出自己想在店裡賣水煎包的想法。

房二河一聽，說道：「二妮兒，這樣妳娘、姊姊跟妳堂嬸們會不會太辛苦了一些？蒸包跟饅頭的分量已經夠多了，再加上水煎包的話，會更累的。」

房言笑著回道：「也不是馬上就要賣水煎包，咱們先嚐一嚐，回去再想想怎麼做比較好？如果賣水煎包的話，蒸包的數量肯定要減少，我是怕客人們天天吃蒸包吃膩了，想幫他們換換口味。」

大夥兒嚐了水煎包之後，都覺得味道一般，畢竟他們已經吃慣含有靈泉的東西了。正因為如此，大家對賣水煎包這件事充滿信心，原因在於他們的野菜真的很與眾不同。

房二河點點頭道：「嗯，可以考慮看看。」

房言見房二河不反對，就放下心來。

回到家之後，房言又提出賣湯這個問題。她說道：「爹，您也知道，很多人衝著湯免費，所以多買些包子或饅頭，可是咱們明明能把湯做得更好喝，為什麼不好好做，然後收費呢？要是湯做得好了，說不定有人會因為這道湯而加點包子或饅頭啊。咱們的店鋪可是叫『野菜館』，得做出自己的特色。」

房言頓了頓，又說道：「況且，您也看見了，有些人嫌湯不夠好，反而跟咱們要碗開水；也有人想點其他湯，可是咱們家除了免費的湯，沒有能讓他們選的。所以我覺得，咱們可以改良湯品，除了雞蛋野菜湯，再弄一些稀一點的小米粥、大米粥之類的，好讓客人可以點來喝，增加一些收入。至於免費的湯，就由白麵湯來頂替。」

房二河聽到房言的話，點點頭道：「不然這樣吧，明天除了雞蛋野菜湯，咱們再額外提供免費的白麵湯讓他們選，過兩天之後，雞蛋野菜湯就做得好一點，開始收錢。」

解決了這件事之後，房言問道：「爹，那水煎包呢？」

房二河回道：「不急，咱們先做好蒸包，畢竟咱們不知道會不會有很多人來買水煎包。況且，等小米粥跟大米粥開賣，大夥兒會更忙的。」

目前生意好歸好，但房二河只求步伐平穩，等家裡的錢攢夠了再說。

房言聽了房二河的話，也覺得自己似乎有些考慮不周。現在野菜館的業績蒸蒸日上，開發新產品會浪費精力、加重工作量，不如先把熟悉的事情做好，等一切穩定之後再說。

王氏見大家都不說話了，就說道：「孩子他爹，我看大妮兒和二妮兒別再跟著咱們去縣城，現在我慢慢做得順手，跟得上兩個弟妹了。如今早上要那麼早起，還要走很遠的路，對孩子來說太吃力了。」

房言想了想王氏的話，點頭同意了。她之前想增加菜單品項，所以順道去縣城四處看看，既然現在暫時不考慮擴充包子的種類，她就不用跟著去了。

房淑靜看了雞舍裡的雞一眼，說道：「爹、娘，可以多買一些雞了，咱們家的雞蛋賣得很好，是個不錯的進項。」

聽到她說的話，房言補充道：「爹，家裡已經有二十幾隻雞，可以抽空加大雞窩了。」

除了買回來的雞，他們家還留了一些雞蛋讓母雞孵出小雞，等牠們長大以後又會生蛋，這樣一來，以後完全不用愁雞蛋不夠用。

房二河道：「這個簡單，爹一會兒就去買些磚塊。」

說著，房二河看向菜地外側那矮矮的圍牆，說道：「還是得把圍牆砌得高一些才好，等錢賺得多一些之後，其他幾面只用籬笆圍起來的地方也得砌牆。」

對，這也是房言一直操心的問題。之前因為沒錢，買不起那麼多磚頭跟土坯，所以那面牆一直矮矮的。如今錢是有了，卻還不夠多，所以得等上一段時間才能把這一畝地全用牆圈起來。

不過沒有牆，還有別的解決方法。房言說道：「爹，咱們家可以養一條狗，最好是凶一點的狗，晚上也能看著菜地。」

王氏也道：「確實，孩子他爹，去找條狗吧，我們出去之後只有大妮兒和二妮兒兩個人在家，養條狗也好。」

房二河道：「嗯，好。」

商量完事情之後，房二河就去買磚塊了。當他把裝著一堆磚塊的板車放在外頭，走進屋裡的時候，手中竟抱著一隻摻雜黑色毛髮的土黃色小狗，牠用一雙黑溜溜的眼睛直盯著房言瞧。

房言驚喜地說道：「爹，您的速度真夠快的，才說要找小狗，這就帶回來了。」雖然沒人知道這狗夠不夠凶，而且還得等養大了才擔得起保護家園的責任，但是房言卻相當喜歡，一看就愛上了。

房二河笑道：「也是湊巧，正好遇到妳成叔，跟他聊了幾句，他家的狗之前生了幾隻小狗，爹就去要了一隻大一點的。」

房成是房青的父親，跟妻子謝氏對房二河一家算是挺友善的。

聽到外面的動靜，房淑靜也從房間走出來，她驚喜地看著房二河懷裡的小狗，跟房言兩個逗弄起牠來。

第二天，房言與房淑靜不用早起，可是她們倆還是在寅正的時候醒過來，可見生理時鐘真的是個可怕的東西。再說了，古代晚上的娛樂活動比較少，睡得早，自然也醒得早。

姊妹倆索性不睡了，起來幫忙摘菜，等送走了房二河一行人，房淑靜就開始為雞跟豬準備吃食。

房言則返回菜地尋找老一點的野菜。她把菜切成段，混在房淑靜準備好的飼料裡，全餵給雞跟豬吃下；小雞的話，因為脾胃比較弱，野菜得切碎混在麩裡給牠們吃才行。

看著這些雞與豬吃得很開心的樣子，房言眼裡浮現出一個個銅錢……

——未完，待續，請看文創風674《靈泉巧手妙當家》2

2018年9月出版

靈泉巧手妙當家

文創風 673～676

年紀小又如何，她可是能獨當一面的女強人！
說來說去，不就是看準他們家沒靠山、好欺負嗎？
沒關係，有她在，
那些傢伙很快就會知道自己惹錯人了……

溫情動人小說專家／夏言

都大學畢業才知道過去二十幾年的日子不僅白活，
而且在那個時空的一切也全被抹煞，會是什麼感覺？
面對忽然現身的白鬍老人帶來的殘酷現實，
被迫在古代重活一次的房言只覺得不明所以、欲哭無淚。
不過人生在世，有錢好辦事，沒錢可是萬萬不能，
所以她很快就振作起來，向祂要求合理的「精神賠償」！
有了神仙給予的靈泉，房言隨即展開振興家業的大計，
不僅迅速擴張生意據點，哥哥們還成功大展鴻圖，
更厲害的是，連她的桃花都不知不覺中開了好幾朵……
天啊，這東西的效果未免也太神奇了吧？!

9月 PUPPY 收藏愛的果實

Doghouse X PUPPY

愛上你

人生何處不相逢，
相逢未必會相愛，
想愛，得多點勇氣、耍點心機；
愛上的理由千百種，
堅持到最後，幸福才會來……

NO／527

心懷不軌愛上你 著 宋雨桐

她不小心預知了這男人未來七天內會發生的禍事，
擔心的跟前跟後，卻被他當成了心懷不軌的女人！
她究竟該狠下心來不管他死活？還是……繼續賴著他？

NO／528

果不其然愛上你 著 凱琍

寶島果王王承威，剛毅正直、勇猛強壯，無不良嗜好，
是好老公首選，偏偏至今未婚，急煞周遭人等！
只好辦招親大會徵農家新娘，考炒菜、洗衣、扛沙包……

NO／529

不安好心愛上妳 著 辛蕾

他對她的興趣越來越濃厚，對她的渴望越來越強烈……
藉口要調教她做個好秘書，其實只是想引誘她自投羅網，
好讓他在最適當的時機，把傻乎乎的她吃下去！

NO／530

輕易愛上你 著 蘇曼茵

對胡美俐來說，跟徐因禮的婚姻就像一場賭局，
她沒有拒絕的餘地，既然沒有愛情，她不必忙著經營，
可沒想到她很忙，忙著跟他戰鬥，別讓自己輕易愛上他——

Hi-Life

9/21 到**萊爾富**體驗愛的震撼 **單本49元**

風 文創
673

靈泉巧手妙當家 1

國家圖書館出版品預行編目資料

靈泉巧手妙當家 / 夏言著. --
初版. -- 臺北市 : 狗屋, 2018.09-
冊 ; 公分. --（文創風）
ISBN 978-986-328-910-4（第1冊：平裝）. --

857.7　　107011710

著作者　夏言
編輯　連宓均
校對　黃薇霓　簡郁珊
發行所　狗屋出版社有限公司
地址　台北市104中山區龍江路71巷15號1樓
電話　02-2776-5889～0
發行字號　局版台業字845號
法律顧問　蕭雄淋律師
總經銷　知遠文化事業有限公司
電話　02-2664-8800
初版　2018年9月
國際書碼　ISBN-13　978-986-328-910-4

定價250元
狗屋劃撥帳號：19001626
網址：love.doghouse.com.tw　E-mail：love@doghouse.com.tw